淪陷時期香港文學資料選

（一九四一至一九四五年）

盧瑋鑾　鄭樹森　主編

熊志琴　編校

衛奕信勳爵文物信託

THE LORD WILSON
HERITAGE TRUST

本書獲 Lord Wilson Heritage Trust
（衞奕信勳爵文物信託）資助，特此鳴謝。

www.cosmosbooks.com.hk

書　　名	淪陷時期香港文學資料選（一九四一至一九四五年）	
主　　編	盧瑋鑾　鄭樹森	
編　　校	熊志琴	
責任編輯	顏純鈎	
美術編輯	楊曉林	
出　　版	天地圖書有限公司	
	香港皇后大道東109-115號	
	智群商業中心15字樓（總寫字樓）	
	電話：2528 3671　傳眞：2865 2609	
	香港灣仔莊士敦道30號地庫／1樓（門市部）	
	電話：2865 0708　傳眞：2861 1541	
印　　刷	亨泰印刷有限公司	
	柴灣利衆街27號德景工業大廈10字樓	
	電話：2896 3687　傳眞：2558 1902	
發　　行	香港聯合書刊物流有限公司	
	香港新界大埔汀麗路36號中華商務印刷大廈3字樓	
	電話：2150 2100　傳眞：2407 3062	
出版日期	2017年3月／初版・香港	

總目

淪陷時期香港文學及資料三人談

盧：盧瑋鑾　　鄭：鄭樹森　　熊：熊志琴

一、緣起

鄭: 1990 年代初至世紀之交，老朋友黃繼持教授、小思女士和我聯合整理香港文學史料，成果出版為《早期香港新文學資料選：1927-1941》、《早期香港新文學作品選：1927-1941》、《國共內戰時期香港文學資料選：1945-1949》、《國共內戰時期香港本地與南來文人作品選：1945-1949》（上下冊）、《香港新文學年表（1950-1969）》、《香港散文選：1948-1969》、《香港小說選：1948-1969》、《香港新詩選：1948-1969》及《追跡香港文學》，總計十冊；只餘淪陷時期三年零八個月的史料，因黃繼持教授於 2002 年去世而一直懸擱。

盧: 多年來，這未完成的計劃時在念中。我們除一直注意有關研究動態，也不時交流討論，終於在退休後加上熊志琴，再以一支三人隊伍完成計劃。這項計劃多承衞奕信勳爵文物信託（Lord Wilson Heritage Trust）補助，分二冊出版：《淪陷時期香港文學作品選——葉靈鳳、戴望舒合集》、《淪陷時期香港文學資料選》。前書另蒙葉靈鳳家屬授權刊出葉靈鳳部份日記、趙克臻書信，羅孚先生及姜德明先生授權收入大作，特此鳴謝。後書的抄錄及校對，得剛自教學崗位退役的朱彥容老師鼎力協助，謹此致謝。

二、選收準則

鄭: 香港淪陷時期最重要的作家無疑是戴望舒及葉靈鳳兩位；今天回顧，更是早已進入新文學史的作家；而兩位在香港

淪陷時期的遭遇及劫後的糾纏，更是絕無僅有。因此在文學作品的選取，幾經討論，決定盡量收取二位的作品，以更為突顯政治與寫作的特殊轇轕。

盧：《淪陷時期香港文學資料選》（以下簡稱《資料選》）的目錄、《淪陷時期香港文學作品選——葉靈鳳、戴望舒合集》（以下簡稱《合集》）的四份目錄，根據香港大學圖書館、香港理工大學圖書館、香港浸會大學圖書館及編者個人收藏編成，只錄入所能及見的第一手材料，不轉錄二手材料。各目錄以 1941 年 12 月 1 日至 1945 年 8 月 30 日為段限，作品一般按發表日期排序，特殊情況下面會另外說明，所及報刊包括《華僑日報》、《香島日報》、《南華日報》、《香港日報》、《東亞晚報》、《大眾周報》、《新東亞》、《時事周報》、《香島月報》、《大同畫報》、《寫真情報》、《四年來之香港》等。

《合集》所收葉靈鳳及戴望舒淪陷時期作品，均以〈葉靈鳳淪陷時期著作目錄〉及〈戴望舒淪陷時期著作目錄〉所列為基礎，只有葉靈鳳「書淫艷異錄」各篇、戴望舒的詩作及已收入《小說戲曲論集》（吳曉鈴編）的文章，因已廣泛流傳或已另有專書而不選印。葉、戴二人淪陷時期的翻譯作品，以及戴望舒「廣東俗語圖解」的陳第配圖，也因篇幅所限，一律不收。

熊：所有作品均依發表原樣排印。除明顯錯漏逕改外，所有異體字、翻譯、標點、引文格式及作者習慣用字，不作統一及修改，原文字形模糊難以辨認或脫文無從臆補，則以〔　〕

表示，以盡量保留原始資料面貌。

鄭：淪陷時期的香港文學寫作，因為是一個異族替代另一異族，與內地的情況不盡相同；又迥異於早期香港新文學的萌芽苗長，及稍後國共內戰時期的左右傾軋；因此除了文學領域的相關材料，《資料選》一書也重點收入文化範疇（如教育）的背景材料，提供較多脈絡，俾便對寫作的實存狀況有更多掌握。

史學界探討歷史，不外乎事件、經驗、詮釋三方面。事件有大有小，有單一巨變或蝴蝶效應，但事件編選組織後重新述說的「故事」，可以是朝代史、斷代史，或大事史，角度可能亦有偏倚，但大體上必以事件的連繫為依歸。淪陷時期香港的政經要事，已有鄺智文博士 2015 年之力作《重光之路：日據香港與太平洋戰爭》全面概括；因此我們的《資料選》可以避開政治、經濟，甚至軍事方面的材料，解除了原初最擔心的「非文學」背景問題。

近年史學界經常標舉庶民史與大歷史的分別；也就是日常生活體驗、個體社會經歷，雖與大事件遙相呼應，但肯定大不相同，因為有血有肉的主觀經驗，與事件的客觀記述，觀點立場自然不會一致。故此日記、書信、回憶，以迄各類日常生活紀錄成為近年編織歷史的另一種素材。香港淪陷時期的社會民生風貌，2015 年周家建博士之《濁世消磨：日治時期香港人的休閒生活》，有相當全面的爬梳，也讓《資料選》省下不少篇幅。

至於詮釋，由於語文、素材、立場、時代、方法等之明顯

殊異，不但可包括上述兩種書寫，甚或涵蓋「美麗或不美麗」的傳說，以迄鑿空而來的神話。日軍侵華，內地一度多府並存，香港二度易幟，同一事件的載述，不免隨著時間、修辭、權力之轉變，甚或主體記憶的選擇，而不免出現迥然不同的說法。我們在《資料選》努力呈現當時的文字紀錄，其中隙縫空白，以此〈三人談〉作一點補充，雖不免也是詮釋甚或推測，希望能夠提供初步框架。

我們過去的選集，都沒有單一前言或導讀，均以〈三人談〉替代，旨在求同存異、彼此互補。《合集》因已附刊不少分析，未有〈三人談〉，此次補足。

三、淪陷時期戴望舒的文學面貌

鄭：淪陷時期的香港及香港整體文學發展非常灰暗。但相對而言，戴望舒的個人寫作在灰暗中仍極顯光芒。首先，災難與哀痛裡的詩作如〈我用殘損的手掌〉和〈蕭紅墓畔口占〉等都是傳世佳作。其次，持續中譯法國象徵主義詩作及瓦萊里（梵樂希，Paul Valéry，1871-1945）的文章，後經友人紀弦在台灣重發，影響台灣現代主義詩作。其三，研解廣東俗語，極可能是這方面初次大規模整理，今天仍有參考價值。其四，對舊小說及傳統戲曲的考據，甚見佳績，吳曉鈴整理的《小說戲曲論集》，1958 年出版後，多篇論文備受推崇，其中不乏淪陷時發布副刊的短論。

四、淪陷時期葉靈鳳的文學面貌

鄭： 請小思女士補充葉靈鳳對香港歷史和風物的考察和研究，以及他在雜文，尤其是「吞旃隨筆」中反映的心態。

盧： 葉靈鳳在淪陷時期的寫作情況，可分兩部份說。

首先說對香港歷史和風物的考察和研究部份。我相信外來人對所在地的歷史風物感到興趣，是十分自然的事，何況香港本屬中國國土，割讓而成了英國殖民地，更有研究價值。許地山的研究是個例子。葉靈鳳一貫求知興趣廣泛，看他購藏書目錄便可知道。淪陷時期，所有出版物必須經「香港佔領地總督部報道部」檢閱通過，才可面世。最「安全」通過的內容是寫歷史風物。為應報刊篇幅所需，或手頭材料較豐，此類研究，遂順理成章成為葉靈鳳重要寫作內容。（和平後，他把相同題材，加添新得資料，一寫再寫，除為謀生計外，興趣所在，亦是原因。）

其次雜文，例如「吞旃隨筆」，其實佔數不多。身陷敵手，加上種種原因必須為其「服務」，心中感觸定多，欲表於文字又不輕易，借機明志，乃文人抒發慣技。以「吞旃隨筆」為題，借蘇武「吞旃」史典，以喻一己處境，實在明顯不過。（此例我已有文章分析過，在此不贅。）不過，他如此明顯用典，竟避過日人耳目，是在港日人識淺，還是放他一馬？我很好奇。讀此時期他的雜文，不可粗心，注意其用典——連用日本典也應注意、或筆鋒轉彎抹角處，方知其所欲言。

要補充一下，他用白門秋生為筆名寫得最多是「書淫艷異錄」。這欄目是他 1936 年在上海《辛報》早就開始寫。他在《大衆周報》再寫，大概正如他說「有時閒得難受，有時餓得幾乎不能安貧，便只有拚命的買舊書，讀舊書……」於是再執筆寫舊書中寫之不盡，他又一貫感興趣的題材。另外，他和太太都很喜歡看電影、戲劇，故寫影評劇評也不少。

他最為人詬病的寫作是為《大衆周報》寫的「社論」、「小評論」欄目。作為該刊負責人，代表該刊或統治者發言，社論非寫不可。題材必須對應時局，但又不能只抒己見，夾於兩難中，那就又要靠筆鋒轉彎抹角處了。

身處敵營，有任務在身，這樣身份寫雜文，如何「寄沉痛於幽閒」（見〈記鄭所南〉），這才真顯功力，當然也需有心讀者細味方見其機鋒及虛實之間用心。

熊：我們之前討論過，葉靈鳳 1938 年來港，直到 1975 年在港逝世，真正半生居港，他的香港史、香港方物、香港掌故研究，對香港貢獻不少；不過就個人的文學事業而言，他在香港時期所寫讀書隨筆一類的作品，並無超越他早年的文學成就。換言之，居港愈久，他文學成就的光芒愈黯淡，這也是他半生隱忍於香港的代價，不無可惜。

五、和平後戴望舒的「附逆」問題

鄭：我們在《合集》中，就戴望舒的問題，附輯五篇文章參考，分別是：一、盧瑋鑾〈災難的里程碑——戴望舒在香港的

日子〉；二、〈留港粵文藝作家為檢舉戴望舒附敵向中華全國文藝協會重慶總會建議書〉；三、戴望舒〈我的辯白〉；四、馬凡陀〈香港的戰時民謠〉；五、姜德明〈夏衍為戴望舒、葉靈鳳申辯〉。

夏公力保戴、葉有他的歷史因由，因為戴是共青團 CY 出身，葉是老左翼。夏衍當時作為地下黨的領導人物，有需要為他們緩頰。小思女士是這方面的研究先驅，不知道今天是否有其他意見補充？

盧： 《民國時期查禁文學史論》裡有民國時期查禁文學書刊目錄，其中列明 1941 年 4 月查禁了葉靈鳳的《紅的天使》，理由是「強調階級意識，鼓吹階級鬥爭。」這是我比較新近看到的資料。其實，自 1980 年代以後，有關葉靈鳳與潘漢年的關係，較直接說與共產黨關係，已陸續在知情人士的憶述、文獻中湊合成一較可靠的說法，「附逆」已不再是問題。

他日《葉靈鳳日記》出版，大家就更看得清楚了。

至於戴望舒的附逆問題，早就解決了，否則他不會在 1950 年代初就回到內地。王文彬在《〈我用殘損的手掌〉透視戴望舒》說他 1999 年 4 月訪問了戴望舒的女兒戴咏素，她說在第一次文代會結束後，徐遲到她家裡談到「文代會上提出戴望舒附敵問題，是茅盾講了話，才告罷休」。戴咏素也寫了〈雨巷詩人戴望舒〉（發表在 2005 年 12 月 27 日《錢江晚報》），提到父親戴望舒的附逆問題能那麼早獲得解決，是「因為香港有地下黨，並且他的問題，夏衍

早已出面解決了」。1950年戴望舒死後，《人民日報》刊登他的死訊，以及他安葬和追悼會的安排。追悼會由「中央人民政府新聞總署國際新聞局」及「全國文學藝術界聯合會」在新聞總署的禮堂舉辦，參加者有沈雁冰、郭沫若、胡喬木、陽翰笙、馮乃超、范長江、薩空了、歐陽予倩、老舍等，並有中共中央宣傳部長陸定一、國務院副總理董必武致送花圈。如此規格，已表明肯定沒有附逆問題。

當日戴望舒惹禍，我相信是由於戰後省港澳的文化人急於佔領有利位置「爭地盤」而被牽連。抗戰勝利重慶「文協」寫信給戴望舒，托他幫忙調查附逆漢奸文人，這引起許多人不滿或不安，遂有一批粵港文化人具名聯署先指控戴望舒，還拿出「真憑實據」來，例如他曾經給日人辦事、替盧夢殊《山城雨景》寫跋等等。朋友要用迂迴的方法保護他，為他開脫，例如馬凡陀說香港戰時的抗日民謠是戴望舒寫的，戴望舒倒從來沒說那是他寫的。在1981年，施蟄存先生告訴我他手上有戴望舒的辯白書，給我匆匆看了一遍，那時候我不敢提出抄下來。印象中好像不見得能澄清甚麼。這件事讀李輝〈難以走出的雨巷──關於戴望舒的辯白書〉就更清楚了。

鄭：熊志琴自解密檔案影印的〈香港近況報告書〉，由陳在韶手書於民國31年11月送出，第八項「文化」之（己）條「文學家會議」特別提及日人指定葉靈鳳同志暨戴望舒二人為出席代表，其中以「同志」稱呼葉靈鳳，亦是地下工作的有力佐證。

熊：〈香港近況報告書〉前有〈卷首言〉，由汪公紀所誌。報告書第八項「文化」之（乙）條「雜誌」一項提到大同圖書印務局，也説「編輯方面則由葉靈鳳同志任之」，隨後更以括號説明「按葉同志為本處派港宣傳指導員」。我們之前討論過，我們都同意戴望舒、葉靈鳳其實並沒有真正「附逆」，但兩者當時留港的原因、性質不同。葉靈鳳是有任務在身，戴望舒的愛國情懷倒比較單純。

六、和平後葉靈鳳的「附逆」問題

盧：關於葉靈鳳問題，唐薇和黃大剛的《張光宇年譜》裡訪問了很多人，其中引述黃苗子 2008 年 7 月的訪談錄音説，張光宇 1940 年初在香港，胡好出資給他開了一家「福祿壽」飯店，在三年零八個月期間繼續經營，黃苗子説這店「暗裡是聯絡站。葉靈鳳與汪公紀在這裡接頭。」更説「葉靈鳳表面上是替國民黨工作，搞日本的情報，實際上是替共產黨工作。他和潘漢年很久前就一起了。」

熊：謝永光《香港戰後風雲錄》也提到，《大公報》沈頌芳與演員高占飛在尖沙咀彌敦道開了一家小咖啡館，也是秘密聚集場所。

盧：陸續材料浮現，杜宣、馮亦代等人都説過葉靈鳳因為有任務在身而留港。所謂任務，有人説他是國民黨間諜，有人説是共產黨地下黨。我認為他和共產黨的關係很密切。和平後，潘漢年第一次來港就找過他。1949 年後他在報上寫雜文，對新中國事物多懷好感，又多次回國觀光。他在日

記裡更有強烈左的傾向，例如 1967 年，他對「反英抗暴」事件的立場與敘述，就明顯了。

鄭：抗戰勝利後，葉靈鳳選擇留港而沒有回到內地，表面原因是附逆問題，但真正關鍵應在於葉靈鳳與潘漢年的特殊關係。

葉靈鳳淪陷時期留港，可能是因為有任務在身。香港「金王」胡漢輝在 1984 年的訪問中回顧自己跟葉靈鳳在淪陷時期曾經替重慶做情報，工作是搜集報紙、雜誌送交內地。類似的例子頗多，右派可以參考奉命留守北平的中國國民黨黨員、天主教教友英千里教授；英千里後來被指為「漢奸」，但從沒自我辯護，1949 年國府遷台後，當局才替他澄清。而中共女作家關露則是中共打入日偽的特務，她在文化大革命中被鬥至絕路才說出真相以求活路，可惜已經不能挽回。以這些左右例子比照推論，加上羅孚的說法、葉靈鳳淪陷時期的日記，以及其他已出土材料（見《合集》參考資料），葉靈鳳的情況也極有可能類同。

抗戰時期的重慶是聯合政府，葉靈鳳當日從事地下工作，只能說是為國家做事，若以此論定葉靈鳳只是國民政府情報人員並不準確。葉靈鳳 1949 年後能否回到內地，真正的關鍵在於他是否奉潘漢年之命留守香港，甚至 1949 年後續留香港。葉靈鳳早於 1926 年曾經跟潘漢年合辦《幻洲》，如果潘漢年確為葉靈鳳的上司或曾經指導葉靈鳳的工作，葉靈鳳的附逆問題便只有潘漢年能保住他。如果潘漢年沒有出事，葉靈鳳三年零八個月的事情也不成問題，

中共也不會計較；偏偏 1955 年潘漢年案爆發，葉靈鳳的附逆問題便無從解釋，回到國內只會自動成為反黨集團一分子，此舉無異於自找麻煩，加上他過去與魯迅的齟齬，自然不能回國。

至於羅孚提到的以註釋來替葉靈鳳「平反」，雖不多見，但近三十多年來也有好些更重要的例子。1953 年發生的所謂「高、饒反黨聯盟」之饒漱石，在 1954 年潘漢年及揚帆被捕入獄後，1955 年被列為「饒、潘、揚反革命集團」之首犯。潘漢年和揚帆在 1982 年後先後獲得「平反」，但饒漱石至今未見有正式「說法」，雖然曾任國家主席的楊尚昆曾指全案「是完全搞錯了」（見楊尚昆《追憶領袖戰友同志》，中央文獻出版社，2001 年版，頁 309）。儘管沒有「正式」「複查」結論，1986 年 8 月人民出版社的《毛澤東著作選》第 436 條則以註釋來作不著跡的「平反」。此條註釋如下：「上海解放後，（饒漱石）任中共中央華東局第一書記和上海市委第一書記，在這期間，他直接領導潘漢年等在反特方面的工作，由於潘漢年錯定為『內奸分子』，饒漱石在主持反特工作中的一些活動被錯定為內奸活動，他因此而被認為犯有反革命罪並被判刑。」以饒漱石及「高饒事件」之重要，目前也是用一條註釋代替公告「平反」，可見羅孚發現的關於葉靈鳳的註釋，絕對可以等量齊觀，實質上不亞於公告。至於饒與潘、揚錯案之糾結，曾專訪饒漱石政治秘書陳麒章的景玉川的〈饒漱石與饒、潘、揚反革命案〉一文最可參考（見《炎黃春秋》

2012 年第 11 期，頁 40-43）。

熊：王明的《中共五十年》指，毛澤東 1940 年實行「聯日聯
汪反蔣」路線，事後要把當年的見證人統統剷除。潘漢年
既是其中一名重要見證人，必須對付。

盧：葉靈鳳 1946 年 5 月 3 日的日記有這樣的記載：「開始計畫
寫『流在香港地下的血』，記所參加的秘密工作及當時殉
難諸同志獄中生活及死事經過。在卅餘人之中，祇有我是寫
文章的，而我又倖而活着，所以我覺得我有這責任。」這是
日記中的一段摘錄，與葉靈鳳太太趙克臻 1988 年致羅孚
信件內容呼應，快要出版的日記是原始材料，説服力更強。

七、日治下怎樣寫作

盧：我關心的是，我們怎樣解讀在強權統治下為生存而寫出來
的作品。在日本人統治下，經報道部檢查之後而能夠面世
的東西，我們首先明白當時作者的幾種寫作態度：第一，
歌功頌德、好話説盡，充當敵人、統治者的揚聲器。他們
有些直接討好敵人，有些則避重就輕地替敵人宣傳，例
如〈認清我們的使命〉就是這樣。第二，借題發揮，既宣
傳主子的話，又借機會講自己的立場。例如〈如何建設新
香港的新文化〉強調寫實主義，這是作者本身的立場。這
討論其實是 1930 年代已經開始的討論，只是在日治下加
上反對「風花雪月」、「娛樂昇平」之類的説法。第三，
強調利用傳統文化作宣傳，〈我對於文化建設之意見〉是
例子。第四，文章首尾以宣傳口號作保護罩，乍看似是支

持日治政府，內文包含一些現實情況，例如〈新香港的文化活動　香港放送局特約放送稿〉（收入《合集》），我們從中可以看到當時文壇的實際活動、名單等資料。第五，是層層轉折，借古喻今，葉靈鳳〈煤山悲劇三百年紀念　民族盛衰歷史教訓之再接受〉就是例子。最後一種，我們選的比較多，就是一些民間情況的紀錄，例如「教育」部份，從選篇可以看到當時的小學課程、日人對圖書館的重視等等。

有些人一看見是「漢奸」之作便不再看下去，這會錯過有用資料。實際上有些可能真的是漢奸，但其中也有透露著訊息，我希望讀者都能採取這樣的角度來理解當時的情況。注意作者立場立心，小心解讀，是很重要的。

鄭：問題在事隔多年的今天，怎樣審視這些從表面完全不涉意識形態，到明顯地有立場、有派性的作品。剛才小思女士談的是整體狀況，我現在從比較角度稍微補充。

日本作為軸心國一員，提倡大東亞共榮圈，以自己為首來解放受殖民主義勞役的亞洲，因此他們對亞洲佔領區的處理，跟歐洲納粹德國入侵丹麥、荷蘭、法國之後的鎮壓或管制方式大有不同。德國納粹主義和日本法西斯軍國主義所面對的是兩種不同的侵略對象，歐洲的芬蘭、丹麥、荷蘭、法國都是主權國家，各有自己的文化、民主政府等等；亞洲的殖民地，包括甲午後由日本管治的韓國，以至其他沒有受日本管治，例如美國佔領的菲律賓，英國佔領的香港、馬來亞、緬甸，法國佔領的越南，荷蘭佔領的印尼（日

本人稱為「蘭屬東印度」），葡萄牙佔領的澳門及東帝汶，基本上全是西方帝國主義及殖民主義在亞洲的延伸，語言、文化、民族殊異，不像歐洲般擁有希臘、羅馬或啟蒙時期的共同傳統，所以日本對亞洲佔領區，包括香港，用的是「君臨」的態度。

明治維新後，日本人自視脫亞入歐，加上日俄戰爭大勝、甲午戰爭擊敗中國，佔台霸韓，他們對亞洲的態度，跟德國對丹麥、荷蘭、法國的態度，截然不同。德國對丹麥、荷蘭、法國，尤其前兩者，包括被併吞的奧地利，一律視之為第三帝國（the Third Reich）所要吸收的優質國民，他們的文化有備受德國尊崇的地方，德軍對文物的保護或搶掠，本身都出於珍視。

日本對亞洲民族的態度很不一樣，我們基本上被視為劣等、有待改造的民族。但也因此出現管治困難，因為日本從中國吸收漢文化，大量採用漢字，日本人因此也有許多漢文字創作。曾經學習的對象一旦變成管治對象，有時不免出現難以操作的地方，困難在於小部份高層的內心始終對中華文化優秀一面欣賞尊重。所以回顧香港淪陷時期，某些作品或某些意見竟然可以出現，我們需要在一個較大的框架下對照理解，也要從日本文化有相當「漢文程度」的背景來考慮。

當時實質上出現幾種狀況，就是：（a）真心向日本靠攏。（b）汪派人士，在亂世裡附逆以得到相當好處，今天的說法是出頭，利用這個機會露頭角。（c）葉靈鳳、戴

望舒的情況。（d）完全不涉及現實政治的作品。這種情況可以理解，一如重慶抗戰八年，不可能天天都寫現實，總有些白日夢、抒發個人情懷的作品。日治下的香港，同樣有很多從前的小報作品，例如武俠小說、艷情小說、民族故事，以至一些奇怪笑話等，這種我們在《早期香港新文學作品選》及《早期香港新文學資料選》提及過的、被南來文化人所詬病的所謂小報文化，基本上在這段時間延續。亂世中，這類型作品倒比較容易生存。（e）最後是小思女士提到的，有所寄託、有所諷諭，表達一些內心看法的作品。有些人很明顯在走鋼索，葉靈鳳就有這樣的作品，戴望舒則不很察覺到。

盧：剛才說的小報，通俗、艷情的作品，包括葉靈鳳的「書淫艷異錄」、戴望舒的「廣東俗語圖解」，我想也是日本人樂見的，因為他們想要麻痺人心。就是你想要娛樂，我就給你娛樂，你不要作亂就行。日本人一來就禁賭禁舞，但很快就恢復賽馬。1942 年 7 月，日方還籌設娛樂區，其中包括舞廳、按摩院，後來也有比較正經的歌廳。統治者要削平反叛的民心，本來最重要是讓他們吃飽，但日本當時的經濟狀況沒辦法令香港人吃飽，於是便用娛樂麻醉人心。三年零八個月的最後階段，日本人甚至准許辦通俗小報，例如他們就讓靈簫生辦小報，可惜這些小報我們現在看不到。

剛才你用「君臨」二字很貼切，他們自認要來解放被殖民者，所以快速去殖。大概在 1942 年 2 月，日本人還未站

穩陣腳，就已經去掉全港招牌上的英文字，這看似小著，實際上顯示了他們去殖的決心。同樣是 1942 年，日方將維多利亞皇后像移走，有人說是因為戰時需要銅，他們要把銅像運回國熔掉。其實這是他們刻意在短期內去殖化的舉措。

另外，你剛才談到日本也吸收了中國文化養分，香港也因此得以保存一些優秀的中國傳統文化。這裡有一點補充，日人來到香港，很快就到香港大學檢查藏書，精選了好一批先運走。他們會特別尊重一些文化人，《陳君葆日記》有很詳細的紀錄，經常有日本高級文化官跟他見面商量市民圖書館、興亞學院、東亞研究所等事情，這些都是利用香港華文傳統的行為。香港在日本統治的三年零八個月裡沒有出現大規模殺戮，這也是重要原因。

鄭：補充一點。因為香港是日人在英治下搶奪過來的，這跟中國東北有偽滿州國、南面有汪偽政權不同。在中國大陸，日軍在地方上仍然依賴華方政客成立傀儡政權，依然以中文來統治；但對香港，日軍一來就預備日後變成用日語絕對統治，即徹底代替英國。

熊：〈香港和新文化 日美術家伊原宇三郎廣播詞〉直接說：「我們應首先掃蕩本港功利屈辱的英美色彩，中國人則使光輝的中國古代文化的傳統在這裡（本港）再行蘇生，而我們日本人則把日本固有的藝術和現在我們所有的文能能力移植這裡（本港），總之，用我們東洋文化的手創設新的香港文化，這是必要的。」

盧：日本就是想代替英國，香港其實只是換一個統治者。日人首先在全港辦日語班。對教育控制尤其嚴格，他們分批讓原有學校復校，但恢復的都是傳統中文學校。

熊：我們一方面看到武俠、艷情等小報式作品，另一方面也有批評艷情作品的文章出現，我們這次也選錄了。他們認為這些小報式作品不入流，他們來就是要掃走這些不入流的作品，用甚麼來掃蕩呢？用中國傳統文化，以中國傳統的優秀特質掃清英美餘孽，後來才看到盧老師所說的，鼓勵或默許小報出版。

盧：嚴肅文學和通俗文學在香港 1930 年代本來就並存，過去香港報紙副刊大部份都受諧部編輯控制，直到 1930 年代，新文學作家來到香港，報刊才出現嚴肅文學創作，批評小報式作品的，就是這些人。當時另外有些人，包括我們等會會提到的盧夢殊，他們在上海小報出身，來港後也比較接受通俗作品。

熊：《大眾周報》會不會刻意比較通俗、比較大眾化？它的〈創刊詞〉表明「尋求大眾的趣味核心所在」、「內容力求通俗化」。戴望舒用「達士」這筆名在《大眾周報》寫「廣東俗語圖解」，《呂氏春秋》有所謂「達士者，達乎死生之分」，《後漢書》則有謂「至人能變，達士拔俗」；但「廣東俗語圖解」的內容有些十分鄙俗，甚至包括廣東粗話。葉靈鳳的「書淫艷異錄」也是在《大眾周報》刊登，同樣以通俗「艷異」包裝中國文化。剛才說的批評文章，被點名批評的「崆峒」，他也是《大眾周報》的作者。

盧：我看是日本報道部想《大眾周報》辦得通俗些，他們找了葉靈鳳來編，葉靈鳳又怎會這麼順從全部都通俗？於是一方面找靈簫生、崆峒等人來寫，另一方面又找了戴望舒。戴望舒也不可能總是長篇大論談文學，那時也需要考慮謀生，於是又找來了相熟的楚子，楚子即……

熊：鄭家鎮，亦即陳第。

盧：鄭家鎮一向都是比較通俗的。所以《大眾周報》很奇怪，有時是很重的文章，有時是跟報屁股沒分別的文章。葉靈鳳編來也費心思。

鄭：這種情況跟 1960 年代香港一些以市場為主的通俗雜誌，有時也會找一些嚴肅作家寫作一樣，有這種夾縫中出現鮮花、輕中見重的狀況，這往往要看當事人和有多少筆桿子參與。

盧：看慣香港報紙的人，早習慣接受從一份報紙中，看到雅俗完全不同風格的作品。報紙講的是銷路，但淪陷時期我相信是日本人只想增加娛樂性，不求好的作品。

八、「大東亞」及「大東亞文學」

盧：「大東亞共榮」這概念，日本御前和軍部會議經常提及。1942 年 9 月 1 日，日本政府決定在東京設立「大東亞省」，「省」即是部門，同年 11 月 1 日正式開廳，此前在 9 月 12 日召開了「大東亞文藝復興會議」，有六個國家參與，包括日本、菲律賓、泰國、滿州、緬甸、南京政府。由此，可見當時日本想利用文化統治來聯繫整個亞洲。日

本人一直想籠絡文化人，在軍事以外實行思想統治。跟香港有直接關係的是「大東亞文學者會議」，1942 年 11 月 3 日在東京召開第一回，1943 年 8 月 25 日東京召開第二回。（1944 年 11 月 12 日在南京召開第三回。）1943 年 5 月 31 日，他們決定了「大東亞政略指導大綱」。1943 年 11 月，大東亞會議發表〈大東亞共同宣言〉，即是我們所收的第一篇材料，從中可見剛才所說的六個國家合而為一。後來「東亞文化研究所」、日人想在香港辦「興亞學院」，也是這方面的延伸。所謂「大東亞」和「大東亞文學」，實際上是政治需要大於文化需要。

熊：在《早期香港文學資料選》的〈三人談〉裡，兩位和黃繼持教授提到，「大東亞文學」的提出是要取代「和平文藝」的主張。我們選收了雨生的〈大東亞戰爭與中國文學〉，這篇文章在《南華日報》分五日刊登，裡面細數北方有哪些雜誌，舞台劇、小說、散文、翻譯等方面有哪些代表作家作品，也有提及 1942 年日本發起在東京舉行第一屆「大東亞文字者大會」，1943 年是第二屆。

盧：雨生屬於汪派，汪派並不是完全服從日本統治，汪精衛個人志在全中國，不是志在香港。

鄭：雨生即後來澳洲的著名漢學家柳存仁，據他自述，他是滿人，所以他對民國有所不滿是可以理解的。

熊：就是鄭孝胥所說的，「民國乃敵國也」。

鄭：是，民國令他原來的祖國滅亡，他當然非常不滿。滿州國成立之後，柳雨生在香港做英國人的文化檢察官，住在

跑馬地，生活優裕，主要是他的英語非常好，這從他後來大量的英語著作可以看出來，而他的中文能力也可以配合英方的審查需要。他後來離開香港去上海參加汪派文藝活動，戰後被判刑，服刑之後再來香港。

盧：再來香港時，先在中航公司任職，後來在英皇書院教書。

鄭：在英皇書院教中文，開始撰寫長篇小說。後來移居澳洲，成為在研究上非常有成績的學者。柳雨生的情況，日本學者杉野元子曾經探討，〈柳雨生與日本——太平洋戰爭時期上海「親日」派文人的足跡〉一文收於台北中央研究院《中國文哲研究通訊》21 卷 3 期的「柳存仁先生紀念專輯」。柳雨生到上海參加汪派，以致判刑、服刑的一段經歷，後來若不是因為張愛玲走紅，恐怕也不會重見天日，大家早已把他忘懷。

柳雨生的作品，包括我們這次選收的、在香港發表的〈大東亞戰爭與中國文學〉所見，並不很依照日方宣傳的政策行事。他的中國文化本位觀念相當重，主張的文學觀其實跟抗戰前的汪派相當接近，日本軍政府所提倡的「大東亞文學」，他的論述跟其他人比較是最不明顯的。日方提倡的「新東亞」很強調兩項，一是日本道德，二是東洋精神。何謂日本道德和東洋精神？在軍方來說大概是武士道及神道，在文學文化上指發揚亞洲的獨立原則——日方指導下的獨立原則；其次是打倒西方的殖民思潮；三是去除日常生活上受西方不良風氣的影響；四是日方很重視的防止共產思想散播，剷除共產思想。但柳雨生在這些方面並沒有

任何明確表示，他跟日方軍政府提倡的「大東亞」和「大東亞文學」有點距離，在日軍統治下比較有自己的看法，跟當時香港以至上海的一些配合言論有所不同。

另外，這次資料選的第一篇〈大東亞共同宣言〉是官方文告，發表時已是 1943 年年底，這宣言點名提到只是英、美兩個新老帝國主義，不及法國、荷蘭等西方國家。

盧：這點很清楚，淪陷初期所有外國電影都禁止在香港放映，後來放寬，法國、俄國、德國的可以，英、美的仍不准許，在日本人心目中，最大力對抗的是美國和英國。

鄭：主要是到了 1943 年，法、荷已經不堪一擊，而英、美尚在抵抗。

熊：我們選收的〈新香港的透視〉，其中也提到「香港的文化，已由洋化回復東方文化了」。

盧：是。這是日本對佔領區的「良好意願」，但我們讀這篇文章要小心。

此文寫於 1942 年 8 月，即攻佔香港不足一年，作者目的在概括報道在這段時間內的統治成績。為亂局塗脂抹粉成份極濃，例如說「香港米源特殊充足」。這文章正好作我剛才說「歌功頌德、好話說盡，充當敵人、統治者的揚聲器」的例子，因為實況並不如此。我們選取了此文，是因它內容又的確透露了香港淪陷首年的某些社會實況。例如交通狀況，作者的確約略交代了，但他沒真切說明這些交通工具往往因缺乏電力、汽油而斷斷續續的真相。不過，他透露了要靠人力車。例如他強調「價值又特殊昂貴的洋

書，多成廢物」，這並不是表示香港人不再洋化，而是怕洋化惹禍。1942 年 2 月 12 日的《華僑日報》就見民間燒書扔書，小販執來販賣的消息。當時燒的賣的不只洋書還有中國線裝書。故葉靈鳳、戴望舒此時買了許多舊書。例子還有許多，故我說讀這選集要小心解讀，這是很重要的。

熊：「大東亞文學」一輯我們還選收了〈第二屆東亞文學者大會獻詞〉，其中一段指在第一屆大會「提出了東亞文藝復興運動的口號，展開了反英美的功利主義的文化之鬥爭，確立了發揚東洋的道義精神的民族遺產的意義，而明顯地指出了今後東亞文藝運動所應走的正確路線。」就是剛才所說的，特別強調反英美，這是第一屆。第二屆就提到「中國之有新文化運動，自其啓蒙時期起，即已全部的接受了歐洲的浪漫主義的文藝思潮之影響，在當時固然是一種反固有的封建文化的一種革命行為，但結果却流於機械地變成了歐洲文化之附庸而失去了自己獨特的民族性，從這一方面說，中國的新文化運動是失敗的！」可見日人將戰線再拉闊，在這基礎上更進一步強調中國文化是指中國傳統文化。

盧：就是無論用甚麼來包裝，實際還是指中國傳統文化。因為這是中國人願意接受的話。

九、不在香港的人與事

熊：「大東亞文學者大會」也引出了周作人和沈啓无的師生恩怨，沈啓无後來給掃地出門。第六輯「其他文學論評」裡

選收了周作人的〈關於老作家〉、〈文壇之分化〉、〈一封信的後文〉，就跟這件事有關，這幾篇文章首先在上海《中華日報》發表，然後才在香港《南華日報》刊登。

鄭：當時北平淪陷，上海也全面淪陷，再到香港淪陷，如果這樣將消息發出，就等於全國通傳。加上香港的報紙和消息能傳到桂林，桂林再傳到重慶，因此無論出於私人恩怨，抑或針對「大東亞文學者大會」的作用，他都需要擴大宣傳。所以我們會看到一些在北方或上海刊登過的文章在香港出現，甚至有時以不同形式先在香港發表，然後在其他地方重新包裝出現，這是一種連線。

熊：鄭教授之前說過，耿德華（Edward M. Gunn）指北平、上海有「雙城連線」關係，現在看來，也應加上香港。

盧：這很重要，證明了香港的地位特殊，香港是把資訊傳入大後方很重要的橋樑，香港命中注定一直要扮演這樣的角色。當時香港所謂「水客」，例如胡漢輝替葉靈鳳工作，胡漢輝太太（楊銘榴女士）也說丈夫是「水客」——當然沒那麼簡單，把香港報刊帶入內地。

鄭：香港 1949 年後到今天仍然扮演這角色。電影方面有另一個證據，何非光的《東亞之光》在香港上映，是利用香港對日方反宣傳。從這兩個相反的角度可以看到香港的角色，直接的說法，是「買辦」角色，後來美其名為溝通中外。這裡我們看到一條連線，平津的報紙互相流通，能夠在北平發表的，大抵在天津也能夠發表，以至在北方可以流通，然後上海多少可以看到，至於南方，香港的角色其

實是延伸到澳門、桂林、南洋，最重要是重慶。

剛才説葉靈鳳、胡漢輝搭檔走私報紙，抗戰時期陪都能夠取得一份報紙是很重要的參考。三地互動，包括桂林地方的一些作品、台灣的一些活動，香港都可以看到，包括這次我們選收的路易士在香港發表的文章，路易士即是後來赴台的現代詩社創辦人紀弦。文獻上我們也知道胡蘭成曾在《南華日報》寫社論。大概只有香港才可以這樣互動，相對而言，南京辦的一些報刊完全在汪政權指揮之下，路線比較清晰，沒有日方、汪派等不同面向。

另外，香港也有比較地方性的活動，包括香港跟廣州的互動。

盧：是，比如娜馬，他究竟是甚麼人呢？他在廣州逗留了很久，很熟悉廣州，在廣州的活動量很大，他的文章記錄了廣東文學會的活動。當年省、港、澳一衣帶水，我在廣州中山圖書館看到一些內戰時期的雜誌，雜誌裡的人 1949 年後全都來了香港，成為廣東派報紙的重要編輯。

熊：我們這次所看的淪陷時期報刊也有很多粵謳、粵諺、嶺南風俗、香港掌故等地方性作品，當然葉靈鳳寫了不少香港風物，還有戴望舒的「廣東俗語圖解」。

鄭：這種地域相連的互動，今天不是那麼明顯，但 1930 年代至國共內戰時期則很強調三地一體，這在粵劇、粵語電影的表現很清楚。

熊：這裡有一筆關於戰後情況的資料值得補充參考。謝永光《香港戰後風雲錄》引錄廣州行營參謀處長李漢沖回憶

錄，指復員後中央通訊社香港辦事處主任翁平，及國民黨香港支部主任委員李大超等，力主將《華僑日報》岑維休引渡歸案。因為岑維休在日治時期曾經到日本覲見天皇，又曾以香港報人代表身份出席廣東偽政府召開的會議，加上《華僑日報》言論親日，應以漢奸論處。他們又向張發奎獻計，藉此將《華僑日報》接收以作行營在港的機關報，其資產不下百餘萬港幣。

結果港英方面以岑維休的代表身份不合縣級以上偽職人員的資格，要求粵方補充罪證。岑維休也向廣州行營表示願意交出編輯權。其實粵方志在接收報館及財產，而不在是否引渡岑維休，雙方討價還價，李漢沖更擬介紹時任廣州《天光報》總編輯的宋郁文出任《華僑日報》總編輯。結果粵方曾派王侯翔入主《華僑日報》任社長，後來因為相關的人調職或地位有變，事件不了了之。英王喬治六世在 1946 年宣布特赦香港淪陷時期曾公開與日人合作人士，港英政府也隨即訂立〈通敵分子（投降）法例〉，此法例保護了不少曾被指落水附敵的社會名流、商界、文化界人士，也成為了岑維休的護身符。

港英在事件中對岑維休似有所袒護，實際上是由於政治部也看中了《華僑日報》。岑維休在 1956 年和 1977 年，分別獲頒 OBE 和 CB 勳銜。另一方面，宋郁文雖然沒有出任《華僑日報》總編輯，但 1952 年開始擔任《成報》編輯及主筆，至 1985 年退休，在《成報》任職時間長達三十三年。由此可見，淪陷只是一時，往後還續有故事。

可以與岑維休參照比對的是胡文虎。胡文虎是南洋極有影響力的僑領，曾捐巨款支持抗戰，抗戰期間僑胞捐款以馬來半島最多，個人捐款又以胡文虎最巨。後來馬來半島和香港相繼淪陷，胡文虎雖一度被日軍軟禁，但不僅捐款救國的事跡沒有被「追究」，還被安排於 1943 年到日本觀見日皇和東條英機，在東京停留了個多月，回港後曾發表〈何事去東京〉。既去了東京見了天皇，戰後「胡文虎」的名字卻能從戰後「肅奸」名單上刪除。胡文虎總能「絕處逢生」，相信與「星系報業」在粵港以至東南亞擁有多份具規模的報紙有關。報紙也就是宣傳機器，在華人社會中有很大的影響力。日人和胡文虎心目中的版圖，從來不限於香港。而胡文虎戰後能脫險，曾任《星島日報》總編輯的陳夢因在〈香港報業史中之三大報〉說：「後來最高當局之智囊團發現政爭仍需虎公及其印刷設備的幫忙，在『肅奸』名單中刪去胡文虎之名。」看來也是同樣原因。

盧：所以，本書選材與以往純以香港本地人與事為主的作品集不同，用心正在：香港一貫與中國、與東南亞關連密切，許多事情不宜切割單獨來看問題。

十、葉、戴之外的人物

鄭：剛才提到的娜馬，不知何許人，今天似乎很難考據他的真實身份，我們從舊詩詞的酬唱活動以及其他資料，可以歸納幾點。首先他是廣東人，是廣東的國民黨，後來成為汪派的國民黨，來往粵廣之間，相當熟悉廣州情況，他也有

一些遊記作品，可見他對其他華南地區不陌生。香港淪陷前，他已經在香港活動，曾經因汪派「和平文藝」問題和「新風花雪月文學」跟葉靈鳳筆戰。葉靈鳳在論戰中還激動得以「娜馬」諧音的髒話斥罵，又認為娜馬背後是一小撮人，可能有五、六位。香港淪陷後，「新風花雪月」實際上已被「諧部」取代，「和平文藝」不能再講，被日人要求的「大東亞文學」取代，娜馬便是個搖旗吶喊的人物。和平後看不到他有甚麼活動，或者他已經改頭換面，以其他身份出現。

熊：娜馬在〈關於參戰文藝理論教程的話〉裡提到有人稱呼他「老吳」。

鄭：是，我們選收的文章中，他提到要搞「文學入門教材」，以新東亞精神為主，這很罕見，可以看出他跟柳雨生、張愛玲的不同。

熊：這個教程後來腰斬了。

盧：他接著去了廣州，還說要去北方，不再回來。

鄭：他說的北方應該是指南京，但他在南京當上甚麼位置？不清楚。其他人，例如「舊詩詞」一輯裡提到的江亢虎，他北上掛了甚麼職，我們知道；胡蘭成遊走於上海、香港和其他地方，他做了甚麼官，我們都清楚。唯獨娜馬，我們做了這麼長期的資料，仍無法確定他是甚麼人物。

熊：娜馬又與羅玄囿筆戰，娜馬的〈今之第三種人〉、羅玄囿的〈目前所需要的文學與讀物〉，可以看到他們之間「互有往還」。

盧：羅玄囿算不上甚麼人物。他讀書不成，與家庭不和合，教書也不成，寫些〈新歲感〉、〈苦雨孤燈之夕〉之類文章，是自覺懷才不遇那種「才子」。根據他的文章，我們知道他是廣東西樵人，1944 那年廿九歲。他十七歲開始教書，離家六載，1942 年來到香港，開始向《南華日報》投稿，我們最早在香港看到他的散文發表於 1942 年 2 月 11 日。他常說自己過的是窮書生生活，只是投稿，寫得快，甚麼都寫，都是些風花雪月作品。直到寫了〈踏著烈士的血的前進　實踐新國民運動〉，他似乎開始在《南華日報》找到適合位置，以擁蘿立場緊貼，為日人的主張加上理論，例如 1942 年 9 月發表的〈大亞洲主義之實踐與個人主義之揚棄〉，就是這類文章，這正合《南華日報》的需要。大概到 1944 年，他開始少寫，不知甚麼原因還幾乎沒機會再寫。除了《南華日報》，他基本上沒法在其他地方發表文章。這人本來不必討論，但他在《南華日報》佔了好些篇幅，還有因為與娜馬對罵，才引起我們注意。

亂世紛紛，價值觀扭曲，自有些人鑽空子，抓機會求進。羅玄囿是一例子。

鄭：他唯一的歷史位置就是跟娜馬吵架，因此才進入我們視野。盧夢殊我們倒要談一談，他戰後在文化界仍相當活躍。

盧：我想先讀一段葉靈鳳 1952 年 12 月的日記。他說，「克臻（葉靈鳳太太）在路上見盧夢殊，牽一幼女，此時尚衣單衫，蓬首垢面，憔悴無人色，何以潦倒至此呢！殊不可見。他因得志時曾利用日人壓迫《華僑日報》諸人，因此，

他們袖手絕不相助，遂至走投無路，可嘆也！」寥寥數語，盡見其人。

葉靈鳳和戴望舒曾替他的《山城雨景》寫過序跋，這純粹是他利用日人勢力施壓才得的結果。他在《華僑日報》做事，其他人不去東京開「大東亞文學者大會」，但他前後兩次都去了。在日本開會，香港電台接駁東京電台，直播他以香港代表身份宣讀的廣播詞，開會後又在全日本走了一圈，回來寫了長篇的〈東游觀感〉。〈東游觀感〉，拖拖拉拉，斷斷續續在《華僑日報》不同版面登了頗長時間，可見得他設法要在文壇佔一些位置。香港甚麼公開活動，他都現身。

他到 1945 年 1 月初才離開《華僑日報》，原因據《陳君葆日記》說與《華僑日報》內部有關。7 月他就找到門路創辦《香島月報》，自任主編人了。刊物還未出版，廣告誇稱為「南方十年來唯一偉大定期刊」。其品格可見一二。

熊：上海《現代中文學刊》2015 年開始分期發表張偉整理的《傅彥長日記》，裡面好幾次出現盧夢殊的身影。

盧：實際上這人 1920、1930 年代在上海是文化活動家，在電影界、戲劇界編編刊物，也寫寫通俗小說，做點宣傳工作，跟很多文化人都認識。1937 年左右到了廣州，投稿到香港《工商日報》。1941 年 4 月已見他身在香港，看似已入《華僑日報》，從此在文化界「風生水起」，無處不在。這人本來也不必提，不過以他作為例子，證明總有某種人，在政治環境轉變的時候，會如何用盡方法，壓迫他人，得

到最多好處。

鄭：如果說盧夢殊仍有少許歷史位置，都是因為戴望舒曾經替他的《山城雨景》寫跋。

盧：這也害慘戴望舒，後來這篇文章就被當作他「附逆」的證據。

鄭：這也是一種寫作狀況，一些不入流、三四線的人物在亂世中鑽縫出頭。

熊：還有李志文。他有一篇〈門外文談〉，諷刺娜馬「開口便說自己是珠江三角洲兒女，『頭府』『頭縣』人物」，又有一篇〈關於鄉土文學〉，說「深望廣東同胞於百忙之中抽出些少時間，於生活困迫中抽出一點精神，與本刊合作，大家來做一點工作」。

盧：他是《南華日報》主筆，他編的文藝版經常挑起爭端。

鄭：李志文經常有不同意見，似乎是個人恩怨，但也可看到他們當時的關係。

我們得談談小椋廣勝（Hirokatsu Ogura）。他寫了一本很難得的書《香港》；此書對香港各方面情況綜合報導，當時全世界都罕見，昭和17年由日本岩波書店出版。全書引用的材料非常豐富，除了日文、中文，還有當時可見的英語材料。小椋1902年出生，在香港的活動時間應在此書出版之前，後來在1968年去世。此書1942年出版，日本一位教授內田直作同年8月在《東亞學》第六輯的評介相當推崇，此書應該是當時日本軍部的重要參考資料。

小椋廣勝本身是記者，屬於1930年代的左派，在軍部鎮

壓左派時曾經下獄。但他在香港的活動，即使日軍全面鎮壓，也沒有怎樣受到影響。我們要記得，日本軍部不是鐵板一塊，一向有海軍陸軍之爭，小椋究竟被哪一方重用，因而受到某個程度的保護？這點現在很難判斷。他在和平後仍繼續傳播左翼思想，翻譯了很多中國左派和西方講解社會主義的書，大多由岩波出版。他的翻譯和個人著述非常反帝、反殖，是支持共產黨的文化人。他後來在日本因著述而成為教授。1964 年日本立命館大學季刊第二期，出版了《小椋廣勝教授還曆祝賀論文集》，用的題名是《世界經濟と經濟地理》，這是他後來著作的重點，觀點和美國托派一些觀點相呼應，是蘇聯斯大林比較機械的馬克思主義之外，較活潑的講法，亦有針對美國帝國主義經濟下的亞洲，或帝國主義經濟對中國封鎖的意見。這論文集附有〈小椋廣勝教授略歷並著述目錄〉，把他戰前和二戰時期的著作，包括《香港》一書都記錄在內。

盧：小椋廣勝很早就到香港，他 1944 年就是同盟社香港支局局長，位置很高，管理新聞是很重要的位置。他後來做了東亞學院教授，在香港教「大東亞史」、「大東亞地誌」和「香港史」。他還寫了相當多香港史研究，包括《香港前史研究》、《香港史跡行腳》。奇怪的是，陳君葆很討厭他，而他和葉靈鳳的關係卻很好，這也是當時葉靈鳳在香港能有許多活動的原因。夏衍曾經提及，蕭紅墓的石圍是小椋出資的，這說明了他用錢方便，而夏衍也認識他。

熊：同盟社主管香港新聞發布，小椋是同盟社香港支局負責人，

而葉靈鳳跟他稔熟，葉靈鳳在做地下工作，夏衍又跟他認識——說白點，就是他們在左翼脈絡上有聯繫。那麼，就是小椋當日潛伏得很成功，十分隱蔽，以至陳君葆也不知道他是同路人。

鄭：一般都會這樣。

盧：是，《陳君葆日記》有一段記載是葉靈鳳告訴他小椋曾在日本坐牢。

據日本手冢英孝著的《小林多喜二傳》（卞立強譯本，吉林人民出版社 1983 年出版）說日本共產黨的地下組織，於 1930 年秋再建後，日本共產黨第一次有了自己的文化政策，1931 年 2 月 15 日，《赤旗報》復刊。5 月左右，在文化團體內部組織了黨組。宮本顯治、小椋廣勝和手冢英孝等人最先參加了。據日人森正藏《風雪之碑：日本近代社會運動史》（趙南柔、曹成修、関德培、史存直譯，1948 年，中國建設印務股份有限公司出版）說：1932 年 3 月 24 日小椋廣勝與平田良衞、波多野一郎等十多人，被視為共產黨和共產黨青年同盟分子而被捕。相信坐牢就指這件事。

想不到十多年後，他在香港可以當起同盟社香港支局局長來。

戰後他仍積極研究共產黨思想，對中國也特別關注，例如他與水谷啓二共譯了黃炎培《延安報告》（時事通信社，1946 年 5 月出版）。

熊：《陳君葆日記》1943 年 10 月 17 日提到：「晚葉靈鳳戴望

舒假大華飯店請宴，到的東亞研究所的小川，中原和中込，同盟社的小椋。靈鳳的太太也於此次初認識，以前她大蓋不大出來活動也，小椋據說是廣東通，但普通所謂『通』也者只在飲食起居穿著女人方面講究耳，雖然這也是入手方法，並不應十分菲薄的。真正對學問有研究的仍以小原為首屈一指，堀內也頗有眼光。」《陳君葆日記》另外還有一些片言隻語提到小椋，但這段已表示了對小椋的印象一般。

鄭：也可能陳君葆不了解小椋有大量牽涉西方經濟學的譯述、著作，以他所接觸的中文和歐洲材料，還有他的左翼史觀，相當獨特，他在當時的日本已相當突出。

十一、舊詩詞的破例選收

熊：我們今次的選篇中沒能充分反映陳君葆當時的工作和所發揮的作用，只在「舊詩詞」一輯選收了他的〈水雲樓吟草〉，但從選篇以外的材料，我們知道他做了很多工作。

鄭：我們過去整理《早期香港新文學資料選》、《早期香港新文學作品選》、《國共內戰時期香港文學資料選》、《國共內戰時期香港本地與南來文人作品選》、《香港新文學年表》都不涉及舊詩詞，這次破例選收，原因是想利用少量篇幅，從酬唱中得窺當時的關係網。例如黃振彝詩贈娜馬兄，但又得賴端甫贈詩並稱同志，可見三人同為汪派國民黨黨員。賴端甫是香港知名足球評述員，俗稱「講波佬」，他經常撰文推廣體育，淪陷前經常發表文章。他與「國腳」

李惠堂甚多往還，李惠堂也是國民黨老黨員，曾得總裁接
見。賴端甫在戰後仍相當活躍，今天耄耋輩球迷仍津津樂
道的 1951 年南華巴士大戰，即由賴端甫在香港電台直播
講述。另一個唱和圈子是江霞公（江太史）、陳君葆、鮑
少游。鮑少游是嶺南畫派高奇峰弟子，留日多年，1985 年
去世前居港創作、授徒、著述逾半世紀，但日佔時期的事
跡則鮮有提及。他們三人之中，陳君葆的身份、角色最為
曖昧，他在當時扮演了近乎留守的角色。

盧：陳君葆扮演的不只是留守的角色。他戰前已經為香港大學
中文學院出力甚多，陪伴香港大學校長到南洋一帶籌款，
當翻譯，又為當時尚未正式完全成立的圖書館擔任館長，
是非常重要的人物。他在香港文化界的活動量很大，從他
的日記中可以了解他跟甚麼人來往。香港淪陷前，有朋友
在郵政局負責審查郵件，因此他往往能從朋友口中得到一
些有關人等複雜的資訊。又告訴他當時香港政府把一些檔
案，包括香港人的生死註冊資料放在中環郵政總局，淪陷
前後，陳君葆搶救了這些資料，免被日人毀掉。和平後很
多香港人的身份證明因此才得以保存。他對香港中國另一
貢獻是護書。抗戰中鄭振鐸有一批善本書，為了免受戰火
損害，以為運來英國殖民地香港比較安全，於是掛名由陳
君葆和許地山接收，準備收藏在香港大學圖書館。但書到
香港，許地山已經離世，另一接收人是陳君葆，日本人便
把他抓去。陳君葆因此和日本人有所接觸了。結果那些善
本書被運到日本東京上野。陳君葆念念不忘，和平後設法

讓前往日本的中央官員取回這批書，運回中國。其實陳君葆不只保存了香港大學的藏書，還包括香港很多著名中學的藏書，因為當時那些中學都把書運到香港大學保存。結果這些書保住了，後來都順利歸還給那些學校。因為陳君葆，香港大學的藏書才不至被霸佔成為日本人所辦圖書館藏書總部的書。

另外，他跟左右翼文化人都熟絡，在外國人圈子內也很活躍。現在香港大學圖書館保存的《立報》，幾乎每天都是茅盾寄給陳君葆的，由此也可見他跟左翼人士的交往。

鄭：他一直跟左翼文人有深厚交情，1949 年後，他是當時建制裡最早支持中華人民共和國新政權的。

盧：1930 年代他與左翼文化人已多交往。內戰時期他寫很多支持共產黨的文章，之後他不斷組織一些人到內地參觀。參與中英文化協會時，他很多演講都提到共產黨，香港大學校長因此警告他，要他把演講題目和內容首先給他校長過目。他日記裡也寫到帶香港大學學生到內地參觀。

熊：〈香港文化聯誼社　昨午正式成立〉一則提到「香港文化聯誼社」的發起人有十二人，包括知識真治、島田謹二、陳德芸、深澤長太郎、葉次周、葉靈鳳、鄧爾雅、盧觀偉、戴望舒、羅四維、羅旭龢和陳君葆，知識真治是《香港日報》社長。這只是陳君葆涉足的其中一個組織，已經牽涉各方面人物，其關係網之深之廣，難以想像。《新生日報》和《新生晚報》在戰後迅速創刊，分別在 1945 年 12 月 15 日和 1945 年 12 月 22 日就發刊了，兩報均由陳君葆擔任

社長。這又是另一例證。

鄭：回應之前討論葉靈鳳的問題，陳君葆在淪陷時期，是否奉命留守呢？

盧：沒有甚麼證據顯示他「奉命」留守。但他的活動範圍很廣，活動能量極強，不似普通學者。他的日記也不見破綻。多少年來各類文化界回憶記述文字也少見他蹤影。可以說收藏縝密，應是最高層次的高手。

後來他似乎不大喜歡葉靈鳳。

鄭：兩人同是地下工作，但線路不同。陳君葆很特殊，很早就露出底牌。

盧：他很明顯，毫無疑問。姚德懷是他帶到大陸參觀的第一批學生，據說回來後即受到香港政治部審查，但一直沒影響陳君葆的工作。他的活動稱得上八面玲瓏，又十分穩妥。

鄭：他當時已經有一份待遇優厚，而且地位崇隆的工作。

盧：葉靈鳳辛苦得多，卻沒有甚麼具體、物質的好處，但陳君葆絕對有。

鄭：因此他在淪陷時期裡跟日本人、落水文人的周旋，要以比較宏觀的角度來看。

熊：還有 1945 年和平後，「捉漢奸」之聲四起，但偏偏沒有為難他，以他在戰時有過這麼多虛與委蛇的事，很難撇清，結果他卻能全身而退。

鄭：從來沒提過他。

盧：這就是八面玲瓏，你看他天天拿米分給香港大學圖書館的同事拿得多容易。

鄭：他甚至分配給其他人，以供溫飽。

盧：他的日記還提到怎樣跟日本人、英國人討價還價，非常特別。

熊：他後來還獲頒 OBE，港督楊慕琦授勳。

鄭：他最成功就是潛伏這麼長時間，又得到大英帝國的勳銜。

熊：大英帝國自然了解他背景。

盧、鄭：當然了。

鄭：「舊詩詞」一輯還有幾個大號人物，第一大號是江亢虎。江亢虎一生矛盾，早年提倡社會主義，在蘇聯見過列寧、托洛茨基，後來搖身一變，堅決反共。1930 年代到台灣遊歷，跟台灣漢詩詩社交流，但又抨擊台灣漢詩詩壇歌功頌德，對日本人諂媚，惹來不滿。他本身舉人出身，反對白話文、討厭新文學，台灣左翼作家如楊逵便很憤怒，鳴鼓攻之。所以他在台灣是兩面不討好的人物。1930 年代後期，他在香港活動，之後北上南京，投身汪派，擔任考試院院長。戰後因叛國罪被判無期徒刑，坐牢至 1954 年在上海提籃橋監獄逝世。江亢虎本來早已被遺忘。由於他的漢奸問題，大陸的論述一般不提。近年台灣因為「台文所」興旺，所以他 1934 年的《台遊追記》出土，成為研究對象。近來大陸思想也比較開放，也有學者重提他早年倡議社會主義之事。

另一大號是龍沐勛。1943 年汪精衛六十歲，陳羣（人鶴）出面刊印《雙照樓詩詞藁》，找來龍榆生（沐勛）編校。1947 年，陳璧君手抄本《雙照樓詩詞藁》又有龍榆生跋。

這次《資料選》所收的 1944 年〈恭讀雙照樓詞〉，時間上剛好是《雙照樓詩詞藁》和陳璧君手抄本二者之間。龍榆生是詞學名家，在汪府基本上只是清客，政治上沒做過甚麼大事，所以抗戰勝利後只是短期入獄，比江亢虎的無期徒刑幸運得多，他在 1950、1960 年代仍有活動，出版詞選之類的作品。

第三個大號是柳亞子。他人不在香港，而作品〈寄友一百年一首和胡樸安〉竟然在香港發表，這應是汪派國民黨拉攏柳亞子的策略。汪派早年其實是國民黨的左翼，跟何香凝等同為國民黨左派或反蔣派，而柳亞子向與何香凝等人一黨。所以這作品的出現，應是對柳亞子招手，與柳亞子本人沒甚麼關係。不論左派右派，常用這種方式向對方釋放可能在某種情況下合作的訊號。

盧：我想特別提一提陳君葆及江霞公的作品。

陳君葆寫許多詩，在淪陷時期也用詩與日文人唱酬，但這裡選了寫給神田喜一郎及島田謹二兩日人的詩有特別一段小插曲。因為那只是私人聚會唱酬之作，沒想過公開。誰料羅四維沒事先徵求陳的同意，便給《華僑日報》發表了，陳君葆在日記中說：「我一時頗感不快，但事前沒有防到此著也沒法子了。」陳君葆在日治期間與日本人的交往頻繁，日記有詳細紀錄，但在當時報上，不會見到。今回給人公開了，真沒辦法。

江霞公〈與人論妄執得十解行將入山以柬夢殊有當留別〉這首詩。小心讀讀詩句，並讀詩後小跋，再想想盧夢殊為

人，便知道江太史有深意的話要說。

十二、相關文化領域

鄭：除了文學創作，相關領域也共同構成文學場域，讓我們可以看到較全面的狀況。這部份第一項是「電影」，我們選收了有關何非光電影《東亞之光》的兩篇評介，兩篇都在12月4日刊登，即香港淪陷前，這次是破例收入。因為這電影發揮了剛才談到的香港的特殊樞紐作用，香港成為溝通各方面的消息發放點。

《東亞之光》因為涉及日軍，所以日本軍方非常注意；又因為電影拷貝留在香港，成為日方對俘虜人員的重要參考。電影在重慶拍攝，是重慶中國電影製片廠的出品，特點是全世界第一套以被俘敵軍人員擔演、近乎紀錄片之劇情片，即所謂 docu-drama。電影重點是批判日本侵華，通過俘虜來倡導某種人道主義。不過，導演後來亦因此片而下場淒涼。何非光是台灣人，台中出生，通日語，有先天條件去處理這電影。他 1913 年出生，1997 年去世。十七歲左右由台灣去上海，先當演員，後任編導，《東亞之光》可說是他的代表作。雖然他還有幾部作品被視為代表作，但《東亞之光》由俘虜演出，這在世界電影史上是很特別的例子。他自任編導，顧問是時任國民政府軍事委員會政治部文工會主任委員的郭沫若，執行製片是中共黨員、有新聞片經驗的羅靜予。《東亞之光》在 1941年 12 月 2 日晚九點半，在香港利舞台首映。12 月 8 號日

軍才開始攻打香港，電影拷貝於是留在香港。順帶一提，何非光在重慶還拍了《氣壯山河》，屬宣傳片，這部電影在電影史上也別有意義，因為它是唯一一部國人自行拍攝，講中國軍民與盟軍共同作戰的電影。戰時的好萊塢在加州片場也有同類作品，即盟軍中的美軍同國軍聯合作戰，包括 John Wayne 演出的空戰片《Flying Tigers》（《飛虎群英》）。

因為這些背景，1949 年後何非光成為「日本間諜」、「台灣特務」、「國民黨人員」而備受折磨，一度甚至不知生死。何非光後來成為台灣重視的影人，可說反映了時代的曲折。晚近日本也有何非光研究，包括日本大學中國語中國文化學科的三澤真美惠教授，2013 年 9 月在台灣大學出版中心以〈前往上海，前往重慶：被遺忘的電影人——何非光〉演講，專門以何非光作為重點。我們這次破例選收《東亞之光》的有關材料，可說是補充了海峽兩岸所未見。《東亞之光》在重慶拍攝而在香港首映，讓國際朋友觀賞，實際是通過香港發放消息，這點值得注意。淪陷前夕，在英國人審查下，凡提到「日方」、「日軍」都要打 ××，甚至開天窗，盡量避免刺激日本，但這部電影可以正式放映，倒是相當例外。

此外，「電影」一輯最特出的，應是紫羅蓮的口述文章。紫羅蓮當年赴日參加演出《香港攻略》——日文原名是《香港攻略》，還有副題《英國崩潰的日子》（《香港攻略：英國崩るるの日》，Honkon Kōryaku: Eikoku Kuzururu no

Hi），日本大映出品。電影叫《香港攻略》，即攻佔香港，但遲至 1942 年才拍攝，是事後拍攝的一齣電影，《香港日報》1942 年 6 月 21 日還以〈香港攻略戰拍攝成績美滿〉來報導電影拍攝進度。

香港中文大學日本研究學系的邱淑婷教授曾經訪問紫羅蓮，訪問後來收在 2012 年香港大學出版社出版的《港日影人口述歷史》裡，可惜也許因為紫羅蓮年事已高，又或有所隱瞞，訪問裡沒有多談箇中微妙，令人失望。邱教授也訪問了其他幾位相關工作人員，有些材料值得參考。我們這次大量選收紫羅蓮的口述文章，算是補充，也是這輯資料裡面一大特色。

盧： 那時候紫羅蓮極年輕，只得十八歲，還是個讀書不成的女孩子，被日本人吸收作為一套宣傳片的配角，正好利用作為理想代言人。事後絕口不提這經歷，也很合理。後來她在粵語電影圈成了紅星，更不會談起這些往事了。晚年成了很虔誠基督信徒。

鄭： 順帶一提，我們在原始材料裡都不太看到李香蘭的消息。李香蘭在台灣拍了《沙韻之鐘》（サヨンの鐘），1943 年，松竹出品，導演是相當有名的清水宏。這電影現在有完整復修版，可以在網上看到。但我們所看到的材料並沒有對這部電影特別回應。另外，日本東寶在華製作《支那の夜》，1940 年作品。這電影差不多在全中國、台灣、東南亞各地都有放映，非常受歡迎，電影中有一首歌《蘇州之夜》，由李香蘭主唱，十分流行。電影在香港淪陷時期也

有放映，但我們看到相關的材料也不多。《支那の夜》有個特殊經歷，戰後曾經將戲中所謂中日親善關係部份刪去，剪輯成劇情片放映，就叫《蘇州之夜》。這可能是李香蘭主演的關係，也可能因為男主角是非常著名的男優長谷川一夫，導演伏水修沒有很特別，編劇小國英雄倒是後來和黑澤明有大量合作的名編。今天我們仍可看到短版《蘇州之夜》和長版《支那の夜》。

電影方面，我們還選收了有關《萬世流芳》、《博愛》的一些評介，和卜萬蒼一篇文章。《萬世流芳》是 1943 年長達 143 分鐘的電影，除了卜萬蒼是主要導演，電影還牽涉到朱石麟、馬徐維邦。朱石麟後來被左派詬病的歷史問題正是源於此片。這電影歌頌林則徐禁煙的歷史事蹟，以之抨擊英帝用鴉片來毒害中國。演員包括高占非、王引、袁美雲，及 2016 年在港去世的陳雲裳。陳雲裳完成此片後嫁給富豪湯于翰醫師，自此息影隱居香港。電影裡的《賣糖歌》後來十分流行，亦由李香蘭主唱。

卜萬蒼也是《博愛》其中一位導演。《博愛》有十個小故事，卜萬蒼擔任策劃，其他導演有朱石麟、岳楓、李萍倩、馬徐維邦、王引等，這批人 1949 年後都在香港發展。《博愛》是所謂「中日親善」的另類電影，但沒有直接宣揚日本的所謂東洋精神或者日本道德，而是鼓吹人類之間的各種愛。卜萬蒼是位矛盾人物，抗戰爆發前他屬於抗日，組織上海電影救國會，上海孤島時期還拍過《木蘭從軍》，是鼓吹士氣的愛國抗日電影，但上海全面淪陷後又加入華

影，拍《博愛》、《萬世流芳》，1948 年內戰時又拍忠貞片《國魂》。他的電影是另一種緊貼時代，但他個人立場不清楚。我們選收的這篇文章，算是他比較專業的看法。卜在香港逝世前，曾任麗的電視編導訓練班老師，培養了一些演員，包括汪明荃等。

熊：我們選收的材料沒有提到張善琨，但剛才提及的《博愛》、《木蘭從軍》，其實都跟張善琨有關。張善琨比卜萬蒼更徹底，1941 年擔任日本人控制的「中聯」和「華影」的總經理，與日人川喜多長政有很多往來合作，包括發行《木蘭從軍》，1942 至 1945 年間製作大量電影，其中就包括《博愛》。正如剛才所説，《博愛》基本上不能算是宣傳片，但抗戰勝利後，張善琨還是被視為曾經落水，1946 年後和太太童月娟來港避難，成立「永華」、「長城」，但都不能經營下去，甚至有説「長城」是被進步影人迫退。後來夫婦二人在港重新經營「新華」，創業作是《月兒彎彎照九州》，1956 年基於川喜多長政的交情，率先去到日本拍攝 35 毫米的彩色電影，但不久就在日本過身。童月娟後來卻擔任了「港九電影戲劇事業自由總會」主席，邱淑婷教授也曾經訪問童月娟。

鄭：她後來變成右派，支持國民黨政府。童月娟的電影公司需要台灣市場，台灣事實上也需要童月娟這一類電影人去組織電影界來支持，於是便既往不咎。

熊：1974 年《大成》刊登了屠光啟的〈四十年影劇回憶〉，屠光啟説，張善琨和日本人合作組織「華影」，實際是受命

於重慶政府，得到地下特派員蔣伯誠指示，表面合作而暗中抗日，但後來他和全體職演員都被罵是漢奸。

鄭：張善琨跟日本人合作是落水，與重慶方面的合作是事後的洗脫。但在政府已經淪亡，沒辦法在淪陷區作任何保護時，他能夠利用他與日本人的關係，維持一批電影人的生活，即使中間拍過一些電影不得不為日軍宣傳，仍然有他的功能，也保存了部分人不至受左派籠絡。1949年後，非左即右的對抗情況更令童月娟等一類人較受台北支持。有些人因為本來就是1930年代比較左翼的，例如朱石麟、李萍倩，自然和香港左派公司繼續合作。正因為淪陷時期這一段，無論左派右派的影人最後只能在香港討生活，到大陸不是一個選項，去台灣也可能受攻擊，但在香港反得包容；例如左派的朱石麟，右派的演員李麗華（李麗華曾和寶塚歌舞劇團合演《萬紫千紅》）。至於屠光啟的說法，絕對是事後的粉飾；很多人後來都藉著香港這種包容將之前的事情有所調整。馬徐維邦等導演，或演員陳雲裳、王引等，都不提過去這一段。屠光啟不必神話化為重慶領導。

童月娟在邱淑婷教授的訪問裡沒有談到核心問題，十分可惜；在不會入罪的情況下，還是沒有暢所欲言。無論如何，這次出土紫羅蓮的口述材料，是這一輯最珍貴的文獻，因為是第一手的日本觀察，不單是紫羅蓮個人事跡，也看到當時日本的狀況。

熊：這一輯還有老張。

鄭：對，老張的影評相當有水平，而且寫得頻密，但後來卻給

開除。他涉獵廣泛，日本電影到華影、滿影、香港本地製作，以及在香港放映的歐洲淪陷國家、法國傀儡政權的電影。可惜我們只能有限選幾篇。我們完全不知道他是誰，和平後也不見有任何線索。

盧：他很特別，不會長篇大論，都是很短的影評，但筆力夠，大概因得罪人多，終於沒能寫下去。

熊：還有，順帶一提，我們這次編選，對香港浸會大學製作的「早期華文報紙電影史料庫」也有一點補充作用。

鄭：對，因為「早期華文報紙電影史料庫」沒有涉及香港淪陷時期。

熊：據網頁說明，他們所收的香港報紙只有《華字日報》，但《華字日報》在香港淪陷之前已經停刊，資料庫收的主要是杭州、廣州、天津的材料。資料庫一則沒有收香港淪陷時期的報紙，二則沒有收和香港淪陷有密切關係的上海的報紙，而且史料庫比較多收上映電影的廣告，而我們選收的是影評和電影製作資料，也是一種補充。

鄭：在相關文化領域的另一項是「廣播」。根據地下工作人員陳在韶手抄送重慶的〈香港近況報告書〉，在日軍認為香港已受全面控制後，首先恢復電台廣播，但居民的收音機一律得「申請審查登記」。據陳在韶說，廣播節目還要添加日語學習。

盧：對，收音機要經審查登記，全部廣播節目都要經報道部審核。其實當時電力不足，又不是每個家庭有收音機，廣播時間也受控制，但他們堅持廣播，為的是向民間宣布訊息，

不能單靠報紙。報紙每星期會刊登「香督令」發布訊息，但比較軟性的內容就需要靠廣播。廣播節目有日語教授，還有許多奉命寫作的廣播劇，以作宣傳。我們選收的〈廣播劇在香港的一年間〉提到顧文宗，宣傳香港「新生」。這人很聽話，有相當多的作品，文字版還在報上再登一次。

鄭：顧文宗的書現在也比較容易找到。

盧：但他《新生》的劇本實在看不下去，只是服從指令而寫。

鄭：很差，一派胡言。

熊：當時的報紙也為《新生》宣傳，1943年1月13日《香港日報》一則報導交代了「旅港影人團名導演顧文宗氏」的一些資料：「江蘇無錫縣人，年三十五，生於北京，五四運動時代，他已經加入北京『大學劇聯』，開始話劇活動」云云，又說他「生平愛好戲劇，對於話劇，電影，和無綫電播音劇的推進和研究，不遺餘力，對於國語造詣尤深，談吐流利，堪稱『登峰造極』，有『標準國語教師』之稱，顧氏曾在北京，上海等地任各影片公司編劇，導演及國語講師之職，七年前在上海與陳大悲合創無綫電話劇社，繼在『上海樂劇訓練學院』導演名劇《摩登夫人》及《西施》，極博藝術界及觀眾之好評，民三十年來港，任職於商務印書館，兼任南粵影片公司之編劇、導演及演員，聖戰後，他毅然加入旅港影人劇團，協力於文化宣傳工作，在影人劇團中，他導演的多為諷刺喜劇，如《都會流行症》，《理想夫人》，《黃金美人》等，給予觀眾以精神上無限之快慰，談到作品，以前在港演出的獨幕劇『香港第一百回聖

誕節』和最近在《東亞晚報》發表的五幕民族史劇《鴉片戰爭》，都是顧文宗戰後的佳作，最近完成五幕時代劇《新生》一齣，洋洋五萬言，劇情曲折，意識正確，拘為顧氏對於迎時代偉大的貢獻。」

鄭：《鴉片戰爭》也是配合日本人反英帝的意圖，顧文宗戰後也有活動。

熊：另外，我們在《合集》收入了署名「葉」的〈新香港的文化活動　香港放送局特約放送稿〉，裡面提到「東亞文化協會」，說這協會差不多網羅了留港文化界全體知名人士，會長楊千里，副會長馬鑑，後來改組為「新東亞文化協會」。陳在韶的〈香港近況報告書〉也提到這個協會，說是報道部強迫楊千里、馬鑑等社會名流為要員。

楊千里即楊天驥，亦即楊彥岐的父親，楊彥岐即易文。黃南翔〈記三位已故的文藝界前輩：朱旭華、易文、潘柳黛〉提到：「易文的父親楊天驥（千里）以詩詞書法著名，也是個名報人。曾出任無錫縣長，一生在政治、文化與藝術圈中甚為活躍，又交遊廣闊。楊千里於 1938 年以避難之身來港，為杜月笙延攬，幫忙一些重要文牘及諮詢公務，又任賑濟委員會委員。因了這個緣故。1940 年易文自上海聖約翰大學畢業後，即來港協助乃父工作，侍奉左右。及至 1941 年底太平洋戰爭爆發，香港淪陷，楊千里父子接獲重慶密令，暫時留在香港協助國府幾位地下人員工作。至 1942 年 4 月，由於形勢險惡，為了安全，易文才隨父親等人以偷渡方式進入內地，輾轉去到陪都重慶。由於有

這一段特殊的經歷和背景，加上學歷和才華，才二十二歲的易文便有機會在重慶出任《掃蕩報》編輯。迨抗戰勝利，他已升任為上海《和平日報》總編輯了。」我們收的材料裡沒有提到易文，更沒有提到楊千里和杜月笙，但這就如先前談到的陳君葆的情況，我們的材料沒能顯示他們在淪陷期間做過甚麼，但他們在背後發揮了不少影響，尤其是杜月笙。我們看戴望舒、葉靈鳳、陳君葆，會看到他們背後的線索，汪派背後又是一條線索，但杜月笙我們便無法說明。

盧：關於「東亞文化協會」，有文章提到「這協會差不多網羅了留港文化界全體知名人士」，這必須明白，此會成立於1942年2月初，日本軍政府剛穩陣腳，就立刻進行了民間各種重要行業的人材編收。特別與意識形態、宣傳媒體有關的，例如文化界、新聞界、演藝界等等均立刻組成協會，以便有組織的系統的管理。又可對外宣傳這些有頭有面的人卻盡歸「我」了。以此會為例，1942年2月7日《華僑日報》刊出了〈東亞文化協會主辦文化登記啓事〉。就是叫人歸隊了。名人被迫「掛名入圍」，以便號召而已。此會沒有甚麼活動，不了了之。到1945年8月3日匆匆又成立了「香港文化聯誼社」，由日人松尾新聞班長領導，發起者有陳君葆、葉靈鳳、戴望舒、鄧爾雅、羅旭和等十二人，實藉這些仍留香港的文化人在日暮途窮時再撐場面。

鄭：我們的材料沒有顯示，但從其他材料可以看到杜月笙的兒子在香港有活動，線索不清楚，但值得注意。我們要記得，

淪陷前夕，無論左派或右派，尤其左派，將許多文化人救離香港，是得到一些江湖人物幫忙。不是靠英軍或游擊隊，而是非白道的助力，這方面我們看到後來相當多的回憶。

熊：潘靜安。

鄭：潘靜安神秘而沉默的一生可以佐證。

熊：潘靜安 1980 年代曾經以「潘柱」之名兩次口述當年搶救工作，〈回憶香港的搶救工作〉發表在 1984 年 6 月《東江黨史資料匯編》第三輯；〈虎口救精英〉則收入 1986 年解放軍出版社出版的《秘密大營救》。文史掌故專家許禮平勾沉潘靜安的生平事跡，寫成〈事了拂衣去　深藏身與名——記香江潛龍潘靜安〉、〈三教九流佬神鬼　五湖四海傲王侯——再記香江潛龍潘靜安〉和〈潘靜安二三事〉，都收在 2014 年牛津大學出版社出版的《舊日風雲》（二集）一書裡。

鄭：我們接下來談談戲曲。

盧：戲曲包括粵劇、歌壇。日本統治香港時十分重視娛樂，要給平民百姓娛樂，好打發時間。香港多廣東人，所以粵劇很興盛。淪陷初期，很多有名戲班因來不及逃出而滯留香港，他們需要生活，那就要演戲。他們有些認真地演，有些則只是等機會離開香港。中日戰爭不久，已經有很多話劇人才流落在香港，例如歐陽予倩、司徒慧敏，他們在廣州也有很多學生，盧敦就是在廣州的學生。北方的旅港劇團來的演員也很多。香港淪陷來不及離開，為生計只好繼續演出。

鄭：這部份的材料跟先前所講「大東亞文學」等比較嚴肅的題目沒有大關係，是關於本土及庶民生活和文化，但也為我們補充了一些戰時的珍貴史料，也關連到和平後的一些發展。

盧：省港澳有水陸路相通。許多粵劇班往後都紛紛離港，部份去了澳門長期演出，因為澳門平靜安全。和平後部份回到廣州，但大部份人回到香港，促使日後香港粵劇與廣州粵劇的風格分途發展。

熊：一些材料也提到許多伶人不願在香港登台演出，又因家累重或戲班負擔大而回不了內地，那就去澳門避風頭。

盧：任劍輝白雪仙就長期在澳門。

鄭：在澳門看到的資料就正是跟任白有關。

盧：任白與唐滌生合作也源於澳門，她們後來回港紮根發展，但澳門是很重要的過渡。

熊：留港的劇團便改名，比如新東亞劇團。

盧：沒有離開就只有這樣。但演的都是舊劇，不見改變。

我們在戲曲部份選材好像有點拉雜，但正如樹森兄說補充了一些戰時的珍貴史料，且看看娜馬怎樣罵新粵劇，當年香港人聽甚麼歌，白駒榮對粵劇有何批評與反省，秦小梨、余麗珍、白燕在演些甚麼，在香港有甚麼戲班等等，也頗有趣。

鄭：只是表面文章，跟演出沒關係。

我們談談梅蘭芳。梅蘭芳在上海淪陷時期蓄鬚明志的事跡，今日海內外所有有關梅蘭芳的論述都必然提到，也成

為愛國教育的一部份。但從我們這次收集的資料來看，居港的梅蘭芳似乎也不得不與日敵虛與委蛇，因此他光明高大的形象在這一輯材料裡不免有點遜色。但形格勢禁，恐怕當時也別無長策，只是有些記述為了保存梅蘭芳的形象，不免剪裁粉飾，例如薩空了的《香港淪陷日記》。

盧：當時留港而稍有名氣者，無論學者還是藝人，日本人都有意希望借助他們粉飾太平，作為一種姿態，表示對你們的文化人都很尊重。對那些文化人來說，既走不了，那就必須有應對之法。我們選收這些材料，不表示我們意圖要污衊梅蘭芳的形象，只是表現一個文化人身陷敵陣時，究竟如何應對，絕對無意低貶。

鄭：梅蘭芳始終沒有投敵，這一點是肯定的，絕對看出他的高風亮節。反之如北平李麗主動投日，來港大肆宣傳自己，其實就是利用民族災難圖利。李麗甚至強拜梅蘭芳為師，真是滑稽肉麻；她和梅蘭芳對比鮮明，有人主動獻身，有人力求脫身。在有關梅蘭芳的材料也提到胡蝶，紅極一時的胡蝶當時也滯港，她當年的名氣甚至可能比梅蘭芳更大。

盧：日本人十分欣賞、尊重梅蘭芳。

鄭：我在 1986 年秋幕後作最後編校的台北聯經版《胡蝶回憶錄》，提到日軍派中國通與名流溝通，謀取支持，並以糧票配給為要脅，企圖說服胡蝶參加「中日親善」宣傳工作，包括拍攝胡蝶遊日本的紀錄片。報道部藝能班班長和久田幸助通曉粵語，時常跟胡蝶打交道。胡蝶在步步進迫之下，

毅然冒險逃回內地，途中遇劫，財物盡失。負責營救的是楊惠敏，即是後來「神話化」成「冒險泅河送國旗」給死守四行倉庫國軍號稱「八百壯士」的那位女童軍，因被軍統懷疑她私吞胡蝶財物，在重慶被下獄三年多，到抗戰勝利後 1946 年才釋放。楊惠敏在回憶錄中說這是她畢生最大恥辱，救人卻成了吞佔別人財產。這是題外話。我們的資料裡沒有關於胡蝶的內容，但因有關梅蘭芳的報導中提到她，因此順帶一提，其實胡蝶很快便脫身，而在脫身過程中有這樣一段插曲。

盧：日本人其實不願放梅蘭芳，但因為和久田幸助極之欣賞他，尊重他，結果放他回廣州，他再從廣州回到上海。

鄭：和久田幸助確實尊重梅蘭芳。根據小思女士自日本搜羅的和久田幸助回憶《日本占領下之香港で何をしたか》（1991年 5 月岩波書店），梅蘭芳之外，也特別照顧胡蝶和薛覺先。和久田幸助生於 1915 年，天理大學外語廣東語部畢業；1934 年 4 月至 1943 年年底在廣州、香港進修及工作。梅蘭芳之外，胡蝶和薛覺先均先後脫險返回內地，看來和久田幸助不甚「稱職」。

熊：1970 年《大人》上有陳定山的〈歷盡滄桑一美人——北平李麗的故事〉，裡面引述李麗自傳《誤我風月三十年》說她是受重慶錄用為間諜，「用她的身份救過香港不少舞民」，在香港淪陷時期，「更幫助流寓港九的名伶梅蘭芳，讓他得到日本人保護，用飛機送回上海。也就在這個時候，她拜了梅蘭芳做老師，學習更多的平劇，不久，李麗也回

到上海，她以日本人的關係而做著重慶的地下工作」；又說「支持她的某將軍在抗戰勝利之後回到上海的時候，他的飛機中途失事，乘客十七人，機員五人全部罹難。李麗半生的工作成績都在某將軍記錄檔案中，因而也全部毀滅了」。

鄭：她說的某將軍就是軍統情報頭子戴笠；戴雨農一死，不少人都說是受戴先生委派為國府辦事，但已經死無對證。1949後許多回憶都說自己做地下工作，保護了一些人，甚至在漢奸大審的紀錄也出現這類辯解。周佛海也在汪政權末期在南京設地下電台，與重慶通消息，但我們不能因此認為周佛海就是埋伏在汪政權裡的人。我們處理這些資料時要十分小心，要有其他材料佐證，不然就誤將神話變信史。

熊：李麗後來在台灣、香港都有活動，但已惡名昭著。周佛海和一些人在抗戰後期的這些舉措，其實都是留後路。上海淪陷時期任《申報》社長的陳彬龢，戰後移居香港，就連他也在回憶錄《前塵夢影錄》裡說：「勝利以後，上至陳公博、周佛海等巨頭起，下至起碼的偽保甲長止，其能提出證據，表白與地工有關的漢奸，直佔百分之九十五，這是後話。」

盧：我們選了多篇有關李麗的文字，並不是因她是「重要角兒」，而是通過一個藝人居然由跳腳舞、哼西洋調兒到在香港吃頓飯便要拜梅蘭芳為師演京劇，又到廣州演顧文宗編導的話劇《茶花女》，在日治亂世的省港地區方便遊走。

回憶錄更見神通廣大，許多大件事她也沾上了。這類文字歷來多的是。

十三、「歷史」的「遺忘」，「遺忘」的「歷史」

盧：有些筆名我們無法查明是誰，但讀者可以注意他們主要在哪張報紙出現以考慮其立場。這裡補充一點注意事項。第一，我們所看到的報刊不全面，缺期的也不少，故取材有局限。第二，讀這些選文時，要注意選文出自哪張報紙，因他們各有立場。比如《香島日報》，胡文虎的身影經常在報上出現，說他怎樣運米、怎樣做慈善工作。因為胡文虎是老闆。《香港日報》則是日本人辦的，現在的說法就是統治者的喉舌報，「香督令」就刊登在這裡，只會說政府要說的東西。《華僑日報》也聽從政府的命令，仍有較多實在的材料，談經濟問題、教育問題，但有某些特殊人物盤踞其中，例如盧夢殊。至於《南華日報》，則是汪派。

熊：大同圖書印務局也是由胡文虎、何東合資，出版《新東亞》、《大同畫報》等。據陳在韶〈香港近況報告書〉所說，大同還計劃發行漫畫雜誌、兒童雜誌，但我們沒看到。

還有，我們處理的雖然是香港淪陷時期的材料，而香港淪陷說到底只有三年零八個月，但當時各方的考慮都並不以一時一地為限。各人都以這段特殊的時空為一個轉圜的機會，利用這個機會重新洗牌、佈陣，把形勢扭轉到有利自己的一方，因為以後的日子還長。當日的舉措、佈局，對日後亦有實際深遠影響。讀者讀這些選文時，若不以此為

念，恐怕會失落很多重要內容。

鄭：就是說，解讀時要有歷史感，注意文章的背景脈絡，了解
刊物的立場，也要考慮文章出現的時間。隨著太平洋戰爭
的變化，日軍對香港的言論控制也有所鬆動，對庶民娛樂
生活沒有之前那麼多管制。

我們長時間處理史料，能看到的都看了，但能看到的畢竟
只是當時材料的一部份，客觀的流失無可避免。同時，任
何一個主體面對廣闊的歷史時空都不可能綜觀全局，主體
的觀察無可避免必有缺失。事過許久來整理，面對這麼大
量的材料，編集時又淘汰了大量資料，其中有些也有應該
收錄的，基於種種原因或編選時焦點，結果沒有收錄，例
如過去就沒有牽涉舊詩詞。所以，客觀存在的材料本身已
有所流失，這是「歷史」本身無可避免的自我「遺忘」。
選編過程又刻意排除以為聚焦，最後再分門別類成個別重
點，其中自有許多不得不被汰濾的人和事，以至評價，這
可說是主觀地去「遺忘」的「歷史」。這次被我們主觀「遺
忘」的還包括一些「純文學創作」，和用廣東話寫作的俗
文學。小思女士提供的英文報紙，雖然十分完整，但我們
看過認為無須處理，因為這些英文報紙除了新聞報導和日
軍政府的文告，基本上沒有與我們這次編選相符的內容。
後來由於物資缺乏，英文報紙幾乎變成小張式的單張出
版，最後甚至停頓。

盧：也許有人認為淪陷時期中的「和平文藝」也算是重要項目，
為甚麼我們不談。原因是我們在處理早期香港文學資料時

已經處理，這次不必再討論。

最可惜是篇幅所限，我們還是無法收納廣東話的俗文學。

「遺忘」總免不了，得靠後人努力。

熊：我們無法求全，只能盡力而為。

鄭：在斷斷續續整理出版香港文學史料的二十多年，一直得到天地圖書出版顧問顏純鈎先生的大力支持；本書恰巧也是顏先生退休前負責的最後一本書，我們衷心感謝，並祝願在不再為他人壓金線之後，早日重拾彩筆，再干氣象。

（紀錄：朱彥容）

淪陷時期香港文學資料選目錄

(一) 日佔後「新香港」

	署名	欄名	篇名（內文標題）	來源	發表日期	本書頁碼
01			大東亞共同宣言	《大眾周報》2卷7號33期	1943.11.13	70
02	黃連		新香港的透視	《新東亞》1卷1期「半年來的新香港特輯」	1942.08.01	71
03	以明		新香港市政的檢閱	《新東亞》1卷5期「香港新生一週年特輯」	1942.12.01	82
04	劍張		我怎樣晉見總督	《大眾周報》1卷7期	1943.05.15	88
05	鳳兮		記香港三長官 司法官栗本一夫 稅務所長廣瀨駿二 電訊局長今村守三	《大眾周報》2卷12號38期	1943.12.18	存目（見《淪陷時期香港文學作品選——葉靈鳳、戴望舒合集》）
06	楊浚明編		日敵「總督部」成立後措施〔節錄〕（〔一〕利用「華人代表」）	《四年來之香港》	1945年底 - 1946年初	91

(二) 文化

	署名	欄名	篇名（內文標題）	來源	發表日期	本書頁碼
01		一週縱橫談	認清我們的使命	《香港日報·星期筆談》	1942.06.28	94
02	白嬰		如何建設新香港的新文化	《香港日報·星期筆談》	1942.07.05	95

	署名	欄名	篇名（內文標題）	來源	發表日期	本書頁碼
03	李志文	一週論文	我對於文化建設之意見	《香港日報》	1942.09.07	97
04	張年		大東亞戰爭一年來　新香港的文化建設	《南華日報》「大東亞戰爭週年紀念特刊」	1942.12.08	99
05	神鷹		新香港人應有之認識與努力	《大眾周報》1卷9期	1943.05.29	102
06			香港和新文化　日美術家伊原宇三郎廣播詞（一）、（二）	《南華日報》	1943.08.03-04	105
07	陳廉伯		復興東亞的文化	《華僑日報》	1943.09.29	109
08			出席大東亞記者大會　港代表對本港人士廣播　從大東亞兩個會議講起	《華僑日報》	1943.11.21	112
09	夢殊		東游觀感〔節錄〕（（一）〔一‧楔子一二‧出發〕、（二）〔三‧台北——福岡〕、（三）、（廿肆）〔大東亞新聞大會宣言案〕）	《華僑日報》	1943.12.31、1944.01.01、1944.01.05、1944.02.26-27	114
10	葉靈鳳		煤山悲劇三百年紀念　民族盛衰歷史教訓之再接受	《華僑日報‧僑樂村》	1944.04.11	123
11			新聞協會昨日成立　磯谷總督親臨致訓　勗勉會員完成戰時報道使命　大熊司令官勉報界團結協力	《香島日報》	1944.07.07	127
12		社論	香港文化的現階段	《香島日報》	1944.11.15	131
13			香港文化聯誼社　昨午正式成立	《華僑日報》	1945.08.04	133
14	任遠		新界文化名流座談別紀	《香島日報》	1945.08.11	135
15	楊浚明編		日敵「總督部」成立後措施〔節錄〕（〔十四〕蹂躪文化機關統制新聞）	《四年來之香港》	1945年底-1946年初	136

(三) 教育

	署名	欄名	篇名（內文標題）	來源	發表日期	本書頁碼
01	祁欣		新香港教育的現階段和出路	《新東亞》1卷3期	1942.10.01	142

	署名	欄名	篇名（內文標題）	來源	發表日期	本書頁碼
02			小學國文課程改用廣東語體文不確　用北京語廣東語係屬自由無須規定	《華僑日報》	1944.07.22	151
03			神田館長談兩大圖書館短期內開放　專門者供學術研究　普通者供市民閱覽	《香島日報》	1944.09.29	153
04	蘇子		記馮平山圖書館	《香島日報》	1944.09.29	154

（四）「大東亞文學」

	署名	欄名	篇名（內文標題）	來源	發表日期	本書頁碼
01		社論	第二屆東亞文學者大會獻詞	《南華日報》	1943.08.15	158
02		社論	建設大東亞文化	《南華日報》	1943.09.01	160
03	盧夢殊	本刊特約專稿	記大東亞新聞大會	《大衆周報》2卷14號40期	1944.01.01	162
04	雨生		大東亞戰爭與中國文學（一）–（五）	《南華日報·副刊》	1944.02.22-26	164

（五）香港的「新」文學

	署名	欄名	篇名（內文標題）	來源	發表日期	本書頁碼
01	娜馬	半週什談	身邊瑣事	《南華日報·半週文藝》147期	1941.12.01	174
02	少芝		文壇魔障宜掃除	《南華日報·前鋒》232期	1942.03.20	175
03	振彝		讀西川部長訓詞有感	《南華日報·前鋒》235期	1942.03.23	176
04	劍塵		我們需要的文藝	《南華日報·前鋒》236期	1942.03.24	176
05	天任	尖兵	關於多刊文藝作品	《南華日報·前鋒》237期	1942.03.25	179
06	羅玄囿		目前所需要的文學與讀物	《新東亞》1卷3期	1942.10.01	179

（六）其他文學論評

	署名	欄名	篇名（內文標題）	來源	發表日期	本書頁碼
01	娜馬		今之第三種人	《南華日報·前鋒》207期	1942.02.23	186
02	娜馬	廣東心影	新文藝運動在廣州	《南華日報·南園》	1943.04.28	187
03	娜馬	廣東心影	詩人社·文化人俱樂部（一）、（二）	《南華日報·南園》	1943.05.01-02	189
04	娜馬	廣東心影	關於參戰文藝理論教程的話	《南華日報·南園》	1943.05.09	191
05	娜馬	廣東心影	關於廣東張恨水的話	《南華日報·南園》	1943.05.14	193
06	路易士		詩的表現（上）、（下）	《南華日報·副刊》	1944.05.31-06.01	195
07	周作人		關於老作家（一）、（二）、（三）	《南華日報·副刊》	1944.06.17、18、20	197
08	周作人		文壇之分化（一）、（二）、（三）、（完）	《南華日報·副刊》	1944.06.21-24	201
09	周作人		一封信的後文	《南華日報·副刊》	1944.06.24	206
10	路易士		想像之考察	《南華日報·副刊》	1944.07.09	208
11	李志文		門外文談	《南華日報·副刊》	1944.07.13	210
12	李志文		關於鄉土文學	《南華日報·副刊》	1944.07.22	211
13	娜馬		話說廣東鄉土文學	《南華日報·副刊》	1944.08.01	212
14	戴望舒		跋山城雨景	《華僑日報·僑樂村》	1944.08.01	存目（見《淪陷時期香港文學作品選──葉靈鳳、戴望舒合集》）
15	娜馬		談『山城雨景』	《香港日報·曙光》	1944.10.14	213
16	娜馬		香港·文藝	《香港日報·曙光》	1944.10.17	214
17	黑旋風		「香港·文藝」讀後感	《香港日報·曙光》	1944.10.20	216

(七) 懷人憶往

	署名	欄名	篇名（內文標題）	來源	發表日期	本書頁碼
01	羅玄囿		悼岑建業	《南華日報·南園》	1942.06.21	220
02	九紋龍		懷念着豈明先生	《香港日報·幻洲》	1942.06.28	222
03	九紋龍		幽默徒子老舍	《香港日報·幻洲》	1942.07.05	224
04	克強		豈明先生印象記	《香港日報·星期筆談》	1942.10.04	226
05	趙克臻		看「瓊宵綺夢」有感 憶劉燦波先生	《大眾周報》1卷25期	1943.09.18	存目（見《淪陷時期香港文學作品選──葉靈鳳、戴望舒合集》）
06	李志文		懷念幾個友人	《南華日報·副刊》	1944.07.08	229
07	娜馬		憶楊邨人	《南華日報·副刊》	1944.07.12	230
08	娜馬		記廣東文學會 (一) – (四)	《南華日報·副刊》	1944.07.15·16·18·19	232
09	黃海雲		我與楊邨人	《南華日報·副刊》	1944.08.09	236

(八) 電影

	署名	欄名	篇名（內文標題）	來源	發表日期	本書頁碼
01	夢殊		略談「東亞之光」	《華僑日報·華嶽》「東亞之光特輯」	1941.12.04	240
02	陳訊之		何非光與談「東亞之光」	《華僑日報·華嶽》「東亞之光特輯」	1941.12.04	242
03			山本薰略歷	《華僑日報·華嶽》「東亞之光特輯」	1941.12.04	244

04	紫羅蓮小姐口述松庵筆記		日本東京親歷記〔節錄〕（在片廠候了整個上午－五光十色的電映院－訪問東京各大報社－東京的教育事業－莊嚴偉大的靖國神社－東京放映「香港攻略戰」－就這樣我別離了東京）	《香港日報‧香峯》	1943.01.09、15‧20‧24‧31、1943.02.02‧12	244
05			華南女星東渡拍片第一人 紫羅蓮女士訪問記	《香港日報‧香峯》	1942.07.23	254
06	老張	老張影評	癡兒女	《南華日報‧南園》	1943.03.08	256
07	老張	老張影評	「秋」	《南華日報‧南園》	1943.04.13	257
08	老張	電影放談	影評在中國	《南華日報‧南園》	1943.05.07	260
09	水源	本報特寫	『博愛』觀後感（上）、（下）	《香港日報》	1943.05.22-23	262
10	老張	電影放談	怎樣「迎合」觀眾	《南華日報‧南園》	1943.05.27	269
11	林擒		中聯巨片「萬世流芳」介紹	《香港日報‧綠洲》	1943.11.20	271
12			『萬世流芳』座談錄要	《華僑日報》	1943.11.21-22	273
13	亦云		「萬世流芳」觀後感	《香島日報‧明朗》	1943.11.25	275
14	記者		「萬世流芳」雜感 一篇借題發揮的影評	《大眾周報》2卷9號35期	1943.11.27	277
15	李志文	筆談	中國電影之出路	《南華日報‧副刊》	1944.02.18	281
16	卜萬蒼		今後之電影	《香港日報‧劇藝》	1944.03.11	281
17	清流	香港話舊	電影院滄桑錄	《大眾周報》3卷18號70期	1944.07.29	283

(九) 廣播

	署名	欄名	篇名（內文標題）	來源	發表日期	本書頁碼
01	亞文	放送雜談	（詩歌姊妹花－與米絕緣－擁抱）	《大眾周報》2卷7號33期	1943.11.13	288
02	鋒芒		廣播劇在香港的一年間	《香港日報‧綠洲》	1944.02.22	289

（十）戲曲

	署名	欄名	篇名（內文標題）	來源	發表日期	本書頁碼
01			時代新歌（大東亞民族團結進行曲(一)-(二)-序言）	《大同畫報》1卷5期	1942.12	296
02	娜馬	廣東心影	新粵劇是什麼東西	《南華日報·南園》	1943.05.03	297
03	娜馬	廣東心影	戲劇運動在廣東（上）、（下）	《南華日報·南園》	1943.05.17、20	299
04	阿寶		記四海春	《大眾周報》1卷12期	1943.06.19	302
05	書呆子		香港之「歌」	《大眾周報》1卷19期	1943.08.07	303
06	舊侶		秦小梨小紀	《大眾周報》2卷1號27期	1943.10.02	307
07	筱韞		余麗珍與蝴蝶女	《大眾周報》2卷3號29期	1943.10.06	309
08	燕		李少芳重披歌衫	《大眾周報》2卷8號34期	1943.11.20	310
09	江離		香港的影·話·歌	《大眾周報》2卷10號36期	1943.12.04	311
10	筱韞		粵劇編劇談 貢獻給李少芸先生	《大眾周報》2卷12號38期	1943.12.18	313
11	寶兒		與白駒榮談粵劇	《大眾周報》2卷20號46期	1944.02.12	315
12	少之	特約廣州演藝通訊	女明星話劇熱 白燕·張雪英活躍	《大眾周報》2卷21號47期	1944.02.19	317
13	阿同		廓山笑與舞台電影化	《大眾周報》3卷6號58期	1944.05.06	319
14	君中		漫談超華劇團	《大眾周報》3卷9號61期	1944.05.27	320
15	筱韞	藝海雜誌	超華劇團近訊	《大眾周報》4卷7號85期	1944.11.18	321
16	啤		從粵劇界變化談到中央劇團	《大眾周報》4卷13號91期	1944.12.30	322
17	筱韞	戲劇與電影	香港粵劇最近的變遷	《香島月報》1期	1945.07.05	323

(十一) 梅蘭芳

	署名	欄名	篇名（內文標題）	來源	發表日期	本書頁碼
01			報導部長多田招待港九文化界巨子 梅蘭芳胡蝶等均與會情形異常熱鬧	《華僑日報》	1942.01.22	326
02	〔 〕〔 〕		梅畹華畫佛寄鐵禪	《香港日報·娛樂版》	1942.07.04	326
03	魯夫		李麗拜師記	《香港日報·星期筆談》	1942.07.19	327
04	吾道		訪問北平李麗	《香港日報·綠洲》	1943.12.10	329
05	北平李麗		北平李麗致詞	《香港日報·綠洲》	1943.12.10	331
06		本刊特訊	北平李麗拉箱上省	《大眾周報》2卷21號47期	1944.02.19	332
07	寧木	本刊特約演藝通訊	廣州的話劇 李麗大有所獲	《大眾周報》2卷23號49期	1944.03.04	332

(十二) 附錄：舊詩詞

	署名	欄名	篇名（內文標題）	來源	發表日期	本書頁碼
01	振彝		感懷	《南華日報·前鋒》223期	1942.03.11	336
02	前人		脫險	《南華日報·前鋒》223期	1942.03.11	336
03	白雪		熱樓雜稿（有寄一座上紀遇）	《南華日報·前鋒》223期	1942.03.11	336
04	振彝		脫險吟	《南華日報·前鋒》284期	1942.05.12	337
05	賴端甫		敬步原韻奉和黃振彝同志	《南華日報·南園》	1942.06.18	338

06	前人		意有未盡再步原韻見志	《南華日報・南園》	1942.06.18	338
07	柳亞子		柳亞子近作（寄友－百年一首和胡樸安）	《大眾周報》1卷1期	1943.04.03	339
08	振彝	詩壇	題南園轉贈娜馬兄	《南華日報・南園》	1943.05.18	340
09	江霞公		與人論妄執得十解行將入山以柬夢殊有當留別	《華僑日報・僑樂村》	1943.06.21	340
10	鮑少游		悼竹內畫師	《華僑日報・僑樂村》	1943.11.21	341
11	鮑少游		詩選	《華僑日報・僑樂村》	1943.12.07	342
12	莎		元旦柬娜馬 並序	《南華日報・雜匯》5期	1944.01.30	343
13	曾顯揚		賦贈江亢虎先生	《南華日報・副刊》	1944.02.05	343
14			文化界韻事 台北兩教授來港視察 陳君葆詩以紀之	《華僑日報》	1944.03.15	344
15	龍沐勛		恭讀雙照樓詞（一）、（完）	《南華日報・副刊》	1944.09.28-29	345
16	陳君葆		水雲樓吟草（次辛盦春日卽事原韻兼呈寅恪教授－題林清和君手冊）	《華僑日報・文藝週刊》73期	1945.06.24	347

（一）日佔後「新香港」

大東亞共同宣言

　　夫世界各國各得其所，相倚相扶，以同享萬邦共榮之幸福，此乃確立世界和平之根本要諦。惟英美兩國惟己國之繁榮是圖，壓迫其他國家，其他民族，尤以對於大東亞橫加侵略，恣意搾取，並肆行其奴化大東亞野心，致大東亞之安定根本推翻，此次大東亞戰爭發生之原因，卽在於此，故大東亞各國應互相提攜，力求完成大東亞戰爭，使大東亞解脫英美之桎梏，保障其自存自衛，根據左列綱領，建設大東亞，俾有助于世界和平之確立：

　　(一) 大東亞各國共同確保大東亞之安定，以道義爲基礎，建設共存共榮之秩序。

　　(一) 大東亞各國互相尊重其自主獨立，力求互助敦睦，以獨立大東亞親和。

　　(一) 大東亞各國互相尊重其傳統，發展各民族之創造性，以闡揚大東亞之文化。

　　(一) 大東亞各國本於互惠緊密提攜，以促進其經濟發展，增進大東亞之繁榮。

　　(一) 大東亞各國增進萬邦之友誼，撤廢人種的差別，普行溝通文化，進而開放資源，以期貢獻於世界之進展。

《大衆周報》2 卷 7 號 33 期，1943.11.13

新香港的透視 / 黃連

一、引言

香港，這南中國海岸唯一重要的地點，給英人盤據了恰恰一百年的時候，便交還東亞人的手上，由日本占領了。從去年十二月八日東亞聖戰爆發開始，到十二月廿五日耶穌「聖誕」英方投降時止，前後一共十八天。從大東亞戰爭的地域的過程上說，香港經過砲火洗禮的日子，是最短的。香港的占領，是英國在東亞的勢力被驅除的第一聲；同時，也是日本發動大東亞之戰的第一次勝利。香港最先占領，也最先復興。香港是「東亞共榮圈」的一環，在迅速復興的現在，這海島的實際的內容，是值得加以透視一下的。

二、政治

這里所稱的香港，當然包括九龍和新界在內。日軍完全占領香港後，新的香港便即揭幕。新香港的政治，可分為兩個時期。前期，就是那時的軍治的時期；日軍進來後，馬上佈告安民。那時的告示，就是署着「軍政廳」的。這些告示，叫居民安份守己，安居樂業；叫重慶政府留港人員，從速自行投報，許以自新之路；一方面，禁止好幾項貨物的買賣的自由。同時，對地方上的種種善後問題，也着手加以積極的處理。香港的一切，那時都在「軍管」之中。大局粗定，治安和衛生這最關重要的兩樣，都有着非常的進步。香港所受戰事的損毀不算大，在友邦軍政廳精明的

治下，很迅速地恢復過來。經濟方面，在那時是比較混亂的；當局為着避免一部分人壟斷市場蠹購糧食，毅然的公佈十元以上面額的香港紙幣暫停使用。糧食方面，則由當局發出白米，在各市場舉辦公開平糶。民政方面，又委出律師冼秉熹等組織區政聯絡所，下轄各區所長；同時，軍當局最高長官酒井中將，在半島酒店歡宴全港華人紳商，成立一個善後委員會，輔助建設進行；關於辦理歸僑事宜，由當局和幾個團體合作，成立歸鄉指導委員會。直至港督磯谷閣下蒞任，新香港更踏進建設時期，也即是現在的這個時期，一切政治都上了正常的軌道了。目前香港的最高機構是「香港占領地總督部」，是行政的總機關。此外，有香港和九龍兩地區事務所，管理全香港九龍和新界各地方的事宜。總督為施政圓滑官民合作建設新香港起見，又委出羅旭和及以下三位，成立華民代表會；周壽臣等以下共廿一位，成立華民各界協議會。這兩個會也即是善後委員會後身。各區區政所，則秉承當局的意旨，輔助辦理區內居民的一切民政事宜；除香九各區所外，新界各處，也有設立。總督就任以來，治理有方。舉其犖犖大者，如發出管區法令，以便合法管理居民之入境，出境，居住，物資之運入，運出，及企業，營業，商行為等，在六月底前須辦妥申請手續。這樣，商民更能安居樂業了。一切海陸交通，都先後完全恢復。民食方面，由舉辦平糶而輪流配給，由輪流配給進至計口授糧，每個居民每天都能獲到平均的米糧；油，糖，麵等生活物資也發交指定商人公價平賣。衛生方面，則切實厲行防疫注射，經濟問題，因得當局的合理措施，各銀行的保險箱次第開放，又發回存戶儲金，利便民生；禁止非法炒賣，安定金融。學校復課

了，一般社團也恢復活動；文化事業，也有欣欣向榮之象。至於治安，在憲兵憲警的嚴密精明之管理下，肅清匪類，勤勵出巡，現在可算已達治理成功的階段。在這新香港建設過程中的兩個時期裏，當局的措施，一切都是來得迅速而有條理。

三、糧食

糧食是民生的首要問題。因爲戰事倉卒發生，在戰事期內和砲火停息後，居民事先未有若何準備，曾經有過糧荒的現象；這種現象，在任何一處的戰爭地區都不能避免的。還幸當局急施仁政，首先在各大街市內，舉辦平糶，給予居民以復甦的機會。不久，再進一步，成立各區白米配給所，居民擠擁着在競爭搶購米食的情形，已告消滅。配給所的辦法，是按照人口調查表按口賣給，每斤白米售價軍票廿錢，指定某區某某街的居民向就近指定的配給所買受，每人每天可得米六兩四；可是，因爲米的配給，有遲有早，其中有些居民，也許不能平均每天獲得米糧，到底還未盡善。當局統籌熟慮，又由配給所再進而指定各區白米小賣商，由地區事務所派出所長授權各區區政所指導及監督小賣進行；指定某區居民分日買米，這麼一來，米的配給辦法，已經達至盡善地步。同時，原有的「白米特售處」，也告取銷，居民米食，不致有有餘或不足的現象。接着，營業米配給處一度產生，酒樓飯館一類的食物館業獲得相當營業米的配給。截至現在，白米小賣的計口授糧法已實行數月，辦法完善，居民咸深歌頌。由於戰前本港儲米尚豐，和當局不絕從泰越等處繼續運來供應，香港米源，特殊充足，居民當不會發生糧食的恐慌；這是香港居民的幸福。

最近米價，由每斤廿錢提高至每斤卅錢，但比較最接近香港的省澳或其他任何一處仍然廉宜得多。還有一點，公米價略提高後，黑市米反日趨跌價，這又是一個良好的反響。除白米外，麵粉，油，糖等生活必需的物資，當局也將次第交商公賣；這些物資，歷來由於商人操縱，價格特昂，居民早已吃虧；將來公賣實現，裨益全民，委實不少。至於其他什糧，如荳類等物，因別處陸續有來，到寫這稿時止，價格也平跌許多，這又是居民的另一福音。

四、治安

當去年十二月廿五日「聖誕節」那天，英軍經已投降而地方上正在新舊交替的時候，一般匪類，乘機竊發，這晚糾黨聯羣，洗刼民居，使從前最爲旖旎繁華的「聖誕節」，變爲空前未有的恐怖之夜。這恐怖的過程，直至廿六晚大局已定，皇軍完全分佈港內各處，便告平息。關於這一點，憑着良心說，這的確是全仗皇軍的德威所致：設不然，這恐怖的情形，如果再延長一晚，那就更不堪設想的了。九龍方面，皇軍占領較早，但那時香九皇英兩軍還在相持，所以匪類勒刼的事情，也發生較早而且歷時又較多。直至皇軍完全占領香九全區以後，這恐怖的戲劇才完全閉幕。那時候，憑着皇軍的坐鎮，地方進入太平階段。跟着，各區居民紛紛組織自衞團，設置街閘，治安又進一步。後來，治安的責任，由軍人轉付憲兵的手上，加上許多在短期訓練良好的憲查，警政機構，更臻完密。憲警晝夜一隊隊地武裝出巡；分在各交通孔道站崗，並在舟車截搜行人；更有一個時期，舉行大戒嚴，檢搜各區隱匿的不良份子。因此，那些匪類伏法的伏法，逃的逃，已無

他們立足的餘地。日本的警政的良好，是世界上有名的；就在這樣的治理之下，雖然自警團完全裁撤了，街閘完全拆除了，而地方上的秩序，則日見良好。目前，憲兵和憲警負着維持治安的全權；逐漸地，逐漸地，「路不拾遺，夜不閉戶」之風，不難再見於新香港。

五、經濟

香港戰事初停之後，經濟方面，曾一度陷入混亂時期。一方面，大量資財儲在銀行裏；一方面，大量游資在市上徘徊。友邦當局，首先出示，十元以上面額的香港紙幣暫禁行使，使那些手裏存有大幫現鈔的人，不致大量收買糧食，壟斷市場；這一着，是非常高明而英斷的。毋論大富人小百姓，同得到平衡的相等的地位。等到局面平靜了一些兒，「大紙」的禁用令撤銷了，銀行的保險箱也開放給囘戶主了；爲着體恤商艱，又准許好多家「公認錢莊」復業；同時，軍票和港幣的比率，規定一比二。香港的經濟市場，漸漸囘復活潑的態勢。可是，由於一般「銀虱」的作祟，使十元以上的港紙，低跌了許多；商場交易，必以十元以下的「碎紙」爲主，直使萬民叫苦。當局爲此，乃明白聲明「大紙」應與「細紙」同等行使；並爲示範起見，政府機關首先接受「大紙」十足的交收。但是，雖經當局三令五申，而一般人的歧視「大紙」如故，其中，稍爲殘舊的紙幣，更是遭人輕視，不易使用。當局乃重申禁令，再發談話，說明不是大細紙發行的比率不當；當局並且經已努力收囘大紙，放出小紙，怎奈一般祇圖私利的人暗中操縱，致令大紙仍未能十足行使，實屬遺憾。今後特嚴禁一般兌

換生意；公認錢莊也祇許經營港幣與法幣的貿易。自發表此令後，所謂「大牛」的大紙的價值，經已按步高升，截至執筆時止，已回漲至八成以上；再經時日，大紙十足行使，實屬可能之事。又當局清算各敵性銀行，發覺他們早將基金挪用；但為體恤民艱，方便儲戶，特將其他敵產把握，按期交回債權，堪稱仁至義盡。至於渝系四銀行，最近下令停止營業，加以清算。新香港的經濟，至此可謂調劑得當，整理就緒了。

六、交通

交通事業，恢復最快而且最早。省港，澳港輪航，在香港重光後不久，即告恢復；江港，灣（廣州灣）港也繼之復通。初期，還有半官式主辦的免費歸航，利便一般僑胞回返他們的故鄉，計有市橋，太平，唐家灣各綫。香九渡海小輪，九龍「巴士」，香港「巴士」，電車，九廣火車，先後復行。火車的恢復，工程比較艱鉅；因為當英軍撤退的時候，曾把間於九龍和沙田中的最長的隧道毀壞了許多，但在日軍工兵的努力之下，不消多時，便修好了。現在香港與深圳每天共有上下行車四班；一般來往九龍和新界以至深圳以外的旅客，無不稱便。電車是陸上交通最先恢復的，值得一提的有如下幾點：（一）山王台（舊稱堅尼地城）直通筲箕灣，路綫延長許多，最得搭客稱頌；（二）每早增設荷物專車，運輸大件貨物，着實便宜；（三）加開由筲箕灣轉入競馬場再至山王台之綫，這也是從前所沒有的；（四）車費雖然增加至三毛二毛，但因得到上述的幾種便利，人們仍然樂於乘搭；（五）增設女賣票和女收票員，提倡女子職業，亦是殊堪頌揚的事。「巴

士」方面，因爲車費便宜，同時香九兩方，都是車少人多，所以覺得特別擠擁。人力車方面，由車商成立組合，在交通班陸運課指導之下，不絕加以改良，如舉辦車伕登記，發給車伕牌照最近還劃一車伕服裝，一律藍斜衫，黃斜短褲；又分段規定收車費；派出稽查指導車伕將車停放在不碍交通的地點。這也是香港人力車的一大改革。登山電車（舊稱纜車），是所有舟車交通最後恢復的一項。以上，「巴士」，渡海小輪，登山電車，電車都是由香港占領地總督部交通部直接辦理的。此外，啓德機場，也將實行擴充，將來客貨兩運，必很發達。交通機構是個大城市的動脈，整個交通機構如果圓滑暢通，便可顯見這兒的生機活潑，現在香港的所有的舟車全都復活了，這不是正像一個遍身不遂的病人已告完全康復了麼？

七、衞生

一般地說來戰爭之後，必有疫癘跟着發生。然而，就香港看來，這種說法根本便要推翻了。由於友邦當局，重視衞生事宜；所以，截至最近止，香港不止沒有發生過疫癘，甚至一般流行的時症也很少發生。總督部的衞生課員工很多，首先動員舉行全港普及的防疫注射；每個過路人，都要被檢視針證，這張針證，是曾經防疫注射的證明，寫着這人姓甚名誰，住在那兒，曾在何時接受過第一次防疫注射的。如果沒有這張證書，馬上就要施行注射。這是替被打針者和全民大衆的康甯設想的一種善政；辦理的得法和執行的普及，比較英政府時代的天天講衞生却完全不做實際的工夫，和一味祇顧取締小販等等做法，委實相差很遠。現

在，又舉行二期防疫注射，居民如已接受首次注射逾三月的，便要再行注射。醫藥方面，當局公佈各醫院醫局，收容一般病者。各區區政所中，也各設有衛生課，輔助當地區的衛生事宜。在香港戰後的初期，曾經滋生過許多蠅蚊，經當局的一再努力，先後把這些微菌的傳佈者消滅淨盡。又由於居民有過一個時期烹食貓兒，弄得鼠多貓少，經當局告誡民眾宜注意防範發生鼠疫；居民自動厲行捕鼠，使這些耗子，不致為患地方。至於舉行屋宇大清除，收拾路上遺屍，焚燒垃圾及醫生登記等等，也都具見成績，新香港的衛生行政。確是可以稱頌的。

八、文化

香港重光後，文化事業有着很大的改變。換句話説，香港的文化，已由洋化回復東方文化了。流行的洋文、洋話，已完全不合時宜；厚厚的重重的而價值又特殊昂貴的洋書，多成廢物，不為人所珍愛。街道的洋名，已經更改了。日文書籍，特殊暢銷；中國國文國語，也頓見抬頭而顯見其原有的價值。港大馮平山圖書館的國粹書籍，倖能保存；當局很重視它。除好好的保存它外，還計劃設立一間博物館。報館連英文和日文的兩報，共有十三間之多；華報共十一間。數量相當可觀。近承當局意旨，合併出版；現存的華報，共有香島，華僑，南華，香港，四日報和東亞一晚報。雜誌的出版，以本刊為最先。英美影片，經已絕跡影壇。商務，中一等大書局，恢復營業。東方的固有的文化，在香港的大時代的轉變中，是有着恢復本來的光明的日子的，我們都很歡迎這日子的來臨！

九、教育

說起香港的原有的所謂教育，早就令人發生很不快意之感。奴隸教育，洋化教育，這些名詞，都是人們贈給香港教育的。現在，自然也有很大的變遷了！文教課是主理新香港的教育事宜的，設有教員講習所，學生都是很有根底的教育界中人，再經受訓，更有深造；現在第二期的學員，也快畢業了。這許多的良好的師資，都是新香港的教育界的中堅份子。學校復課的，經有好幾間；課程注重國文和日語。同時，教授日語的學校，更是普遍設立。戰前的公立私立的英文學校，差不多可說是經已無復存在。幾間所謂「官立」的英文學堂，如皇仁中學，英皇中學等，且已被歹徒拆毀，冥冥中，正象徵着舊香港的洋化教育已給時代的洪流沖毀去了。香港大學初時曾有復課的消息，可是，由於課程，課本，和教授的語言需要完全與原日的不同，復課實是不易實現的事。綜之，新香港的文化教育，現在正是中日文化水乳交融的時候，看來另有一番新景象。文教課對於已復課的學校的辦理，很能寬大看待。港督磯谷閣下，是很注重文化和教育的，最近，曾親自巡視各校，這可見他重視新香港的新教育了。

十、商務

戰時，各地交通不通，商務零落，是不能避免的，——當然，香港也是不能例外。交通梗塞，各地物資不能交流，大致是無業可營的了。不過，由於當局措施的適宜，和管理的得當，香港的商務，仍然是隱伏着無限的生機的。白米，油，糖，麵，煙草等商人，得當局發配貨物，重復有業可營；其他菓，菜，肉，及什

糧等行商人，也在努力之下，正當用着正式的手續，不絕運貨來港。酒樓食物館業，蓬勃一時，堪稱盛況。同時，因爲各行存貨尚豐，一切貨品，如日常用品，各項原料等價格，還比各地低廉得多。許多工廠，且在積極籌備復工之中。因爲香港的地位和環境的優勝，如果將來貨倉揭封，以至各地交通完全恢復，香港的商務，馬上可以復興起來；並且，更進一步，會較從前特別興旺得多的。這一點，誰也敢斷言，也是誰都能看得出的。

十一、娛樂

戰前〔的〕香港人，——特別是那些有錢的所謂「高等華人」的生活來得奢侈荒唐，縱情享樂，一般生活，都入於不規則化。跳舞、賭博，飲花酒等等麻醉了他們的身心。港督磯谷閣下蒞任伊始卽鄭重發表談話，叫人們要切戒淫逸，要挺身自勵；如果仍然心心眷戀昔日香港的繁華，則不如離開香港。當局嚴禁賭博，甚至連普通的「竹戰」也在不許可之列。「香港警察犯處罰令」中第四二段「爲賭博或其他類似之行爲者」，都須「處三個月以下之監禁，或五百元以下之罰金」。一時雷厲風行，居民生活漸漸矯正而規則起來。跳舞，這所謂高尚的娛樂，也無法舉行了。一般娛樂，大致是讀書，圍棋，釣魚，唱留聲機片，看戲，聽女伶度曲等等。最盛大的場面，和普遍的娛樂，還是競馬。香港競馬會在華人辦理之下，得許恢復，已舉行競馬多次；每次競馬，到場的人，着實不少。九龍方面，有一間九龍花園，是特許設立的，吃，喝，和慰安，給予半島居民以一個特殊娛樂的地點。由於居民晚上多不出街，大家趨向正當娛樂多數都已轉到早眠早起

勤奮做事的階段；而由此影響，一般的生活，都規則化了。

十二、俘虜

香港易主後，英，米，荷等敵性人，都得到優容的待遇。首先，他們被安置到各酒店旅店；後來，遷到赤柱。在那兒，他們有着好好的環境，空氣，食糧，住居，在在給予他們以非常的滿意；換句話說，他們實在等於隱居，等於避暑。當局為優待他們起見，曾撥給一筆款子贈予他們在那兒使用，還贈予香煙；一方面，又代接收外界贈給他們的禮品。講起赤柱，這里不能不特別一提的，是五月末，駐在當地的憲警，曾把一頭猛虎打死，這是香港百年來的罕見之事，也許，是百年來的佳話吧。至於英軍俘虜，則集中在北角的原日難民營，環境也好。他們日常生活，是舉行日浴，打排球壘球，看書等等，生活逸裕，比較那些已作無謂的犧牲的，幸福多了！

十三、結論

香港經過一場砲火洗禮，元氣大傷，但在友邦政府管理不過半年左右，各項便即完全恢復常態，一切政治都上軌道，這是當局管理的得法，也是僑胞們的幸福。雖然在世界戰事還未總結束以前，任何一地都是物價昂高生活艱困，香港也是不能例外；但大致看來，香港委實比較許多地方仍然好得多。最令人注意的「管區法令」驟看似乎未免嚴厲一點；但這正是執政者的高明的政治的一着，事實上是應該做的。事實上，新香港的政府對於居民，確實是寬大得多；居民在這亂世，而能仍然安居在這一片乾淨土，

雞犬無驚，可算非常幸福。香港是有着很好的基礎的，祇待世界
和平，東亞聖戰成功，新香港的將來，會較舊香港繁榮百倍，實
是必然之事；戰後一番新世界，大家且等待着吧！

《新東亞》1 卷 1 期「半年來的新香港特輯」，1942.08.01

新香港市政的檢閱 / 以明

一・新香港市政的特質

大東亞聖戰展開以後，友軍秉其威武果敢的精神，在昭和
十六年十二月二十五日那天全面佔領香港，這一所英帝國百年以
來的華南勢力根據地，馬上便告崩潰，英人積年施政禍毒，從此
一洗而盡。隨着時代的轉變，香港便立刻成爲亞洲人的香港，囘
復了東亞本來的面目。

新生香港的市政，最初是由南支派遣軍轄下的軍政廳主持，
樹立善政的初階。到了昭和十七年二月二十日磯谷廉介將軍就任
香港占領地總督之後，市政一切機構，日趨完密。新香港的市行
政，更無疑地趨向着光明的坦途邁步前進。

新香港市政，現在已從黑暗的階段踏進光明的階段，由此市
政的本質，便產生一種新的轉變；這一種新的轉變，便是東亞人
福利的肇端。現在讓我們對新香港市政的特質加以敍述：

(一) **倫理性**　香港目下已進入王道政治的綱系中，所以今後市
政執行，無疑地是以東洋傳統的道義精神爲基礎，務使市政充分發
揮其東方倫理上的特性。由於這個原因，當局一方面實踐廉潔嚴明

公正的市政，他方面以育成市民堅忍耐勞進取刻苦諸德性爲職志。秉着以上各點，樹爲施政方針，務使市政可以達到完善的境地。

（二）社會性　市政的施行，必賴有熱心開明的市民。從關係性上言，行政就是治理，治理也就是統轄，所以市政措施，一定端賴上下協力，養成市民有辨別是非的智力，增強其愛市的熱情，和濃厚其王道主義的思想，才可以達到官民協力的地步。在這情形之下，新香港市政方針，便係以大衆福利爲前提，關於當地人民原來的風俗習慣，在在跟市政措施息息攸關。本年十一月七日總督閣下招見各地區所長區長席上訓示所稱：『目下香港本身政治爲軍政，對於戰爭遂行完成，必須市民協力。但雖極力圖完遂戰爭，而對居民衣食問題，亦至爲關懷。』從這一點看，可見市政措施，是跟社會大衆的福利打成一片的。

（三）效率性　目前香港市政，係以效率主義爲宗旨，在效率主義之下，市政機構格外求其簡素，目前市政負責者爲總督部及三地區事務所和各區區役所，當局爲求市政效率加強起見，更設華民代表會，和華民各界協議會，樹立華僑各階級和各業的協力體制，使能從旁推動市政，以收下情上達上意下通之效。

（四）全體性　香港現在已在日章旗幟之下，受着安全保護。就全體主義的立場觀察，香港已成爲東亞共榮圈的一翼，東亞新秩序建設的前驅。因此，香港未來市政的進步，正表示着東亞新秩序建設的加強，而跟整箇東亞的共存共榮連繫在一起，結成異常密切的關係。

關於以上市政的各箇特質，自從香港更生後，市政當局每曾披瀝其如何表彰這些特質的抱負。特別是磯谷總督就任那一天所

發表的告諭中，更可窺見。

二‧警察行政

　　警察行政是市政的四肢，所以警政辦理是否良善，實在跟其他市行政措施，不論直接間接都產生極大的影響，因此警察行政假使越發進步，市政便越發修明。

　　新香港目前正處於軍政時期中，警察行政係由皇軍主持，在香港重光的初期，適值戰事甫平，地方秩序，未臻安定，警政處理，至費苦心，好在當局措置得宜，以及市民組織的自衞團底輔助，才克安然渡過難關。

　　不久總督部成立，當局為謀警察行政簡素化起見，隨着自衞團解散之後，把警察行政權集中於憲兵隊。再於五月三十日頒行香港警察犯處罰令，使市民有一定的規律可以遵守，這實在是香港有史以來警政的一大革新。處罰令中，警察權範圍極廣，舉凡賭博買賣酒料和社交上各種邪惡不正當罪過的取締，統歸警察督察的權限以內。

　　其次，由於戶籍法的實施，更能輔助警政趨於嚴密化，實創香港警政史的新頁。此外像警察人才的專門訓練，不僅注重於警察智識的訓練，同時還施以嚴格的精神訓練。再有女警的創辦，加強警政效率不淺，都是香港更生後警政的新猷。

三‧公共衞生行政

　　公共衞生行政，概分兩種：一為預防的衞生行政，一為救治的衞生行政。依兩種衞生行政政策來比較，自以第一種政策為最

優善，因爲一市中如果注重清潔，那末凡有妨礙衛生的事，隨時可以消除，市民健康也可得到保障。

　　香港新政肇始以後，對於上述預防的和救治的衛生行政，並加推進。　(1) 就預防的衛生行政言，推行防疫注射和清掃運動，這類大規模的公共衛生運動，和其成效的卓著，都爲香港從來所創見。其次更於總督部公示第五十九號制定畜犬取締規律，再於本年冬季從九龍半島首先實施家犬防瘋注射，由此更可見衛生當局顧念公共衛生的週詳。　(2) 就救治的衛生行政言：當局曾於公示第二十九號中規定醫院和醫局的名稱，並基於分工的原則，指定各該醫院或醫局所擔任的專職，所以產科，精神病，傳染病，癩病等類，都設有特定的專院。關於醫師的執業，規定必經過當局嚴格地對其資格加以審查，務使濫竽充數的醫師可以杜絕。當局爲顧慮病人醫療負擔起見，更着令醫師會規定診療費標準，一洗過去醫療界放任的現象。

四‧教育行政

　　教育的目的固然在發展人類的才能和箇性，可是人類的才能和箇性的發展，係因爲要使人類易於服役社會。一個良好的都市，必須有開明的市民爲之服務，可是欲有開明的市民，便非賴教育力量不爲功。因此，爲都市計，務必使市民享受教育的機會普遍化，這一個理論，已成爲一般主持市政者的共同主張。

　　香港戰事枚平以後，當局於戎馬倥傯之餘，仍然不忘教育事業推進，檢閱一年以來的教育行政，可以分做下面三點來敍述。

　　(一)教育政策方面　　新香港教育政策的基本精神，在於當局

統制的堅強，所以戰事敉平不久之後，當局卽施行教師集中訓練，四月間再頒佈私立學校規則，私立幼稚園，日語講習所規程三種，這說明在聖戰遂行過程中，是不容許自由主義的教育的。因而，我們可以估量香港未來教育的成功，正有賴於當局這種統制的精神。又次，當局爲灌注東洋化教育精神起見，所以特別注重道德之涵養和人格之陶冶。綜括一句，新香港的教育，可以說是積極講求統制和劃一，迅速地拋棄過去那種模仿與粉飾的殖民地教育，而迎頭趨向着實際去追求。

(二) **學校教育方面**　　關於學校教育方面，當局爲施行師資訓練起見，於本年二月創立教員講習所，招募過去一般教育工作人員入所修學。再於四月招募第二期講習生，合計兩期學員人數，共四五五名。七月間更於該所內開辦日語講師班，人數共計五十七名。其經註冊的教員人數，截至本年九月十日爲止，共七八四名。全港目前開課的中小學校共三十六所，日語講習所四十六所。學生人數，在五千名左右，奉准註冊的學校校長所組織的華人校長會，也於本年十一月二十一日成立，這項的團結，可以增強教育家對當局教育政策的協力。

(三) **社會教育方面**　　關於社會教育事業，當局目前對於恢復圖書館的開放，以及博物館的開辦，都在積極計劃之中。而宗教團體的活動，也已得到自由。其次由於播音映畫戲劇的統制，引導市民思想趨於正軌，使社會教育的推進越發圓滑。

五·財務行政

由於都市行政範圍的廣闊，種類至多，欲得適當方法來解決，

當然並非易事，在各問題之中，其最煩難的，莫如財務行政問題。因爲任何部門市政的舉辦，非財莫辦，所以假使把財務行政稱做其他各種行政之母，也並不爲過。行政當局欲使其他市政都能一一興辦，盡善盡美，一定要先解決財務行政問題。

財務行政問題，概分起來，不外收入和支出二種：香港更生以後的財務行政，就收入方面言，目前因爲還在軍政時期，對外貿易也未暢達，社會經濟不能馬上恢復常態，當局對於稅收的舉辦，格外慎重，舉凡一切足以影響市民生活的負擔的捐稅，都盡量避免。從支出方面言，香港目前因爲收入來源還未達到豐盈的地步，所以支出也特別仔細，並恪遵財政學上的經濟原則，以最少的犧牲獲得最大的效率。

香港重生後，不久便成立稅務所，首先着手整理的租稅，便是家屋稅的徵收，因此當局在本年七月二十三日頒行香督令第三十號關於家屋所有權登記令，和香督令第三十一號關於家屋稅徵收令，規定稅率爲百分之二十。繼着家屋所有權登記和家屋稅的徵收，再於九月五日頒行香督令第三十九號關於稅金徵收令；同月十日頒行香督令四十一號關於土地稅令。關於不動產租賃和租地使用事項，當局也先後分別以香督令第三十七號和第四十七號制定之。屬於前者，係由總督部高級主計佐官處理；屬於後者，則由本年十一月上旬成立貸地事務所掌理。最近，從十二月一日起，更宣佈實施印花稅則。

從財政學的觀點來講，不動產稅是每一都市的基本稅，所以這囘家屋稅和土地稅等，便在首先調整和徵收之列。不過關於其他稅收，當局爲顧到市民目下生活的困難起見，處處念及市民的

納稅能力。還未考慮徵收的必要。香港現已躋於東亞共榮圈的重要地位，未來建設至多，行政費用，也必隨之而增，所以將來除確定長期和短期的財政計劃外，更採取經濟主義和效率主義來運用，無疑地是必然的趨勢。

六‧結言

在大東亞聖戰全面勝利日益接近的今天，香港市政，已於東亞新秩序結成輔車相依的關係，未來香港市政的改造，也就是東亞新秩序建設的一部門，所以香港市政所負擔大東亞建設的使命，便格外來得重要。今後市政為求其能夠跟東亞聖戰相呼應起見，愈宜興利除弊，力圖振刷，以冀香港成為南方占領地的一個模範都市，鞏固東亞新秩序建設的基礎；使大東亞共存共榮的目標，得以美滿地完成。

《新東亞》1 卷 5 期「香港新生一週年特輯」，1942.12.01

我怎樣晉見總督 / 劍張

香港總督與我們新聞記者，每一個月裏有一次定例的會見。這先由總督部副官部於每一個月的最初一日，將總督部由總督以下至各長官，如參謀長，總務長，民治部長，財政部長，交通部長，報道部長會見記者的日程編排妥當，然後通知報道部轉新聞班告訴記者們預先知悉，俾作準備，而總督會見的日期總是排在最先一日。其他遇有重要的事情，無論新聞記者或者本港居民，

只要申述謁見總督的充份理由，經由副官部呈請總督而獲得會見的裁可時原則上是不阻止人人謁見總督的。

現在磯谷總督無論從政治設施上或者對待居民上，都比之英人治理時期賢明超出許多。洞燭中國居民的通性，因而發出的同情心，都比之英人治理時期透澈許多，所以就任的時期，截至現在雖然還未滿兩年，可是在輿論上，他的確已經獲得全港一百多萬的中日居民和第三國的熱誠擁戴了。

磯谷總督的全銜是香港占領地總督磯谷廉介中將閣下，他向被一般日本人或中國人稱譽為「中國通」的，我記得從前在廣州，年紀幼小得僅僅懂得看報的廿多年前，磯谷總督已經在駐廣州沙面的日本總領事館服務了，在當時的報章上，間或可以見到磯谷武官的名字。

磯谷總督不愧是一個熟諳中國軍事，政治，經濟大勢，以至小到中國所謂「人情世故」的日本著名人物。他不只在廣州，同時也曾在南京，北京，天津，滿洲各地任過很多的職務，也曾就任過師團長，拿廣東話來形容他，可以當得是一個「左袍右甲」的人物，即是軍事家而兼有政治天才的人物。

磯谷總督是很富於人情味，或者就是所謂幽默感的，於嚴肅剛毅之中，他時時依露着溫暖和煦，平易近人的態度，使到接近他的人除了衷心存着敬謹心情之外，還同時存在着一種慈愛溫和之感，這是他從政理民與馭下的特出之處。

記者們晉見總督的程序，首先依照預定的日期和時刻，集合在記者俱樂部，然後由報道部新聞班長引導，並由副官部派出一位通譯官，一共十多個人，由新聞班下樓，穿過總督部辦公大廳，

而進入總督的會客室。室外當門而立的是去年在赤柱所獵獲的老虎製成標本，室內陳設也極簡單，正中環放着十來張沙發，和幾張小茶桌，當門有一道小屏風，總督的座位是在室之正中，壁爐的前面，壁爐架上放着一個時鐘，左邊平放着幾幅油畫，是出自過港的幾個畫師，如山口逢春等的手筆，內中有一幅是磯谷總督的半身像，此外就是以香港爲題材的風景油畫了。

　　總督的會見，一般或以爲是十分嚴肅而隆重的，可是情形恰正相反，記者們可以自由發問，無論問題大小，總督總是很耐心的聽着，同時，時時刻刻都留心外間的情形怎樣，隨時以香港管區的一般狀態如何？社會秩序如何？居民生活如何？對於政治設施感覺怎樣？外間的輿論怎樣？來向記者們反問，而徵求記者們的詳細正確的意見，這是百年以來歷任英人總督所向來沒有的，卽此一端，政治的優劣之勢，已經判然了。

　　會見的中間，首先是一度中國茶，再過一會是一度咖啡。通常是由一位十七八歲的日本籍女給事，用一個茶盆端來。那一種端茶的極有禮貌而婉淑的儀態，在中國可謂從沒見過的。

　　上面說過磯谷總督很富於人情味，這可以從總督對於中國的節令和習俗上極感興味一點看出，我記得最近兩次會見，總督對於四四兒童的起源，和端午節中日風俗的異同，都感覺異常熱心，異常興味的樣子，這些小問題，常常在記者們奉問完了香港管區軍政一般設施，總督一一詳細而扼要具體地答覆以後提出的。總督發言不多，但却極爲扼要有力，間或發表幾句令人發笑的話，當通譯官播出來以後，常常會惹起記者們全體發笑的。

　　論語上說；「大學之道，在明明德，在親民，在止於至善。」

磯谷總督治理香港之兩年來，在個人的感覺，「在親民」這三字，磯谷總督是可以當之無愧吧。

《大眾周報》1 卷 7 期，1943.05.15

日敵「總督部」成立後措施〔節錄〕

〔一〕利用『華人代表』

敵為表示假親善，欺騙我〔華〕僑，『總督部』成立之後，跟着組織一個『華人代表會』和一個『華民協議會』，其實這兩個機關，簡直是敵人的播音機。敵要這樣做，它便要照樣的傳達，敵人做壞事，它只有替敵講好話，何曾替僑胞解除過一點兒痛苦？做『代表』和『議員』的，有一部份也就是英政府時期的華人代表，至於甘心附敵的劉鐵誠，陳廉伯之流，更極力為敵人張目。

劉鐵誠是我國留日學生會香港分會主席，香港淪陷後，任偽交通銀行香港分行行長。他心目中大抵只有日本，不知有自己的國家。記得他有一次在那所謂『大東亞同盟會』席上演講說『……重慶當局個個都是傻子，不接受日本善意的提携，偏偏要抗戰，真可謂不識抬舉。滅亡之禍，要在不遠，』其荒謬無恥若此，而陳廉伯呢，藉着敵人的惡勢力，大發國難財，曾不顧國人的側目。可是，天眼昭昭，這兩〔個〕無恥的東西，結果都死於非命，劉是空襲受傷，注射麻醉劑過多中毒而死的，陳則是乘『嶺南丸』過澳門中途遇空襲破舟溺斃，屍也失踪。

楊湊明編：《四年來之香港》（1945 年底 -1946 年初）

（二）
文化

認清我們的使命

　　一個家庭不愁經濟窘迫，甚至沒落崩潰，只怕沒有年輕有爲的承繼者，一個國家，不愁力量薄弱，政治紛亂；甚至滅亡；只怕沒有能擔當復興責任的青年：這是事實，這是眞理。

　　我們翻開世界的歷史，那一個民族的復興不是靠着青年的奮鬪而成功呢？「留得青山在，不怕沒柴燒」，而青年就是青山，燃燒起青年的熱情，那就是復興祖國的聖火。

　　在這個大動亂的時代下，那一個國家不在感覺到苦痛？那一個民族不在復興滅亡的歧途上掙扎，想到這裏，我們便不要再責備任何人，只有希望青年自己的努力，中國雖然受了事變的洗禮，但事變的刺激，不但不會使中國滅亡，是使他走上大東亞建設康莊大道，且增強了復興的動力，我們青年正應把握着這動力，不自餒，不頹靡，不畏難，不依賴，挺起胸膛向和平建國大道上邁進。只要大家肯努力，何愁中國不能復興。

　　汪主席指示我們：「歷史的進步，是由一代一代的青年，繼續不斷的奮鬥所組成的」，「我所要的是孤臣孽子，其持心也危，慮患也深的青年，對於世界現狀，東亞大勢，國家處境，要看得清清楚楚，這是需要學問，所以智一定要深，我是六十歲的人，我不願意我的青年捱苦，然而現在世界情形，如此困難複雜，各位還要捱苦，各位的子子孫孫也許還要捱苦，所以勇一定要沉，」愛國主義，是當然的，然而不能孤立，不能不有集團行動，只知愛國其結果往往不能救國，國父有鑑及此，提倡大亞洲主義，主

張東方的國家民族聯合起來，各愛其國，又互愛其國，以保衛東亞，必這樣才能救中國，才能以此及於救世界」。

所以目前的青年要認識這一次的戰爭，不僅是日英美的關係，而是東亞整個的關係。中國之能否復興，中國之能否從次殖民地解放出來，都是從這次的戰爭來決定的，由此我們和平建國的前途，已經露出無限的光明。我們必須把握着這難逢的機會，集中我們青年的力量，精神和物質，以協助友邦，奮戰到底，爭取我們的最後勝利，使東亞諸弱小民族，都能從英美帝國主義者的魔手，掙扎解放出來，這才是我們所應盡的任務和使命。

《香港日報‧星期筆談》，1942.06.28

如何建設新香港的新文化 / 白嬰

如何建設新香港的新文化，這問題確實太大了，也太艱難了，不過，在今日新生的香港下面，我們香港的文化人，卻不能遺棄了在肩膀上擔負着的這個艱難的使命——建設新香港的新文化。

要建設新香港的新文化，必先把香港已有的不合環境違背時代使命的陳腐的，醉生夢死的文化根本剷除，然後，從最初的啟蒙工作幹了起來，香港新文化的基礎才能確立。

磯谷總督閣下在蒞任之始，即曾訓示過我們：香港居民，應該絕對站在東洋精神道德之原則下，力戒奢侈，淫逸，苟且，取巧，醉生夢死的不良習俗，而達成一種刻苦，努力，崇高，樸素，進取的東洋精神。同時，總督閣下又曾這樣地說過：如果是要奢

侈，淫逸，醉生夢死的，請立即離開香港，香港不需要這樣的一種人存在。（大意如此——嬰）換句話說，我們也可以這樣說：建設新香港的新文化的過程當中，不需要鴛鴦蝴蝶派，不需要哥哥妹妹的情慾小說，不需要女侍响導記事的文章，不需要無病呻吟的小說，而是需要現實社會的題材，東洋民族意識的內容，剷除英美帝國主義侵畧思想的描寫。如果仍想要以黃色的情慾，無聊淫逸的文化作品來麻醉讀者，戕害讀者的心性的，這種作品請離開香港，寫這種作品的人，請離開香港。

在從前，英帝國主義者宰割香港的時代，他是利用着沉醉色情的文化毒素去繁殖奴隸文化，麻醉文化的基礎，所以，過去香港的文化，便完全在這樣的一個氣氛之下種下了根深蒂固的基礎，而一般幫閒的文化工作者，也竟不惜出賣自己拼命去製造一些適合英夷口胃的文化作品來麻醉讀者，戕害讀者，他們固只求有厚利可獲，便算了事的。

可是，現在的香港的環境完全改變了，英帝國主義者的惡勢力已經根本剷除淨盡，我們決不能再容英帝國主義者一貫遺傳下來的奴隸文化，麻醉文化的存在，香港已在更生與復興的光明之途邁進，香港的文化也應該跟隨着這新生的環境而改變過去的面目。

我所希望於香港的文化工作者們的：㊀請不要麻醉讀者㊁請不要寫侍林秘記，响導艷史㊂請拿出良心來創造新的文化㊃請認清楚現在大東亞建設的偉大性能。

來罷！我們文化工作者們！

六月廿一日寫于燈下

《香港日報・星期筆談》，1942.07.05

我對於文化建設之意見 / 李志文

李滌塵先生以其關心本港文化建設之切，要我發表一點意見。然近來心緒不寧，差不多連時日也記不清楚，對此問題，更不知從何處說起。這裡所說的，只能算是我個人之感想而已，大雅君子，請有以教之！

×　　　　　×　　　　　×

文化建設，一般言之是社會上層建設，需要強有之基礎，經濟與政治對於文化建設之影响是相當重要者。囘顧數月來本港復興成績，幾爲南方建設之冠，經濟政治，已踏上軌道，是則文化建設之基礎，是早已樹立了。倘吾人今後能夠正視文化之重要性，努力建設，將來的成就，當然未可限量。

香港旣爲大東亞圈之一翼，一切建設自然要能適應大東亞建設之需求。是故香港與南方各地一樣，一切建設之遂行，受到同一目標之制約。大東亞圈文化建設之目標，有所謂東亞文藝復興運動。這不但是針對澄清英美文化侵畧而發，抑且是東亞民族在思想與生活方面之更生。文化之最大意義，是人類思想與生活發展之記載與指導，所以東亞文藝復興運動，其作用在乎健全思想，使思想與生活之發展一致，此是十足之文化傳統改革利用，與新思想培育之運動也。本港文化建設之積極意義，卽在東亞文藝復興運動上盡其努力，這就是上述之一般性。

由是觀之，文化建設所最需要者，是全體香港居民在思想與生活方面之向上精神。

香港是日本的占領地，同時又是中日兩大民族聚處之地，香

港不啻爲東方文明主流之內湖。苟能就東方文明之優點盡量利用，香港文化建設所受之影响，想必甚大。東方文明優點爲何？因爲篇幅關係這裏很難舉出。然吾人就文化傳統觀之，前人在整個文化體系中努力發展之龐大與複雜，即可顯見東方文明之偉大！廚川白村認爲靈與慾之鬪爭，是歐洲文藝復興運動之原因，而靈與慾鬪爭之成果，即創造近代歐陸文明。我認爲東亞文化今後之發展，爲形成此次文藝復興運動之要素，而此一運動之成效，有待於東亞民族在思想與生活方面向上精神之發揮。

文化建設乃整個社會意識形態之改革。就新聞，教育，藝術，戲劇，文藝，文字語言諸文化部門而論，文化建設在乎就上述諸部門求其形或與內容之改革也。讀者試想，此是否需要思想與生活向上精神之發揮？

昔司馬遷作史記，綜視羣經諸典，要知充實其創作之內容也。吾人倘一踏入文化建設實際工作，首要問題是如何充實工作能力。新聞事業爲文化建設之主要力量，且爲適當之文化工作基礎，然新聞界如何負起此重大責任？此是吾人在今日澈底應有之認識者。

有人以浮囂淺薄，自暴自棄作爲青年之戒，我以爲可作文化建設之戒。文化建設有其新內容與新形式，此是就吾人思想與生活之重建所產生。東亞文藝復興運動是香港及大東亞文化建設之總流，然讀者應知此是文化向上之發展，也是文化傳統之利用，這是我對於本港文化建設之一點感想。

《香港日報》，1942.09.07

大東亞戰爭一年來
新香港的文化建設 / 張年

大東亞聖戰勃發後，新香港迅速地甦生起來了，政府和市民推誠合作的毅然擔當了遂成東亞共榮圈的建立之任務，故本港佔領地在聖戰一週年間，舉凡一切政治，商工，交通，衞生，文教等的新興革，均有顯著的大進步和新氣象，尤其在文化事業部門，踏上了大轉變和復興的新階段，

茲值大東亞戰爭一週年紀念當中，回顧新香港一年來文化的建設事業，能否站在崗位上配合得保衞東亞復興東亞的工作，今後處此總力戰長期戰的戰略上，應該怎樣地強化新香港文化事業的新建設，協力完成東亞聖戰的最後勝利，從新文化建設上，發揚東亞民族合作的精神，這是值得具有非常的認識之意義，現在就教育，報紙，出版，戲劇，播音，藝術等重要部門，分別敘述而撿論之，

一、教育建設事業

建設新香港文化，應該以建設新教育爲基礎，固然一切文化，莫不與教育相關聯，而建設大東亞文化永久的根本的精神，及訓練新香港的賢明市民，尤非從新教育培養不可，故在本港大局底定後當局一週年的教育建設，著著躍進，當局於本年二月間在軍政廳統治的時期，即創設香港教育講習所，訓練大批中小學師資的人材，查第一、二屆畢業的講習生計有四五五名，第三屆日語教員畢業者有五十七名，一面協助香九私立華人中小學校復課，

刻下全港復校開課的中小學有三十五間．學生四千多人．現獲得政府補助費的．有聖類斯小學．香港兒童工藝院及深水埔德貞小學三所．在當局扶助發展日語教育政策之下．日語講習所有三十多間以上．較爲規模大者有日語專修學校一所．然而在事實告訴我們．全港適齡入學兒童約計有三萬人．當局應該除繼續補助私立學校外．更要積極推行分區設立免費區立或官立中小學及官立日語專修學院等．至少本此努力必能展開新香港教育本位的再建．

圖書館爲新文化的源泉．亦爲普及社會大衆教育的重要工具．本港自友軍佔領後．經當局積極整理馮平山圖書和港大圖書．共約藏書有二十萬冊以上．六月間已聞有開放圖書之計劃．市民盼望當局早日整理完竣．開放閱覽．圖書以一般市民爲對象．館址務求適中．除開放馮平山與港大圖書外．同時亦宜將華商總會圖書館恢復．使市民多得公共閱覽的機會．最近有創設醫科大學及博物院計劃．惟還未至具體實施時期．此外並可由總督部文教課詮衡推薦華僑子弟留學日友邦．凡此種種．足見文教當局發展興亞教育的苦心和努力．故新香港教育的建設．前途光明無限．

二、報紙出版事業

報紙．站在第四戰線的尖端上．闡揚協力聖戰．保衛東亞．建設東亞的言論和精神．實爲現階段的思想戰的生力軍．故報道部早有鑒於此．特調整合併香港各報．集中人力物力辦理報業．這計劃已在五月一日實行了．目前香港共有四家日報．一家晚報．就是．南華日報．香港日報．香島日報．華僑日報．及東亞

晚報，這都爲中文的報紙，此外有一家日文的香港日報，一家英文的 Hong Kong News，自各報合併後，內容與排編均比前精彩。

關於出版業方面，編行中日文化叢書，爲溝通中日文化必讀的要籍，已可於各書局見之，本港尚有堀內書店及興亞書店兩所，該店羅列各種有關興亞建亞的圖書，在雜誌方面，常備新到的，如中央公論，東亞聯盟，婦人公論，婦人之友……等，都是讀者的良好精神粮食。

三、戲劇、藝術、播音

藝術活動確爲文化部門最活躍最發人心靈的工具，利用它引導東亞人共建東亞的信念，確爲不可缺者，故報道部已經有計劃推展這藝術的活動，戲劇方面，在電影演出，放映東亞新聞片，以報道東亞戰爭勝利的趨勢，最近香港電影協會，攝製紀錄影片「新生的香港」等，不日可公演，粵劇有新東亞，大亞洲，新香港三大劇團活動，話劇有旅港影人劇團，以國語演出，華南影人劇團，以粵語演出，經已表演的有莫里哀名著「黃金美人」，巴金名著「家」，曹禺名著「雷雨」，「原野」及「香港第一百回聖誕節」等劇，藝展，有簡琴齋先生於八月間舉行了一次大規模金石書畫展覽會，參觀者達數萬人，九月間港九藝術家又舉行了一次恤孤藝術展覽會，十一月十五日日本國畫名師水木五郎舉行個展，均足給與本港社會人士，對於藝術，耳目一新，香港放送局展佈新猷，特於十一月一日起，改善廣播內容，以期適合一般居民的期望，增加廣播次數，分上午，正午，晚間三次，特備兒童節目及體育廣播等節目。

四、發揮文化建設的精神

當前東亞共榮圈建設，是一件非常艱鉅的工作，尤其東亞圈的文化建設，格外艱難，在聖戰一年來，我們對於新香港的文化事業，能得有這樣猛進的成績，實屬相當滿意，但是為配合協力大東亞聖戰勝利的工作起見，更加積極如何把教育，新聞，出版，戲劇，藝術，播音各部門，計劃地發展起來，在這兒，我們萬二分摯誠希望報道部：文教課和東亞文化協會，三位一體的緊密合作，把新香港文化建設，擴展起來，

我們知道，東亞共榮圈的建設，包括有物質建設和精神建設，物質建設固為急需，精神建設尤屬重要，因為精神建設即是總力戰的思想建設，也即是文化建設，而物質建設，應以文化建設為基本，養成東亞共榮圈新國民，又非利用東亞道〔德〕的新文化精神不可，只有發揚東亞文化精神，纔能澈底肅清英美及共產主義的思想，在文化上散播的毒素，我們要擴展新香港文化建設的領域，從而完成東亞文化建設，運用新文化力量，推進東亞民族大團結，真誠的攜手，完成建設大東亞的任務，

《南華日報》,「大東亞戰爭週年紀念特刊」, 1942.12.08

新香港人應有之認識與努力 / 神鷹

大東亞戰爭的炮火，把英夷盤踞香港的勢力擊潰之後，百餘萬亞洲民族，一齊踏上了自由解放之途，處茲新生香港的環境當中，我們廻思過去，瞻望將來，實感無限欣幸。

百年前，英夷藉鴉片之役，割踞香港，在他們搾取與壓迫的手段之下，香港僑民，備嘗痛苦，同時更利用一種「攻心」政策，施用奴化教育，蘇醉我青年，使其不知有祖國，更不知有龐大之東亞民族，以達到他們文化侵畧的目的，這是何等痛心的事情，現在香港重光，一切都歸還我們東亞人之手，在這個時候，我們應該如何努力，去完成我們的重大使命。

　　我以爲，香港居民，處於今日偉大時代當中，最低限度，對於下列數點，應有澈底的認識與努力：

　　（一）**矯正惡習**：過去香港，是有名的「世外桃源」，一般居民，不少染了驕奢，浮浪，虛榮……種種惡習，將有用的時光，精神，金錢，作爲不必要消耗，説來何等可惜，如今香港已經轉換了環境，一切都囘復了我們本來面目，大家應該從此大澈大悟，面臨現實，去做我們應做的事，最近兩華會曾擬組織一個「崇儉會」，目的是使居民節省消耗，矯正惡習，可是這椿事情，必須居民本身澈底合作，方能收效，戰後香港，生活程度，較前高漲，能够自動節約者固多，而浪擲金錢不改舊習者，亦屬不少，關於後面所指的，以戰後經營投機生意，致獲暴富的人爲猶甚，其實都是大謬特謬，須知在今日戰爭時代，各人必須養成一種戰時生活的慣習，驕奢，浮浪，虛榮……種種惡習，實不應繼續存在於今日之新香港，這是大家應該加以注意的。

　　（二）**認識時代**：一般人的腦子裏，多以爲現在是戰爭時期，今日不知明日事，有錢最好莫如享樂，因此便把有用的金錢拿在吃喝的地方去消耗，反而把正經的事業耽擱下來，所謂「耽擱」，並不是説他們不去做事，而是指一般負起責任做事而祇求敷衍不

肯苦幹的人，這樣無形中便把事業耽擱了，此種情形，乃由於一般人對於時代認識不足，因而生出許多錯誤的見解，大家應該明白，大東亞戰爭，是我們亞洲民族爭生存，求共榮的戰爭，現在戰爭目的，尚未完遂，凡是大東亞共榮圈內的人民，都要分擔一分力量，規避現實，畏難苟安的人，決難任其存在，所以各人均宜自動糾正此種錯誤的觀念，從苦幹中求生存，實行我們的「總力戰」。

（三）改造靈魂：據當局統計，普及日語一週年期間，學習日語畢業者，男女合計九千二百九十六人，而現在學習中者，亦有六千九百二十人，自國府參戰，中日提携愈趨緊密之際，國人學習日語，更顯得有其迫切的需要，可是，我們要明白，學習日語，乃爲溝通中日兩國的文化，思想，而致力於復興中國，復興東亞的偉大工作之上，我們認識了現時代戰爭的眞意義，便覺到我們的肩膀上所負的使命是如何的重大，因此學習日語，便須運用於眞正切實的用途，這是大家應該澈底了解的，若以爲學了三兩句「皮毛」的日本話，卽認爲心滿意足，對友邦人士可以敷衍應酬，對本國同胞便充起架子，更有故意留下兩撮鬍子，裝模作樣，其實肚內充其量不過兩句「皮毛」日本話，這種「僅識之無」的「冒牌日本先生」，他們僅學得了日本人的「外表」，却學不到日本人的「頭腦」，在今日新生香港裡，中國人實不應再存有這種態度，希望這種人要把自己的「靈魂」，澈底去改造改造，同時更希望一般學習日語的中國人，要認識日語的眞意義，能本其個人學習所得，對於社會，國家，民族，作爲有益的貢獻，這樣，纔不負當局倡導學習日語的好意。

（四）捨己爲公：香港從來是一個商業的港埠，所以居留本港的中國僑民，大都歸於商人，經商的目的，無非是「營利」，就是爲了「利」之所在，乃不惜用盡種種手段勾心鬥智以圖，他們祇知有「私利」，而罔顧了「公益」，相沿已久，便形成個人主義特別發展，直至今日，時易境遷，大家都要絕對的廢除個人主義的觀念，把眼光放大一些，凡事從大衆利益着想，譬如富有的商人去存囤貨品，操縱物價的損人利己的行爲，便應澈底的覺悟，希望一般居民，大家都能够明白這點，事事以大衆公益爲前提，養成「捨己爲公」的精神，不獨香港居民應如此，凡是大東亞共榮圈內的民衆，亦應如此。

　　此外，還有一點，值得順筆一提的，香港居民，多數都懂得講英語的，本來講英語也不算一件什麼不得了的事情，祇要看看當時的場合是否需要，和相談的對方是否非用英語代替不可，除了「達意」的作用之外，大家都懂中國話的中國人對着，就根本無須這麼一套，所以「洋化」氣習，實有加以剷除之必要。

《大衆周報》1 卷 9 期，1943.05.29

香港和新文化
日美術家伊原宇三郎廣播詞

　　日本美術家伊原宇三郎氏・應本港放送局之請・於日昨對本港居民作公開廣播・題爲「香港和新文化」・由該局華語部長康林譯述・歷時甚久・聽者咸爲動容・茲錄其演詞如下——

鄙人是日本陸軍省為繪製本港陷落當時作戰紀錄畫派來本港的油畫家伊原．

鄙人在十多年前往返歐洲．曾兩次到過本港．那時．本港和星加坡曾給予我以很好的印象．其後我在歐洲各國．特別是這數年來．每年旅行中國大陸以至南方各地．看過相當多的都市．去年到昭南（即以前的星加坡）．這裏在軍事上．是屬別一問題．不去說他．在我們畫家的所見．牠和我十多年前的良好印象恰好相反．不論何處．都沒有藝術的氛圍．很是沒趣而感到幻滅．

因此今次來香港．因不知牠是不是同樣叫人失望而內心感到多少危懼．可是來了以後．看見香港依然是美麗的．這才安心．並且為之異常欣慰．

久住在香港的人．也許為了見慣的緣故．不感到什麼．但是實際上．香港不論從風景或是從其土俗說．都是東洋有數的所在．先就其風景說．這裏有海．有山．有島．其地勢有變化．景緻亦千變萬化．仰視俯察．都是好的．加以一切色彩都是明快的．氣象和光綫．時刻變化．其美麗為我們美術家所百看不厭．其海上又有大小種種的船隻．特別是中國式的帆船．是自昔入畫的．牠具有美術的形式和趣味．使人發生畫的興緻．

至於街道的風景．也在別處英國風的建築中．適當地加上好看的中國風色彩．而更增加其美麗．

我打算把這些美點．儘量多多介紹給日本．因而每天到處去寫生．

說到香港的暑熱．因為這裏不是在熱帶圈．比起我去年在爪哇．馬來．緬甸等地所經驗的暑熱．則本港要說是容易過的．其

物價的急激高漲，雖稍屬遺憾，但是物資却異常豐富，治安也很好．去年南方到處使人苦惱的蚊，這裏也沒有，這也是難得的．又到處都清潔．在路上往來的人，其整飭在中國其他的大都市是看不到的．

這樣，單就其映於一個旅行者的眼睛的風物，這點，香港也是個好的所在．可是我們沒作更深的觀察，則這爲英侵略東洋的據點，不許他人染指的香港，現在已一轉而爲大東亞共榮圈的重要中心地和中樞地，負着重大的使命和具有莊嚴的外表，可說是增強有力而有希望的了．

我這樣的說，或許和專說奉承話的不同，香港在一般之點，雖則是優美的，可是從我們這從事藝術的人看，却有一點認爲很遺憾的，是香港本身沒有文化這事，牠雖則是東洋的一大都市，而可誇的歷史和傳統却沒有．

香港的歷史，是開始於做英國的殖民地，以後百年間，英國人的一切設施僅是爲了其自己的利益和幸福，或誇示其大國的勢力起見，他們利用中國人建設成今日的大香港，對於創造香港文化這事，毫不措意，爲了居住在這裏的大多數中國人的精神糧食而播的種子，這裏一粒也沒有．

我這裏雖單是就我所專門的美術說，但恐怕在其他的藝術部門也是一樣．

原來英美在美術上比較那日德義和法國來，她是處在世界第二三流的位置，我們在學生時代旣已看不起英美的美術，而認爲不足道的了．在這殖民地政策例法國如在越南所實行的沒有多大的期待，然而在這裏可注目的事，是他們爲了裝其本國的門面計，

把香港做重鎮而大量搜集中國好的美術品，陸續運回本國陳列在各處的美術館，恐怕在全世界上的中國美術傑作，多半被運了英國。又其數量之多，也叫人難以想像得到，據我所知，在日本的中國美術品，其數量也達數千甚至數萬呢。然而和這相反，他們有一件美術品是從其本國運來本港的嗎，又他們作過要使香港發生一些藝術文化的努力嗎，我們對這的答案，抱歉的是在否定（〔no〕）方面。

香港在一般之點是優美的，可是有一樣那精神方面極端貧乏，可說是畫龍還沒點睛，在這樣的大都市中，而爲我們美術家所想看看的藝術設備却沒有，稱做紙美術的不用說，就甚至香港特有的生活文化或在本港成長的特有的手工藝品，也看不見，這是如何的叫人感到失望，同時，英國人在這裏拋棄了其在本國的生活態度，而一味功利是尚，我想到這上面不能不深深憤恨。

然而今日的香港，已恢復其東洋香港的本來面目，而把這做其新的出發點，從今以後，不可不創設香港本身的藝術文化。

自然，現在正在戰爭中，自不能專意於文化的建設，然而想到有光明前途的香港的將來，我們應在可能的範圍內，從事這方面的建設。

爲了這，我們應首先掃蕩本港功利屈辱的英美色彩，中國人則使光輝的中國古代文化的傳統在這裏（本港）再行蘇生，而我們日本人則把日本固有的藝術和現在我們所有的文化能力移植這裏（本港），總之，用我們東洋文化的手創設新的香港文化，這是必要的。

我這樣的說，並不是禮儀上的應酬話，我們日本的藝術對於

這事的實現上，有着大的抱負，同時，深感到其責任和義務。現在想對各位告訴一二。日本國內，為了雖在此戰爭中，也不使藝術停頓起見，一切藝術部門都很活躍，其情形且較戰前為甚。我們美術家也一日也不放下畫筆。

到了大東亞戰爭爆發，而政府所主辦的海陸軍有關的大展覽會，以至無數的民間展覽會，單是在東京一處，每月就有二三十家，單是留存將來的戰爭紀錄大作，也已完成了數百幅。

本年陸海軍為了從新製作五十幅的紀錄畫起見，曾派了幾十個畫家到香港，馬來以至緬甸，所羅門方面去。但是由於上面所説的信念和抱負，把特意製作的紀錄畫只擱置在日本國內，這無論如何，也是可惜的事。因而有把這種畫運到南方大都市巡迴展覽的大計劃。這事，軍部方面也非常贊成，決定從許多作品當中選取代表的大作約百幅，在南方一帶巡迴展覽，此事不久可以實現。

因之本港在近的將來，當開一這樣大的展覽會，到了那時，請各位參觀。如果這種展覽會對於新香港藝術文化的創造上能給予一些刺激和所有貢獻則我們日本美術家就再滿足沒有了。

《南華日報》，1943.08.03-04

復興東亞的文化 / 陳廉伯

（特訊）放送局第三次星期講話，昨日下午八時三十分放送，演講者為華民代表會代表陳廉伯氏，講題為『復興東亞的文化』。

茲採錄原詞於后．

　諸君香港自新生而後．現已漸復繁榮．而所以獲致此成績者．蓋有賴於當局之努力建設使然也．現從一般上觀察．已有嶄新的表現．然而建設又並非可以一蹴而成．必也上下一致．相與協進．乃能計日而立．所以今日之言建設．絕非為消極的形式之變動．而為積極的求具體之創造．把握建設中心．庶能發揮獨特的高超之精神．

　香港民眾．吾僑實占十之九八．故建設責任．益感重大而未容委卸者．但如何能達到建設之目的．思所以為創造與發揮．此問題固甚複雜．自非單簡的所能分析詳言者．惟從最普遍的．切近的．在言動思想間的事實表現．則亦可舉一而例其餘．測知其內容．所以有諸內必形諸外之謂．

　故人類之生活方式與思想體系其所表現均足以代表其性質．卽謂之人類的文化．與現實社會相適應．隨時代進化而演變者．但在適應演變之間．舍己從人．固有不合．深閉固拒．亦屬不能．故必須把握中心．而後能發揮其本性．蓋有人類卽有文化．而文化乃自各有其特質．經久而不可毀滅．因此建設應以文化為起點．

　蓋近百年來．歐風東漸．我國人受財物觀念之慈愚．醉心於科學之發達．以為非此不足以圖存者．於是一切事物．均摹仿歐化．而忘却其自有文化特質．心目中但羨他人之美．而不問本身之地位．須知文化之建立．猶之播種者然．不先攷其地宜．則所種無由滋長．故吾以為科學之道．以之運用則可．以之為合流則不可．

　中國建立歷史已四千餘年矣．民族之能延續發展．固自有其

道義之生命力，即祖宗及歷世諸賢哲所遺留之教化，而以道義為依皈者，此道義亦即為我國文化之獨特的高超之精神，以道義而應萬事，以道義而御萬物，故能一貫長存，是在吾人之能否保持發揮，而有以光大之耳。

試觀友邦日本與吾國並立於東亞，其亦以道義為中心，乃能儕於富強，自大東亞戰爭發動後，更為世界所震驚而讚佩者，夫友邦之道義，在種族、歷史、政治、文化、教育，以至生活與其他一切，均不無與吾人有共通之處，中日為東亞之文明古國，同具有一貫之文化精神，當此大時代之來臨，故吾以為建設文化，必當重建東亞文化，以求東亞文化之復興。

抑尤有進者現在新香港方在建設之途邁進，以地位及環境關係，正可為中日文化溝通之橋樑，借鏡觀摩，把握時變，重建吾人之道義文化，以與歐化相頡頏，又安知己之不如他人之美耶，回復其自信力，然後可與言發揮，其成就正未可限量耳。

現在政府當局對我華僑教育，經已積極強化，為適應需要，復已增加學校，是以新香港的教育正在光明的前途邁進，而教育為文化之倡導者，故吾於此並希望教育界為東亞教育而教育，共同肩起復興東亞文化之責任，而莘莘學子，亦將成為東亞文化之良好種子，以延續發展東亞民族獨特的高超的文化之道義精神，洗淨從前醉心歐化之意志，則東亞文化之復興可立而待，此鄙人所希望於我僑胞諸君者也。

《華僑日報》‧1943.09.29

出席大東亞記者大會
港代表對本港人士廣播
從大東亞兩個會議講起

（特訊）大東亞新聞記者大會，前日在東京圓滿閉幕。本港新聞界代表盧夢殊氏，於昨日在東京廣播電台，對本港以粵語發表廣播，題爲「從大東亞兩個大會講起」，昨日下午，本港放送局電台接駁東京節目，將盧氏演詞錄音，於當晚八時卅分轉播於全港人士，茲錄盧氏演詞大意如次：

自從大東亞會議於本月五日在東京開幕，發表大東亞共同宣言，以至今日下午閉幕之此次大東亞新聞記者大會止，吾人感覺，大東亞戰爭面臨最後勝利時期，已更形接近，前一個會議，乃是聯合各國家各民族一本其亞洲之傳統的精神。向世界發揮其最高之理念，而後一個會議，乃是聯合大東亞全體文化報道工作者，貢獻其最崇高的理念，全體文化人共同發揮文化力量，以協力共遂大東亞戰爭之最後目的，建設共榮的大東亞新秩序，其意義之重大，實可謂爲創造大東亞輝煌歷史之嶄新之一頁。

大東亞會議，與大東亞新聞會議，在表面看來，其性格雖有不同，然其終極思想，則無二致，大東亞會議，乃大東亞各國在政治上合作協力劃期工作的展開，而大東亞新聞記者大會，乃是大東亞各民族文化交流的起點，由此起點，做成共同而最有力量之行動，大東亞共同宣言〔所〕列舉大東亞建設要綱五項原則，共存共榮，獨立親和，闡揚文化，繁榮經濟，貢獻世界發展，乃是缺一不可的建設理想新世界的原則，而文化交流，則是此項偉大建設工作之一大起〔點〕。

文化交流，與政府團結，表面看來，似有不同的分野，其實此二事對於大東亞各國家各民族之團結向上發展，實具有不可分離之關係，當此建設大東亞偉大劃期工作展開之今日，更應該從政治上與文化上的交流推而至於各方各面的協力，使各方各面的交流，更趨於活躍與發展。

文化是一種機構，爲政治的根源，有了文化這機構，政治方面如有力量發揮，建設理想共榮共存政治決不能離開文化，文化之交流，亦卽政治的〔　〕〔　〕，我等文化工作者，目前最重要之工作，當認清文化人是站在何等地位，應幹何等工作，當然，此種工作莫過於協力完成大東亞戰爭目的，而努力協同參加〔策〕推共榮圈的劃期建設之工作。

本人看得清清楚楚，就是當一九四一年十二月八日大東亞戰爭勃發之當時，日本所以發動戰爭的最高目的，最大願望，乃爲排除英美侵入東亞的勢力，解放東亞被壓迫民族而毅然決然發動戰爭，而至於今，英美在東亞的侵略勢力，已是殘存無幾，相信英美殘存勢力完全肅清之日，卽是大東亞建設得到成功階段之時，而日本發動此次戰爭之大理想，「將亞洲還諸亞洲人之手」，「建設東亞人的大東亞」之最大鵠的，亦得以實現。

在此以建設共榮秩序新世界爲最高理想工作展開之當中，我等文化人之唯一目標，爲領導各個民族，加強團結，共向建設大東亞之途邁進，自無待言，而當大東亞建設達到最後階段之時，大東亞戰爭之目的，共榮圈建設一大理想，亦將因各國家各民族之團結一致，努力奮鬥之結果，而必可獲得實現，完了。

《華僑日報》，1943.11.21

東游觀感〔節錄〕/夢殊

一、楔子

　　本年日本新聞會主催的大東亞新聞大會，定十一月十七日在東京舉行，本港新聞界曾被電邀派遣代表參加，我與胡山先生卽由報道部推爲本港的出席代表。在與報道部佐野新聞班長初度接洽之時，本人實不敢受命，原因計有兩點：一是神經心臟兩俱衰弱，正在求醫；二是日語本人雖曾付過兩個月的學費，可五十個片假名仍無法弄清，以之東游，根本就沒有可能的條件。然而佐野新聞班長則以爲神經與心臟的衰弱並非個人體格上的嚴重問題，日本醫藥兩優，到日本去無異易地療治；其次，語言不通是絕無關係的，唯其言語不通才在觀察上有其深長的意思。我以佐野新聞班長期望之殷，又明知雖固辭也毋能或免，卽亦勉強答應下去。但出發的時日是很迫速的，兩日之後必須成行，這是飛機航期的關係。維時是十月二十三日，二十五日就要首途，我卽由報道部囘歸報社，立將編務移交何健章兄，請其與各位同事作本人離職後的更加努力，然後囘廝屏當行裝，祇收拾幾件殘舊衣裳，連應用書寫的工具拼成一件行李。

　　本人竊念，雖已到了這一把年紀，半生憂患，船唇馬足，曾闖過不少江湖，然除了香港，却未離開國門半步；此囘在病中抱凌雲壯志，作萬里征空而到日本去觀光，固然是一個難得的機緣，但啞巴樣的寧不叫人齒冷。尤其是代表香港的新聞界出席大東亞新聞大會，益覺得責任匪輕，怕不是不學無術的我所能夠勝任，於是感到慄然，在二十四日的一個整天，幾乎惶惶不可終日。可

是事情已經規定的了，惶也惶然不來，祇得硬住頭皮，跑到當醫生的一位朋友的醫務室去重行檢驗一次。據他說，我的神經和心臟雖然不見得怎樣強壯，但在頭腦勞動者羣裏也算可以的了，當然無礙於遠行。並替我繼續注射之外，另配給一瓶藥水，備在旅行中服用。我經這位朋友的診斷之後便放下心來，最低限度是知道遠行不會發生甚麼毛病。

二、出發

二十五日那天是我和胡山先生由香港出發之期。赴日的手續在午前辦妥，當即由佐野新聞班長領導，向磯谷總督閣下，參議長以次各長官辭行，各位長官都勸勉有加，對我們的親切之情有如對他們可愛的僚屬。磯谷總督閣下對於這次大東亞新聞大會有着甚深的期待的，對於我們此行更有無限的期許，並親口對我們說明，他老人家等着我們回來給他一個詳細的報告；中尾高級副官更要我們到了東京特別觀察東京的婦女的動態，把所得的觀感帶回來告訴香港我們中國的婦女羣，意思是想中國的婦女羣學樣學樣，庶免依然祇是爲了做男性的玩偶而生存的社會寄生虫。中尾高級副官一個意念早已成了我們新聞記者非難中國婦女羣的題材，早在大東亞戰爭爆發以前的好多年我們已經不斷地抨擊過，祇是她們的積習和飲染是太深了，筆鎗紙彈對於她們的攻擊是失了效能，色情享樂在她們竟是唯一的自我表現。然而這一個迷夢該在戰爭的洗禮之下覺醒了吧？可是村女〔般〕的婦女在香港祇表現過一個暫短的時期，不久又羣趨於以前那一條路了，好像惟有做男性的玩偶才是快事似的，因而密絲佛陀唇膏在香港的價格便

成了一個驚人的數字啦，一雙絲襪也等於十擔公價米的價值。這豈不是叫人認爲新香港中的一個畸形的現象！不過，這祇是中國婦女羣中的一小部份而已，我承認，其他還是生活於刻苦耐勞中的，自不能把她們都一筆抹煞。然而中尾高級副官給予我們這一個提供就使我們感覺到他的是一位精明的長官了，我們於是敬謹地接受。

我們的出發是乘坐飛機的，時間是下午五點三十分，到達廣州才六時三十分鐘罷了。但，飛機在香港昇空時是一個晴朗的天，而到達廣州的機場却滿地濕漉漉地正下着大雨。我和胡山都不曾帶得雨衣，下得機來已是一頭的雨水，迫得走向機翼的下面暫避幾分鐘，再鼓起一肚子氣走進站臺去。

那時同盟通訊社南支總局已派有人員和汽車在站等候。我們在行李經過檢查之後就乘同盟社的汽車去見它的總務部長山崎一〔　〕先生，之後，到新華ホテル去作暫時的寄寓。

在廣州因爲等候飛機作了一個星期的逗留，在那一星期中我給病魔纏住了，喉害起病來，經舊友陳伯賜醫生的治療迅即康復，但飲食一方面就謹慎起來啦，聯春堂的蛇羹正眼也不敢一瞧，於是「食在廣州」這一句話兒我祇好不說。

到東京去的飛機票終於由同盟通訊社和其他關係方面替我們的連絡戶送到我們的手裏了，代價每票是二百九十円，到達日本的福岡便是終站。我們在十一月二日那一個早上離開了廣州。

三、台北──福岡

大日本航空株式會社的燕嶽機由廣州載我們到台北去，出乎

意外的安定與快捷；我事前思量會在空中嘔吐狼藉的，結果在沙發椅上坐得太舒服了，不上半小時就呼呼地睡去，在睡夢中自己覺到有時像是坐着搖籃似地，那是飛機飛越山嶽的高空，受了氣圈的搖盪而使乘機者略有這麼的感覺，我睡了約有四十多分鐘就抬起頭來，從窗口望下去祇是白茫茫的一片，在白茫茫的一片之下是一張很大很大的油綠色的縐紙，縐起來的無疑是海面了，但海面在我的視綫之下是鉛一樣似的，露出海面的小島嶼便是那鉛面上的黑點了。我對於這一個現象發生奇趣起來，覺得天空的航行自己確然是飄飄然，海的流質也變爲實體了，禾田毛茸茸然是一塊一塊的毛氈，飛機肚皮底下面的白雲是堆擁着無垠的棉絮，自己在棉絮之上飛騰，一如小説裏面底三山五岳的人物。

到台北，差三十分鐘才是正午時候，也是我們身履異域最初的一刹那，更是試驗我們這一對啞巴的開始；可是，同盟通訊社卻有連絡的，接連幾位同盟通訊社台北支社的新聞記者走到我們的面前，用英語和我們通話。

我們此行到日本去是任新聞大會的代表的，但到台北先來扮演一下「老鄉」，土頭土腦地任人家擺布。我們經過入境的手續之後給一輛「巴士」載到航空株式會社的台北營業所，由於事務員的指定要我們投宿永樂ホテル。永樂ホテル我們在廣州已有人告訴過，説並不是一個高明的地方，胡山先生一聽見這個名字就表示反對，然而人地生疏的我們是反對不起來的了，也祇好將就將就，而這時由一位女事務員帶我們到同盟通訊社台北支社去。

到了同盟通訊社的台北支社之後，啞巴開口了，胡山跟該社的記者田村秀逸郎談起廈門話來。原來胡山的原籍是福建，連帶

懂說廈門的方言，於是就有了許多的便利啦，大家都感不到甚麼的寂寞。

在台北有半日和一夜的逗留，田村先生差不多整個下午的時間是做我們的嚮導。他為人非常和藹，是一位謹慎的青年，祇是體格太差點兒了，幾乎跟我一樣的尪瘦。他是同盟講習所優等生出身的，腕上的手鏢和襟袋上的自來墨水筆與及鉛筆全是在同盟講習所實習時所得的獎品。他帶領我們解決午晚兩餐，他也帶領我們走了不少馬路，在晚上的永樂ホテル裏他還陪着我們坐談到十點鐘，然後回他的家去。

第二天早上，我們給飛機載離了台北，十一時半抵達上海，在上海停留了半小時，正十二點鐘向福岡之路飛去，下午三時三十分鐘已然到達了。

在福岡機場降落的時候，東亞旅行社（現改名東亞交通公社）的交際員就迎着我們，同時同盟通訊社福岡支社的記者東條長生先生，寫眞部長荒川穆先生……等也接二連三的走過來招待。東條先生是會說英語的，荒川先生則能略說粵語，因為他在廣東住過兩年，於是相率走到站臺，在站臺的二樓完成了我們的入境手續，手續非常簡單，警察署長尤其彬彬然有謙和的禮貌，內心為之讚美不置。

之後，荒川先生，東條先生和其他的同盟社記者請我們登上他們的汽車，維時東亞旅行社的交際員已替我們備辦好了當時到東京去的火車票，寢台票和行李票。我們的汽車一直駛到博多ホテル的門前，在那兒暫闢一室來歇歇腳。

飯後，荒川先生帶我們到附近的馬路去作日本本土初度的觀

光，博多人形在一家商店的櫥窗裏窮形盡相的陳列着。人形的製作在博多是有名的，從櫥窗中的所見，具見製作上的精巧，無論色彩與神態，不特強調地表現日本東方的藝術美，抑且更具備着日本的傳統精神，我們中國的無錫泥人，比較起來不祇有精粗之別。

馬路逛了好幾截，不覺來至東長寺外垣的門前，遙望梵宮，嵯峨有致。東長寺是弘法大師傳教之所，日本在佛教上的眞言宗，卽弘法大師所傳的東密。弘法大師本是中土唐代的高僧，海空是他的法號；他東渡日本，是在日本平安朝的初期。開創眞言宗，與最澄和尚（日本的傳教大師）的天台宗合一而成日本國家的佛教。

佛教肇始於印度，但它亡印度而昌東方。然而我們在日本獲得佛教所以興旺的證明，卽爲人民所信奉佛教底所抱持的態度。日本的信奉佛教是有其傳統的精神的，因爲這傳統底精神的正確便在信奉上有了正確的觀念與正確的意識，同時更有了正確的態度；於是政治與文化便得到合流了，由於兩者的合流卽能產生出一個偉大的結果，是：政治支配文化而文化領導政治。這兩者相承相輔而至於今，日本便有如今日這麼的強盛了。

——佛教可以興國的，惟在日本才獲得有力的證明。

我們逛完馬路之後再回博多ホテル，卽有一位青年接踵而到室內訪問。他的姓名是松崎秀竹，——福岡警務署外事警察系的警員，外表很是彬然，但他那日本風的隨和却掩蓋不了他底超特的英挺。他的訪問是職務的，爲了我們初到福岡。他知道我們是出席大東亞新聞大會而來，便在談話中提出關於大東亞底政治問題的問話。在我，在大東亞新聞大會未開會之前原是保持沉默的，

因此，對於他的所問祇抽象地作一種簡略的答復。這麼的筆談了十多分鐘，他便起身告辭，我們也匆匆到火車站去。

× × ×

十九日是大東亞新聞大會圓滿閉幕之期，在這一個大半天當中，完成了理智的創造與及思想的建設，那便是「大東亞新聞協議會」組織綱要的草成，大東亞新聞大會宣言的發出，與及各重要議案的結束。筆者在這裏祇將宣言抄錄如下，其餘因篇幅關係從略。

大東亞新聞大會宣言案

大東亞各地新聞代表同志相聚於此，討論完遂大東亞戰爭及貢獻大東亞建設之新聞使命。

囘顧亞洲呻吟於敵美英政治壓制及經濟搾取下任其宣傳謀略謀略之跋扈跳梁者於茲已有數十百年之久。但當實踐萬邦共榮大道之大東亞戰爭勃發以後，日本陸海軍之雄渾作戰與「大亞洲爲一」之大東亞十億民眾之大信念，卽相互結合而收獲曠古未有之大戰果，於是美英束縛亞洲之政治的經濟的鉄鎖，均被切斷無遺，謀略之網，宣傳之機關，亦一舉全被破碎。亞洲已還與我等亞洲人，「美英之宣傳機關」，思想戰之機能，亦完全恢復亞洲本然之體制。英美頑強之反攻，譎詐多端之謀略宣傳，雖不可輕視，但吾人完成大東亞戰爭，建設大東亞之信念，則更趨堅強。此時歐洲還有德國及盟邦各國與我等同其理想，毅然倔起在建設世界新秩序之大旗下，共同爲摧毀敵英美之野心而奮戰中，吾人對於其善謀勇戰，於此表示甚深敬意。

日前大東亞各國代表相聚於東京，向中外宣佈以共存共榮，

獨立親和，闡揚文化，經濟繁榮，貢獻世界進展之五大原則，此實爲大亞洲精神之眞髓，又是爲確立世界永久和平之大憲章，但爲實現此大憲章加以闡述與透澈意義者，實屬我等新聞人所負之責任。我等據守言論報道陣線，站於思想戰前端，同心協力，傾擧全力，誓擊破美英之詐譎謀略，期亞洲之興隆，遂行確立世界和平之先驅使命。謹此宣言。

上述的宣言，是朝日新聞社主筆緒方竹虎先生主稿，而由朝日新聞社長村山長擧先生宣讀，全場鼓掌，一致熱烈通過。最後，大會議長高石眞五郎先生（每日新聞社取締役會長）提議，推擧同盟通訊社社長古野伊之助先生及上海中華日報社社長暨大東亞新聞大會中國代表團團長許力求先生分別領導，擧手三呼萬歲，然後閉會，維時已零時四十五分了。

大東亞新聞大會閉會之後，因空氣的熱烈，及大會底理智的創造與乎思想的建立，全體代表都在本能中生出一種爲思想戰而努力的決意。這是大會三日來所收效果的一點特徵。這特徵卽今後配合於前綫戰士與後方民衆共同協力於大東亞戰爭和大東亞建設。

大東亞戰爭和大東亞建設最高的旨意（也是最高的目標）是將英美在東亞的勢力剷除與及成立眞正亞洲人的大東亞，我們身爲大東亞的成員，無疑要向這一方面發揮其最大的力量，以達到這最高的理想。現在，由於大東亞新聞大會各種的決議案更明顯地告訴我們所應如何的協力了，則這個大會關係於今後大東亞戰爭與大東亞建設的實踐至爲重大。而代表們在這三日之內的共聚一堂，互相結成這思想戰上的最高理念，不特爲大東亞各國各個民族底意識的前導，抑且爲實踐大東亞大會宣言的先鋒。爲了

這一個使命的重大，大東亞新聞大會各國各地的代表就在閉會之頃便都確立自己的抱負與決心，義無反顧地作爲這一面的實踐者了。——實踐是動作的表現啊！我們的動作是理想，是思想，也是筆尖！

大會閉會之後，我們的節目是午餐，午餐之後便是三點鐘赴重光外相的茶會。關於各長官及團體的招宴，我已述過了三囘，但東條首相的招宴午餐，應該在這裏補述一下。首相的招宴是在十八日正午在首相官邸的。我們散會了後，便由「巴士」載我們到那兒去。我們挨次在應接室與首相握手相見，由大會總幹事負紹介之責。彼此一一握手爲禮之後，便到草坪的石階上排列攝影紀念；之後，大家悠閑地却立或者散步一囘，再到另一室去午膳。午膳是西洋料理，是我在東京第三囘啖到眞牛油和眞喫啡。説起來好笑，我們税居第一ホテル時，任大哥把那裏的喫啡換上一個名字是「王老吉」。「王老吉」是什麼廣東人總會知道的。第一ホテル的喫啡的確與「王老吉」的味兒有相似之處，我們不由得大家失笑了。

在首相招宴席上，給與我們很豐富地吃了一個美味的午餐。我的座位恰與長山長舉先生爲鄰，我這囘才知道他會説一口很流利的英語。原來他留學過歐洲的，同時也到過香港，但是在二十多年前的了，他跟我談起香港的情形，前後引證地大家談得津津有味，他又問我關於香港新聞界和文化界的概況，我擇要告訴給他；他又知我是多年的老上海，便又問我關於上海的新聞界和文化界，我也把我所知的告訴給他，並〔遙〕着上海申報社社長陳彬龢，而加以推許，説他不祇是上海而且是中國新聞界有數的人物。

我們這一問一答地談，談到東條首相起立致詞才住了口。

東條首相的致詞簡括而有深意，對于新聞代表協力大東亞戰爭與大東亞建設期望至殷。他的詞意與態度的誠懇完全表露出政治家的修養底眞誠。這裏我們見到日本國策的執行者對于整個大東亞是如何愛好與顧慮。他對于英美的侵略是如何深惡痛絕。他老人家自大東亞戰爭爆發以來，日理萬機，宵肝勤勞，一以孜孜如何完遂大東亞戰爭及如何建設大東亞共榮爲務，政戰兩〔　〕，忙無寧處，而今日竟偷閒與我們相見，則其好整以暇可知，而精神的暢旺尤足以爲協力者的表率。我不禁表示甚深的敬意。

首相官邸是一所舊式的西洋建築，但古樸淡雅，與〔　〕〔　〕相融而另生出一種幽致。然而英美之所以敗戰，大東亞之所以建設，俱在這裏的運籌帷握之中，則這所建築的眞價誠非可以估計。

首相這一個招宴是在嚴肅之中而有誠摯的氣氛的，雖然覺得有些拘謹而却有其輕鬆，在各位長官的招待之間我們便興致淋漓地飽餐一頓，然後向主人告辭。

《華僑日報》，1943.12.31，
1944.01.01，1944.01.05，1944.02.26-27

煤山悲劇三百年紀念
民族盛衰歷史教訓之再接受 / 葉靈鳳

明崇禎十七年甲申三月十九日，李自成的流寇部隊包圍北京城，彰義門守城太監曹化淳開門迎賊，士卒逃散，四處起火，李自成直逼進攻內城，崇禎皇帝眼看大勢已去，便於手刃公主，分

遺二王，促后妃自盡之後，自己帶了太監王承恩，也在宮內後苑煤山的山亭內自縊，身殉社稷。崇禎甲申年三月十九，到今天恰恰正是三百年。

崇禎的死狀很慘，據史家的記載，他散髮覆面，白袷藍袍，跣一足，而且襟上還有血書的遺詔：「因失江山，無面目見祖宗於天上，不敢終於正寢，諸臣誤朕，任賊分裂朕躬，毋傷百姓一人」等語。在中國歷史上歷朝末代君王之中，個人下場最慘的要算他了。

就個人而論，崇禎還不至是一個斷送江山的亡國君王。他在位十七年，誅魏忠賢，起用舊臣，留心邊事，雖然後來又漸漸的信任太監，到底還不時以國家爲念，而且一旦到了事不可爲之時，還能夠慷慨殉國，一死以謝天下，從個人方面說，他可說已盡了個人最後應盡的責任。可惜當時的政治軍事已到了根本不可收拾的境地，縱然有意圖存，也不能挽回歷史的新潮了。

明朝亡國的原因，間接亡於李自成張獻忠之類的流寇，直接亡於乘隙而入的滿清，可是造成流寇猖獗的社會不安，以及造成邊事不修的門戶洞開的原因，却不是一朝一夕所形成的。

由於農村經濟破產而起的農民叛變和人口逃亡，差不多成了明代社會的特有現像。從市井出身的朱氏，把握了金元末年的社會動亂而取得了天下，深知民眾力量是怎樣，但他却不採取養民而用了防民政策。明代的土地制度，有官田與民田之分，官田占民田七分之一，而且都是肥沃的土地，餘下貧瘠的民田還不時遭貴族富豪，寺人內宦所侵佔，加以租稅繁重苛刻，被侵佔或喪失了的田地仍要納稅，如明史『食貨志』所載：「小民所最苦者，無田之糧，無米之丁；田鬻富室，產去糧存，而猶輸丁賦」。

這樣，土地所產，農民不足生存，便祇有逃亡。逃亡愈多，土地愈荒廢，饑荒隨起，這些東西流蕩，無衣無食，無家可歸的農民，除了依附盜賊以外，便沒有其他生存的方法。李自成張獻忠之流，便是從這樣時勢之下所造成的英雄。

為了對付逐漸猖獗起來的流寇，明季便不能不出兵，可是當時軍隊的情形是怎樣呢？據明史所載，以拱衛京師的最精銳的『京營』來說：

『國初京營勁旅不減七八十萬，元戎宿將，常不乏人，自三大營變為十二團營，又變為兩官廳，雖浸不如初，然軍額尚三十八萬有奇，今武備積弛，見籍祇十四萬餘，而操練者不過五六萬。支糧則有，調遣則亡。比敵騎深入，戰守但稱無軍；即見在兵，率老弱疲憊市井遊販之徒，衣甲器械，取給臨時，此其弊不在逃亡而在占役，不在軍士而在將領。蓋提督坐營號頭把總諸官，多世胄紈袴，平時占役營軍，以空名支餉，臨時則肆集市人，呼舞博笑而已』。　（明史卷八十九）

明朝的軍制，選取富家子弟和世胄子弟統率軍旅，後來更採用中官監軍，目的祇在防民，情形腐敗，正是當然的結果。以這樣的軍隊去對付鋌而走險的流寇，若不是不堪一擊，便率性是潰散附賊，用來對付外來的剽悍新興遊牧民族。那更不用說了。同時，為了用兵，明季在已經繁重的稅賦之上更要加稅，這更加速農民的逃亡，同時也就是增加了流寇的力量和外來民族侵入的機會。

在政治上，明朝自中世以來，朝中就有了朋黨門戶之爭。東林的禍害正不亞於宦官。外官結納內宦，瞞蔽時政，鞏固一己的地位；內官則利用外官，搜刮脂膏，左右朝政，文官祇知道依附

權貴，武官又祇是「養兵自重」。而士大夫呢，則第一要緊的是自己的黨派門戶問題，國事和邊事都是次要問題，正如一位詩人所咏：『不鑒前車在漢唐，東林講學為三王，臣憂門戶君憂國，門戶成時國已亡』！臣既如此，所以即使末代出了一個比較好的崇禎，他也祇能一死以盡自己的責任，決不能挽回明朝的末運。

明末讀書人的氣節雖不壞，然而也祇是知一個「死」字，並不知道「生」，更不知道國家。這弊病養成的原因，根由又是明朝統治者自己給自己套上的圈套。明朝在土地政策上既極力防止「細民」勢力的膨脹，在軍制上又採取親信監督政策，更用科舉制度去籠絡一般讀書人。於是以「八股試帖」出身的士大夫，壞的祇知道陞官發財，好的也祇是安份守己，對於治國安民之道根本不了解，一旦事變軍興，又要安內，又要攘外，那更手足無措了。崇禎己巳上海舉人何剛的上疏說得沉痛：

「設科舉，限資格，皆所以彌亂，而非所以勘亂也。迨繼之承平，凡三百年，人心積弛，法度盡弊，糜餉則有兵，臨敵則無兵；剋剝士卒則有將，約束制勝則無將。發清華顯要則有人，推着撫樞部則無人……今日救生民，匡君父，無踰於滅寇，然生平未嘗學，父師未嘗教；所殫心者制舉之業，一旦握兵符，驅強寇，其最良者惟守義捐軀，何益於疆場哉」？（見「崇禎長編」）

於是壞的便做了洪承疇李成棟之流，好的也祇能「愧無半策匡時難，祇有一死答君恩」，所以後來即使義師前仆後繼，三王負隅掙扎，也不能挽回大勢，祇是苟延殘喘而已。

在明末這樣的情形下，滿清大舉入關，正是當然的結果。中國歷來的外患，如漢之匈奴，唐之突厥，六朝之五胡，宋之金元，

都是在中原鼎沸之際，乘虛而入的。所以當李自成闖入北京，崇禎自縊之後，中原無主，卽使沒有吳三桂的乞師，滿清的入關也是決不躊躇的。吳三桂之流的過錯，倒不在引狼入室，而在借刀殺人。當時的情勢，明朝已是根本無可爲了，但是聲勢浩大的李自成，若是能獲得吳三桂等明末諸將領的合作，以民族的立場，抵抗外來的遊牧民族，則明末以後的中國歷史或者會是另一番面目，也許說不定。

可是當時的武人沒有這抱負，文臣更沒有這頭腦，甚至當清師大軍南下之時，馬阮弄權，左良玉傳檄申討，偏安江南的小朝庭，爲了門戶權利的成見，甚至主張寧可君臣死於清，不可死於左良玉「北兵猶可議款，左逆至則若輩高官，吾君臣獨死耳」（見「南明野史」）。以這樣的門戶見解，想要抵禦外來的侵略，完成中興局面，卽使多出幾個史可法，也不過歷史上多幾個死難忠臣，於大局是無補的。

《華僑日報・僑樂村》，1944.04.11

新聞協會昨日成立
磯谷總督親臨致訓
勗勉會員完成戰時報道使命
大熊司令官勉報界團結協力

【本報特訊】香港新聞協會，爲中日新聞報社及文化界之共同組織，經長時間〔的〕〔籌〕備，已告成功，且獲當局批准成立，

昨日午間，假座東亞中華料理二樓，舉行成立典禮，到有中日各個報社長及總編輯，編輯，新聞記者暨文化界名流，而磯谷總督閣下及海軍大熊司令官閣下與總督部泊總務長官，各部部長，參謀，〔 〕官及野間憲兵隊長，報道部寺田總務班長，前田宣傳班長兼代新聞班長，華民代表羅旭和，李子方，陳廉伯，及各界協議正副主席周壽臣，郭贊等，均蒞臨參加。持屆，開會如儀，首由協會理事酈啓東致開會詞，繼由理事長衛藤俊彥報告籌備經過，並由磯谷總督閣下致訓詞，大熊司令官閣下致祝詞，至午後一時許，大會始告散會。

開會儀式

（一）國旗敬禮（二）開會之詞，（三）經過報告（四）役員發表，（五）理事長挨〔 〕（六）總督閣下致訓詞，（七）大熊司令官閣下致祝詞，（八）閉會之詞。

行禮如儀後，理事酈啓東致開會詞，大意謂此次新聞協會成立，辱承磯谷閣下，大熊司令官閣下，暨各長官名流，在公務百忙中，撥冗光臨，至深榮幸，大會今日成立伊始，希望各長官多所指導，俾本會同人今後有所遵循，至深感盼。

籌備經過

次由理事長衛藤俊彥報告協會籌備經過，略謂，在皇軍佔領香港之初，其時報社計有十一家，繼續其報道工作，迨後格於環境事實必要，在各報社融和商談之下，將各報社合併，即現在之香港日報（包括中英日文版），香島日報，南華日報，華僑日報，

東亞晚報等五家，其後又有什誌小型報，大成，大衆，亞洲商報等多家，而最近更有東洋經濟新報社出版，一致努力於報道工作，此外，同盟社香港支局，及駐港之朝日新聞社，每日新聞社等，均爲新聞報道而努力，今因一致在同一目標之途邁進，特組織現在之香港新聞協會，其發起係在本年夏間，經過長時間之籌備，在各籌委之協力計劃之下，業將籌備工作完成，且向當局呈報核准，今依照所定規程宣告成立，協會以各報社爲基幹，包括其他文化界份子及團體，並依章互選理事役員，吾人今站在報道工作之戰線上，希望一致繼續努力，完成報道使命，期使香港新聞，雜誌，及文化機關等，得有健全之發展，與適當之運營，以協助總督施政，在遂行大東亞戰爭途上，〔 〕成所負之重要責任云云（從略）。

役員名單

再由理事同盟社小椋局長發表役員名單，繼由理事長挨〔 〕，總督閣下致訓詞。

香港新聞協會　役員

理事長　衞藤俊彥社長（香港日報）

理事　總務部擔任岑維休社長（華僑日報）

理事　文化部擔任胡山社長（香島日報）

理事　會計部擔任溫文照社長（東亞晚報）

理事　資材部擔任蘇以誠社長（大成報）

理事　出版部擔任齊藤幸治社長（東洋經濟支社）

理事　出版部擔任葉靈鳳社長（大衆週報）

理事　厚生部擔任鄺啟東社長（南華日報）

監事　小椋廣勝支局長（同盟社香港支局）

監事　黃榮揚社長（亞洲商報）

總督訓詞

茲值香港新聞協會成立，敬綴數言，以祝協會前途無量，並述余之希望。

報紙之使命，與報人之職責，如何重大，諒諸君更為明瞭，自無庸贅述。本來在思想〔戰〕上，報紙實不失為一種最新銳之武器，所謂報紙卽是彈丸，鉛字無異堡壘，尤其是在決戰正日趨激烈之今日，報紙尤不可不傾其全力，奮勇直前，澈底提高民眾戰意，迅速增強戰力，易言之，卽是不可不奮向澈底完遂戰力之途邁進，欲完成如此任務，則應先令民族意識向上，再由此而團結大東亞各民族，務令如金石之堅，如膠漆之固，凡此事業，固不能無待於報界諸君之努力，按民族意識之堅強與脆弱，殊大有影響於國家之興亡，過去時代，東亞民族之中，此種意識，是否已發揚盡致，東亞民族意識，平素為病菌所侵蝕者，以及現在仍被侵蝕者，是否尚有其人，凡此正自難言，又報紙在當局與民眾是間，譬猶一溫煖之感情繫紐，而將此兩者聯結，苟無此繫紐，則當施策，自無由滲透民間，而令其抱同聲相應之局，報紙又不當為民眾心中之窗牖，當在戰時之下，旣以全勝為目標，則全面的生活之轉移與改革，自必屆屆演進，此實為戰爭之眞姿態。因此之故，一般民眾生活，無時不需要一光明之窗牖，而報紙卽猶此窗牖，自有其重要之職責，尚望各因其地，各因其時，而對於一

般民眾，善為指導扶掖，毋任誤入迷途。在決戰之下，總督部施政，固以增強戰力為鵠的，此種目的，始終如一，未嘗或渝，報界諸君，既為當局與民眾間之繫紐，此際尤應盡力作縱橫之奮鬥，藉正確之報道，而謀總督部政治之滲透於民間，並努力維繫人心，提高其熱力之戰意。

今日本港新聞雜誌等文化機關為圖健全之發展，與〔 〕正之運營，協力以於總督部施政，並期在遂行大東亞戰爭途上，完成報道文化使命，爰有香港新聞協會之設。際茲發軔伊始，殊堪慶賀。甚望各位能切實認清協會所以成立之目的，專心一意，盡瘁〔於〕報道報國，並對於軍政施策，作全面的協力，茲值饒有意義之協會式，聊述數言，為協會前途祝福。

司令祝詞

繼總督訓示後，大熊司令長官閣下致祝詞，對新聞界亦多勉勖。司長官閣下戰前任職於海軍報道部，（昭和四年至六年），特別提出新聞與廣告的關連，勿容納頹廢性及鼓吹奢侈的告白，使無遺憾，並對協會會員勉以真誠努力，和洽相親，以解決各種困難。

《香島日報》，1944.07.07

香港文化的現階段

香港總督部會公佈設立部立圖書館，及市民圖書館。市民圖書館擬於本月中旬開放，地點優美，設備良善。部立圖書館雖未

定期開放，但該館搜集的圖書，甚爲豐富，足供專門人士參考研究之用。將來這兩所圖書館開放時，對於香港的文化，必有相當的貢獻。

普通人對於文化的意義多不明瞭，每以爲文化就是文學藝術等。這種解釋含義太狹。文化是人民在思想上，品格上，及舉止上的一切成就，這種成就含蘊在人民的心思和生活中。文化包括三種不可少的要素，卽是知識，訓練，實用；因文化是社會精神所寄托，由事實的知識，訓練的心力，實用的技術累積而成。所以人民的優劣和他們文化的高下，有很密切的關係。

英國佔據香港，有一百年的時期。香港的文化經過一百年的孕育，便成就了香港特有的文化。英國開發香港，完全以商業爲目標，因此香港居民的知識，訓練，實用都以商業爲對象，香港的文化，便形成了商業化的文化。香港的人民，雖然百分之九十以上是中國人，但英國人在政治上，經濟上佔有特殊的勢力，〔 〕因此港人民的思想，品格，舉止都受了英國的影響，香港的文化，便形成了中英混合的文化，非中非英的文化，成爲英國的殖民文化，這種文化，不曾把純眞的偉大的中國文化吸取，也不曾混入英國文化的優良部份。從前香港政府對於香港的文化，素來不注重提倡，更不力求改善。試舉一例以証明，從前香港人口，最多時號稱百餘萬，但香港只有一所公共圖書館，地點位於現在總督部旁邊的總督部炊事所，內容設備簡陋，所藏書籍又陳舊稀少，後來因該地點另有用途，竟把圖書館停辦。所以過去香港的文化，是膚淺的浮薄的，充分表現殖民地式的文化。

文化的成就，多由於社會上領袖的心思和生活，漸漸浸染於

社會，便成爲社會上的文化，尤其是青年男女首先受其影響。七七事變後，平，津，滬，粵等地的聞人學者，多聚居於香港，因此社會上的文化事業多所推動，而教育和出版更爲興盛，那個時候，香港居民受了聞人學者的影響，香港的文化亦發生從來未有的變動。這個變動雖爲時甚短，但香港的文化，已有多少改變了。

大東亞戰爭爆發後，香港的文化，經過炮火的洗禮，又發生了一大轉變。過去非中非英的殖民地文化，從此漸漸淡薄下來，形成中日文化之交流，吾人希望中國和日本兩個純眞的偉大的文化匯合起來，成爲亞洲文化之發軔。

《香島日報》，1944.11.15

香港文化聯誼社
昨午正式成立

（特訊）香港文化聯誼社，爲本港日華雙方文化有志之士所組織，事前曾經數度磋商，並獲得各方面贊助，于昨日中午，假座香港大酒店正式成立，並發表結社緣起，列明發起者共十二人（名單見後）皆當前香港文化界知名之士。昨日除羅旭龢氏因爲請假在家休養，金石家鄧爾雅氏，前嶺大教授陳德芸氏，以事羈身未克赴會外，餘皆出席，席間由臨時主席香港日報社長知識眞治氏報告籌備經過，隨卽討論會務進行。及推動本港文化運動各項工作，並互推知識眞治，葉靈鳳，羅四維三人爲執行委員，負

責今後聯繫工作，直至下午二時始散會。茲錄該社結社緣起及發起者姓氏如后：

緣起　香港文化聯誼社緣起：同人等鑒於國際文化聯繫工作，尤其是中日文化聯繫工作，由於兩國間之歷史的，地理的，種族的及文字工具的關係，雖在任何環境之下，兩國間之文化上的聯繫，亦應以超越的目光，以闡揚東方文明爲目標，共同努力予以維持。而推進中日文化上互助切磋助益之道，兩國文化人本身互相開誠佈公，促膝懇談，彼此交換各人之抱負及見解，實爲不容或緩之基礎的工作。基於此種見解及期望，雖在此戰爭日趨苛烈之局勢下，同人等仍願運用當前寶貴之機會及時間，集合旅居本港之中日雙方熱心文化工作者，數度磋商，發起組織本社，以便各人不時謀面，相互請益，藉使彼此感情得以融洽，意見可以流通，此種自由的集合，對於當前的大計雖未敢自許有所樹建，然苟以文化史的眼光稍加審奪，囘顧彼此過去對於建立東方文明之共同努力，默念今後在文化上兩國不可分割的聯繫，當能理解眼前此種集合實爲極有意義之舉動也。

本社之集合動機及信念如上。謹乘今日機會，宣布成立，並歡迎文化有志之士參加！

發起人：知識眞治，島田謹二，陳君葆，陳德芸，深澤長太郎，葉次周，葉靈鳳，鄧爾雅，盧觀偉，戴望舒，羅四維，羅旭龢。（以姓氏筆畫爲次序）

《華僑日報》，1945.08.04

新界文化名流座談別紀 / 任遠

　　當雷雨在天上轟響着，大雨落下的時候，潤濕的東風走過荒野，在竹林中吹着口笛。似召喚又似歡迎曲的高高低低悠揚的音律，響亮在新界最高的學府——元朗中學滙〔　〕裏，於是一個兩個或三五個中日的文化名流，先後聚集在一塊兒了。

　　開會的時間是上午十一點，當時鐘的短針挨近了開會時的五分鐘前，突然一輛赭色的小型自動車，戛然地停頓在元朗中學的運動場上，我們步前一望，我首先發現了兩個舊相識，第一位是知識社長，其次是童堅白先生。張子〔　〕校長，引導四位先生入到會客室休息，然後由童堅白先生的介紹，認識了松尾新聞班長及島田圖書館長。

　　大家開始閑談。我從知識社長的話中，知道了香港已經於前幾天組成了一個文化界聯誼社。於是我請問他老先生，今後對於香港，新界的文化運動怎樣推動！工作怎樣實踐，他都把大概的計劃說了出來。他特別表明希望新界的文化界和港九的文化界能夠打成一片，大家緊密地握着手，共同去謀文化事業工作的開展。

　　跟着新界地區事務所長安藤接踵而至。安藤所長到來的時候，衣襟盡濕，原來他在半途中遇着大雨。他並不因為下雨便不來，大家都很欽敬他的熱心。

　　安藤所長駕臨後，座談會開始。首先由安藤所長致開會詞介紹出松尾班長，島田館長，知識社長等與各人相識後，便強調說明召集這個座談會的意義。

　　討論的問題，有關於文化的，經濟的，政治的，學術的。首

先是由於松尾班長提出關於新界的歷史與古蹟的問題，其次由島田先生提出中國經學的派系問題，其後由知識先生提出農村經濟的問題，作爲座談的中心課題，彼此交換意見，直至三時，討論圓滿，宣告結束。午餐已經準備，席是設在元朗墟冠元酒家。

由元朗中學到元朗墟，要經過一條很長的柏油路。但自動車只有兩輛，一共十八個人，一次過不能坐在一起，於是松尾班長乃提議，年老的長者，先乘汽車去，年青的人，待汽車囘頭來再乘去。經過一番的推讓，終而老年的長者們，也不客氣的坐上車廂去了。

午餐是由安藤所長招待，有魚有肉，有酒，有元朗粘的白米飯，使每一個人都感到相當滿意。在席間，石斌〔傳〕區長將元朗的現狀——包括文化的，經濟的——與松尾班長懇談。甚爲融洽。其後相繼由鄧煒堂先生致詞，知識社長答問，至四時五分散席。

最後安藤所長感到天氣的不甚佳，乃請各代表道一聲「珍重」各自分別離開元朗了。

《香島日報》，1945.08.11

日敵「總督部」成立後措施〔節錄〕

【十四】蹂躪文化機關統制新聞

敵于掠取物資之外，尤注意的是查封我文化機關，和統制新聞。商務印書館港分廠被封而改爲香港印刷工塲；我全國最偉大的文化機構，遂一變而爲敵人荒謬絕倫的出版會社！至于報館

呢，由前大小幾十家一減而僅餘華僑日報，香島日報（星島日報變相），東亞晚報（循環日報及大光晚報改組而成），南華日報（汪逆黨羽所辦）四家。至停版的報館，有的是不甘附敵，早已自動停版的；有的初時被敵佔據出版，其後敵已停辦，便不再出版的，也有想繼續出版而被敵禁止的。

繼續出版的四間報館，除汪逆精衛所辦的南華日報向已附敵不消說外，其餘三報也失掉靈魂，（新聞全由敵報道新聞班供給）紀載虛偽，言論乖張，這種污點，說起來令人痛心，我寫至此，并將香港報業過去與現在詳細談談。

在戰前，香港華文報大小凡數十家之多，香港既陷，其不願為敵人作留聲機者均已自動停刊，稍具氣骨之報人，亦相率內遷，各為宗邦効力，其繼續出版的，計有

華僑日報　天演日報　南華日報

星島日報　大眾日報　天演晚報

循環日報　大光晚報　香港日報

等共九家，其後廣州偽省府擬在香港辦一報為喉舌，乃派廣州偽中山日報總編輯梁楚三，及黃秉戎二人來港，憑藉敵人勢力，佔據華字日報，仍用華字日報名字繼續出版，而以梁楚三為總編輯，黃秉戎為營業主任，此為敵佔香港初期之報界大略也。

數月之後，敵酋因洋紙缺乏，不足供各報長期之用，乃責令各報合併出版，由敵報道部規定辦法，指令華僑與大眾合併，星島與華字合併，循環與大光合併，天演與南華合併，但各報環境不同，營業各異，利害所關，勢難強合，雖經敵報道部長幾次調停，而條件洽商，無法妥協，除循環與大光合併改名東亞晚報繼

續出版外，其餘均合併不成，天演日報，天演晚報，大眾日報，華字日報均因合併不成而停刊，星島則改名香島，繼續出版，華僑南華則仍用原名出版，至香港日報本爲敵僑在戰前所辦，單獨出版，無須與別報合併，至是全港華報計爲上述華僑，香島，東亞，南華，香港，等共五家而已，至於雜誌，則有「新東亞」一種，爲香島日報所辦，但發行僅數期卽告停版。

至翌年，有大成報，華南商報，廣東人報等小型報出版，因屬小型報，且爲期刊，故不受限制，後大成報將敵酋所配給洋紙私賣圖利，事敗後，其主事人某被拘入獄，該報遂改組，迨戰爭末期，報館合併出版之議再起，原定全港祇留日晚報各一家，其餘均須裁撤，但聚訟多時，除大成報併入香島，東亞則併入華僑，改名華僑晚報外，其餘卒無成議，並未合併。

敵寇投降，香港光復，除華僑日報華僑晚報繼續出版外，香島復用星島名字，繼續出版，循環則與華僑報合資，恢復循環名字出版，南華係南京僞政府所辦，應作敵產論，由國民黨接收之，改爲時事日報，但出版未幾，卽告停刊，香港日報，則於敵軍投降前一星期自行結束，其社址及機器等原爲英文南華西報之物，現已由原主取囬矣，此外於戰時停刊戰後復版者，計有國民，工商日，工商晚，華字，果然，成報，等幾家，華字一家，港淪陷後曾被敵僞佔據，物資損失甚重，故復版較遲，國家社會報向主張抗日極烈，又是重慶國家社會黨的機關報，所以日寇特別仇視，澈底破壞，而且把房屋也焚了，現在正着手籌備復版。

戰後新出之報有新生日報，新生晚報，中國報等，中國報出版僅一月卽告停刊，現正籌備復版中，至小型報則如雨後春笋，

紛紛茁芽，計共有十餘家之多，但近來紙價飛漲，港政府配給紙張，未能普遍，其無紙配給之報則辦理殊感困難，此爲日寇投降後之香港報紙概況。

楊浚明編：《四年來之香港》（1945 年底 -1946 年初）

（三）
教育

新香港教育的現階段和出路 / 祁欣

一、新香港教育的動態

香港更生後的教育動態是怎麼樣呢？我們可以從教育從業者、學校教育、社會教育三方面來敍說：

(一)教育從業者的動態　關於教師的動態方面，分下面三點簡單地談談：（1）教師生活：過去在香港從事教育工作的人員，繼着砲火下的苦難生活之後，又受了生活上的嚴重威脅，因爲物價毫無止境地趨向上游，一般生活費空前飛騰，以素無積蓄能力同時又缺乏理財經驗的教師們，大都徬徨無策，不知所措。香港對外交通局部恢復之後，一部份教師疏散歸鄉，也還有一部份轉業充當街頭小販，甚至還有一些是依賴東借西貸渡日子。一直到若干學校復課以後，失業教師的數量仍然很多；就是一般已得業的，也都因爲每所學校入學學生過少，影响到學校經費支拙，教師報酬非常低微。根據調查，一般教師每月薪給，以在港幣四十元上下最佔多數，港幣五十元至一百元的並不多，港幣一百元以上的月薪，幾乎寥若晨星，甚至有等薪給還低至港幣二十元，這種低薄的報酬，如果以目前物價來比較，那末，一個月的薪給，只等於目前一百斤柴或十幾斤米的價值，而這些東西在戰前却各可以用兩三元的港幣換取得到。本年八月份一磅麥片或一聽煉乳的市價，也差不多就等於這低微的月薪數額。本年七月下旬軍票對舊港幣比率更易之後，這一般港幣薪給的教師們，因爲物價受貨幣新比率的刺激而步步上漲，生活上更受到極度的困難。這些

得業的教師，其苦況已經如此，其他還在焦慮着職業問題的教師底生活，更是不忍聞問的。（2）教員訓練：香港在軍政廳統治的初期，當局曾於本年二月創立初等教員講習所，招募過去香港教育工作人員入所修學，講習所設立的動機，在於促使一般教師認識日本，了解日本，所以教學方面，係以初步日文為基礎，使各學員可從文字的工具，進而研究日本文化，同時再以日本事情和時局講話兩種課程，使受學者從政治、軍事、歷史、地理、文化各方面，認識日本的眞面目和大東亞戰爭的意義。其最高的理想，係在使香港華僑教育界，分擔東亞文化建設的使命。直到香港占領地總督部成立之後，當局把初等教育講習所的名稱，易為教員講習所，於四月間招募第二期講習生，合計兩期學員人數，計四五五名。七月更於教員講習所內，開辦一日語教員講習會，目前人數約在五十名左右，開辦目的，係在於使一般現任日語教員，得到切磋研究和進修的機會，以協助當局提倡日語教育的政策。（3）師資註冊：當局為避免師資濫竽的缺點起見，對於教師的執業，必經過嚴密的審查，然後批准，截至本年八月底為止，已向當局申請註冊而經特許的教員，計有六六九名。這六百餘人中，已經在教育圈裏找到職業的，畢竟還佔極少數。

（二）學校教育的動態　香港戰事敉平以後，社會任何事業都處於沉悶狀態中，可是教育上却呈現一個活躍空前的趨勢，這就是日本語學習風氣的盛行：入門的日本語文讀本，供不敷求，無數的智識界，職業界，婦女，都以學習日語為時髦，大街小巷的牆壁上，日語學校的招生廣告，堪與醫藥廣告等量齊觀。日語講習所的設立，幾乎有十步一所之概，其中辦理認眞的，固然有之；

可是投機取巧，濫竽充數的，實在不可勝數。後來總督部成立，當局便於四月間頒佈私立學校規則，私立幼稚園規程，日語講習所規程三種，於是日語講習所的設立，便開始受到法令的制限，當局對日語師資的審定，也主張嚴極化，舉凡投機濫竽放任的現象，至是一洗而空。五月一日以後，一部份的學校開始上課，根據截至七月底為止的統計，開課的學校數量，一共三十四所。在這三十四所中，有十所是戰後才新設立的，其餘都是原日已開辦的。有五所還附設幼稚園。秋季學期開始以後，學校數量必有增加的趨勢。以學校的地域分佈而言，香港有十八所，九龍六所，新界十所。以學校的程度來分別：男中學有八所：卽華仁、聖類斯、港僑、光華、知行、西南、德明、鑪智等。女中學七所：卽聖保羅、聖保祿、德貞、聖瑪利、培貞、信修、麗澤等。小學十八所：卽淑志女子小學、蒙養初小、湘父、青葉、聖嬰、九龍塘、深水埗、紅磡、赤柱街坊初小、大埔、光大鐘聲聯立小學、八鄉同益小學、義慶、新民、覺民、怡華、鳳溪、民生等。實業學校一所，卽元香港兒童工藝院。幼稚園五所：卽德貞、深水埗、九龍塘學校、聖保祿女中、聖保羅女中附設幼稚園。以上的中學，都附設有小學部，招收小學程度的學生，可是中學部却不一定都有學生就讀的。以學生人數而言：根據教育當局截至七月底止的統計，三十四所學校之中，不過二十四所有數字報告，計二四五七名，還有十所未有確實統計，但據非正式的調查，全港學生總數，當在三千五百名以內。以學年編制而言：第一學期從五月一日起至八月底止；第二學期自九月一日起至翌年一月底止。關於日語講習所方面：單位數量為四十六所，學生人數各校多寡不等，估計

約爲一千五百名至二千名。關於義務學校方面：八月間華民各界協議會曾建議分區開辦公立免費的漢文學校和日語學校各一所，業已把這意見獻呈當局採納，民治部市來部長曾於八月十八日接見中國記者稱：關於發展香港教育，特別是免費學校的設立，當局已在計劃之中。華民代表羅旭龢氏，於同月二十二日對記者也發表將有免費學校於九月設立的談話，可見免費學校的實現，更爲樂觀。又次：華僑教育以外，日本國民學校和印童學校都在九月恢復，儼然成爲日華印鼎立的亞洲系的教育系統。

（三）社會教育的動態　關於推廣社會教育事業，當局於本年六月間曾有開放圖書館和創設博物館的計劃。圖書館和博物館在教育上具有重要的價值，不僅可以提高市民的學識和鼓勵市民業餘正當的消遣，而且可以增長學術研究的發展。其次當局爲尊重信仰自由起見，准予宗教團體自由活動，以促進市民德性的訓練。其他社會教育事業，無疑地是跟着社會別項事業的發展而逐步擴大的。

二、當前香港教育的缺陷

教育是社會的上層建築，其基礎厥爲經濟。目前香港經濟，還在胚胎時期，尚未達到成熟的程度，教育因受社會經濟的影响，所以無法順利進展，何況香港當前的教育，正站在新舊交替之間，不僅等待興革的事項非常之多，就是其間所產生的困難，也是不一而足的。讓我們從主觀和客觀兩方面，檢討香港當前教育上缺陷的所在。

（一）主觀的缺陷　現階段的香港教育，本身有許多缺陷；這

些缺陷大約有三點：（1）教材方面：香港過去一部份學生是專攻英文的，而另一部份享受中國現行學制的教育，雙方所採用的教材，背道而馳，對於這一般從前享受過各異其趣的教育底學生，現在却集於一堂，應該採用那一種的新教材，才能適合這般學生的需要，殊有考慮的必要。又次，大東亞戰爭勃發以後，關於建設大東亞的共同信念底樹立，已成爲東亞各民族共同的需要，所以今後如何矯正青年界過去偏於狹義的國家主義思想，引導其建立國家集團主義的思想，更是當前的急務。關於沿用過去的教材，究竟能不能夠跟當前的時代互相配合，很成疑問。這些都是現在香港教育上的缺陷。（2）訓育方面：不管是過去或現在，訓育在香港的學校教育上，並不佔重要的地位。情操的培養是青春教育重要目的之一，但由於訓育的忽略，影響被教者德性的趨向下游，無法造就完人，對於社會是一箇鉅大的損失，這也是當前香港教育的弱點之一。（3）體育方面：現在香港的學校教育中，最被忽略的要算是體育了。因爲體育的漠視，直接影響學生體魄，間接影響到學生的意志不堅強，情操不夠高潔，智慧也就無從發揮。以今日學校課程言，體操就是儒家的禮，古代教育，天天必以此爲必修課目。現在學生體格羸弱，較諸八股時代的書生，猶有遜色，當時交通不便，莘莘學子千里負笈遠行會試，跋涉山川，經月歷年，那種健壯的精神，實非今日學校青年所能夢想得到。關於體育的忽略，也是當前教育的一大缺陷。

（二）客觀的缺陷　客觀環境所影响於當前教育的，大概有下列兩點：（1）學校經費支拙：目前香港各學校的經費來源，大多數依賴學生的學費。教育畢竟不是營利事業，學費的徵收標準，

並不像市場物價一般，可以隨便提高，目前各校入學的學生人數，又異常的稀少，所以學校行政經費，不得不力求緊縮，要使教育事業有所進展，實非環境所能許可。（2）失學的普遍：學生的經濟地位是分利的，不是生利的，目前社會各業還未完全恢復繁榮，一般處於分利地位的學生，便多陷於失學的地步。甚至一般最了解教育要義的教師，自己的子女竟無法入學。香港現人口約一百萬人，而享受學校教育的，不過三千餘人，每百人中，學生不夠一人，這種普遍的失學現象，不祇是一個嚴重的教育問題，同時也是一個社會問題，經濟問題。綜合以上兩點，由於失學的普遍，入學人數稀少，學校無法招到較多的學生，致使學校經費支拙，難于維持。

三、新香港教育的出路

香港目前教育上的種種困難，自然需要逐漸加以克服，另一方面，香港現在已經成爲東亞共榮圈的一環，隨着政治地位的轉變，香港未來的教育，應該往那裏去，頗有值得建議的必要。現在從教育底目的、本質、方法各方面，指出新香港教育所應遵循的途徑。

（一）新香港教育本位的再建　從大東亞建設的立場而言：香港業已投進於東亞共榮圈的體系中，並且跟共榮圈其他各單位，同以協力復興東亞爲共同目的，所以今後必先排除偏狹的國家主義或殖民地政策的本位教育，而以提高東亞民族的團結合作做前提，樹立大東亞文化建設的教育。簡言之，未來的香港教育，應以東亞民族文化精神爲本位。

（二）新香港目前需要什麼教育　　香港教育在這新陳代謝的過程中，自然有了新的需要。當前香港究竟需要什麼教育，讓我們提供一下：（1）東方化的教育：教育的一個重要目的，就是德性的培養。東方教育的最大的特色，也是偏重於德性或精神方面。過去香港教育界，醉心於西洋的物質文化，每目禮教爲陳腐的東西，流弊所及，驕奢淫逸的現象，層出不已。孔門教育，主張禮樂不可須臾離，學生和教師生活，都以禮樂做中心，而智識技能的傳習，反降於次要地位。孔子說：『行有餘力，則以學文。』子路說：『何必讀書，然後爲學。』都是說明培養德性在教育上的重要性。今後香港教育革新的第一步，就是東方化教育的樹立。（2）大衆化的教育：教育的另一目的是在於造就社會的完人。所以教育必爲社會上人人所享有，而不偏於特殊的階級。今後香港除推廣學校教育外，並須積極提倡義務教育和社會教育，使一般市民的文化水準得以提高。又次，過去的教育，把大衆拘囿於小我的桎梏裏面，流弊極多。今日對症發藥，莫如裁抑小我，獎進羣育，使教育普遍加強。（3）生產化的教育：經驗的擴展也是教育目之一，所以教育和職業是聯帶的，教育應爲預備職業的手段，否則教育是落空的。所謂職業，不單獨爲個人謀生，而應進一步爲社會服務。現在大東亞共榮圈的基礎業已確立，南洋各地資源的開發，極爲殷切，香港青年學子，將來所應分擔東亞經濟建設的使命，自然也非常重大。在這種情形之下，生產教育，無疑地是香港教育目前的需要。

（三）新香港教育方法的重估　　教育方法一定要隨着時代的轉變而革易的，所以未來的教育方法，殊有重新加以估價的必要。

關於這一層，讓我提供下面三點：（1）精神訓練：教育是精神事業，不是形式的物質事業。學校的設備，是教育的工具，不是它的形式，整個的教育完全是教者和被教者雙方面之間的一種感化作用，這種作用是非常奧妙的。如教育在精神上無所依據，無所憑藉，決不能發生影響。所以精神訓練在教育方法上，處於重要的地位。（2）思想訓練：今後教育上的思想訓練，必須澈底排棄個人主義的思想，建設全體主義的思想；同時並指導一般青年，從狹義的國家主義進步到國家集團主義。還有一層，現在東亞共榮圈的基礎業已確立，我們應剷除過去中日國交上的大癌，把兩國國交安置於永久和平基礎之上，所以宣傳和平要義在思想訓練上，也極重要。（3）體力訓練：青年和兒童時期的教育，應以鍛鍊體魄為第一要着。教育界向來有一個悲觀的現象，就是智識分子的體魄和精力，不夠標準，一箇二十歲上下的學生，已漸帶有所謂「書生」氣慨，身體感情，既嫌早熟，則三十以後便現衰退之象，實不足怪。社會活力，一天天地減退，如果不加矯正，東亞民族前途，還有什麼期望？德人於前次大戰以後，卽主張以山林自然生活，恢復青年的內心活動，由此可見體力的鍛鍊，跟心理方面的訓練，也有極大幫助，惟其如此，所以必為教育的重要方法之一。

四、結論

新香港教育的前途，實在非常偉大；因為新香港的教育，現在已經跟東亞共榮圈的文化建設連繫一起，所以香港教育的發展，不只協助新香港的文化建設，同時也可增強東亞文化建設的

力量。今後香港教育界和教育當局，所應毅然擔當發展教育的任務，無疑地是格外來得重要了。

就教師方面而言：教育不僅是一種職業，並且是一種事業。教育者必須同時也是社會改造者，必要常常求革新，求進步，必須鼓吹和説服，使人人知有教育的需要。其次，教育是以整個的人為對象，社會事業儘有若干對人不發生關係，或只發生局部關係的。教育就不然，它包括人生的各方面，以活潑的人為對象，所以教育簡直是造人的教育。惟其如此，教育便使人易於服役社會。假使要促成香港為大東亞建設的前鋒，自然需要開明的市民為之服務，而欲使市民開明，只有依賴教育的力量，才可奏效。這種造人的教育，非要教育者努力去完成不可！

再就教育方面而言：新香港教育的發展，靠着教育者去努力是不夠的，最要緊的還是教育當局的澈底負責。教育事業對於市政有莫大的貢獻，教育事業是擔當市政的精神方面底責任；譬如警察和消防擔任市公安事業，它的工作是犯罪的處罰和火災的撲滅，屬於事後的補救。教育則着重於鼓勵人遵守警律，其手段屬於事前的防止。市公共衛生行政是以人體生理或物質為對象，而教育則擔當心理衛生的任務。市司法行政是重於責罰的，教育則注重於感化的。市交通行政着重於形式的物質，而教育就負擔精神部份的交通，申言之，即引導被教者進於正軌大道。教育所分擔精神部份的市政，是積極的，基本的，而普通一般市政，則多半是消極的，治標的。教育機關對於市政，無異是市政機構的一部，教育者就等於主持市政的要員。所以教育機關逐漸公營，和怎樣保障教育者的生活，都為現階段香港教育的要務。

目前新香港教育已準備着仔肩東亞文化建設的使命，教育當局的責任格外加強，我們對於當局努力對新香港教育的貢獻，愈寄有無窮的期望。！

三一‧八‧二六完稿

《新東亞》1 卷 3 期，1942.10.01

小學國文課程改用廣東語體文不確用北京語廣東語係屬自由無須規定

（特訊）港九私立華人中小學校，暑期大考後，經已放假，下學期將於八月廿一日開始，查各校所用之教科書，因由外地運入書籍短少之故，本年春季起，卽由校長會自行印備，由各校領用，現下屆學期亦由校長會按照上次辦法，自行印備各種教科書，由各校事前認定需用數量若干，以便屆時分別領用，此種教科書雖係在港自印，但其課程內容則與『國定教科書』完全相同，故對於教授程序，亦并無差異。

國文課程使用語問題。

月前外傳各校所用之國文課程，爲利便小學生易於理解起見，有改用廣東語體文之說，此事則經記者查悉，實係出自誤會，蓋中國方言複雜，各中小學校國文課程，遍用北京語體文，施行已久，而此種語體文，亦卽被認爲中國之『國語』，從前若干學校，於遍用語體文之課程外，亦各有用國語教授，因語體文字而

用國語讀法，在發音關係上，實較用粵語讀音適宜，不過香港因語言習慣上關係，爲使學生容易明白，對於「國語」語體文課程，仍有用粵語讀音之必要，此不獨可令國語水準低下之香港學童，不致發生字音難懂之困難，卽教員本身，亦不無若干便利，此乃屬于教授方法一種因應環境之計，并非將國文課程改用廣東語體文之意，文教當局爲普及教育起見，對於各校現行所採教授方法，亦表示贊同，最近磯谷總督在接見日人記者席上對於華人小學校課程，將使用語統一廣東語或一律改用北京語之說，亦劃切表示係屬自由，可知當局并無規定必須逼用何種語體課程，意向之外傳言亦無非因上述種種之誤會而已。

平民生學費增否問題。

又各校增收學費後，慈善總會資助各校就讀之平民免費生，因係屬於慈善性質，且因經費預算所限，故各校對六七兩個月份之增加額，均予豁免，惟下屆學期應否恢復增收一問題，頃無有關方面消息，慈善總會固有若干困難，但各校方面，亦有其不得已之苦衷，若予繼續豁免，則於各校行政費用與教職員薪給待遇，能否因此而蒙受影响，不無疑問，聞此事雙方刻在愼重考慮中，必要時將求一折衷辦法，以爲解決，至暑期後各校所佔平民學生如有缺額，將仍照原額補足，適合原定一千名人數爲止云。

《華僑日報》，1944.07.22

神田館長談兩大圖書館短期內開放
專門者供學術研究　普通者供市民閱覽

【特訊】當局爲推動本港文化教育事業，經於廿五日發表公示六十三號，設立香港佔領地總督部之圖書館，并任神田喜一郎氏爲圖書館館長。記者爲明瞭該圖書館組織眞相起見，昨特赴總督部訪晤神田館長，查詢一切，蒙將組織內容及此次設立圖書館之觀感詳告，茲錄於左：

據稱「當局此次頒佈公示第六十三號，設總督部立圖書館爲當局設立圖書館之本部，由公佈日起，已正式成立，現積極整理，籌備開放，總督部立圖書館爲圖書館之本部，將分別由本部設立專門圖書館與市民圖書館，專門圖書館設在西大正通四十九號〔本書編按：應爲九十四號，下文正確，此處原文有誤〕，即前馮平山圖書館舊址，可供給專門人士研究參考之用。市民圖書館，則設在花園道，以利便一般市民觀覽，上述兩圖書館，加緊進行籌備中，將於最短期內開放。

記者旋叩詢此次總督部立圖書館之觀感，據答稱：「此次根據香督令〔而〕設立圖書館，如所週知，本港向來是一商業之都市，享樂之都市。但今後本港已爲大東亞共榮圈內之一重要根據地，以東亞文化爲基礎，努力於新文化之建設，積極建設新文化之一翼，總督部開設圖書館，實至堪慶幸。現目積極整理開，將開放市民圖書館以爲市民服務及教養之資。現目圖書館本在西大正通九十四號，專門學術的圖書，有大量之存儲，現正急速整備，將在短期內開放。總之，圖書館之創設，在香港文化上，至堪慶賀，且至有意義者也。深望市民諸君，予以援助云。

《香島日報》，1944.09.29

記馮平山圖書館 / 蘇子

　　本月廿五日，香港占領地總督部立圖書館正式成立，是爲新香港圖書館第一座，其設立地點，厥爲馮平山圖書館舊址，不禁使人憧憬馮平山圖書館之過去。

　　馮平山圖書館成立於一九三三年，其前身爲戰前香港最高學府香港大學堂之中文書樓，所藏卷籍〔 〕不少香港大學舊有，而香港大學藏書中泰半得自大會堂藏書樓者。其始館藏漢籍，僅二萬餘冊，嗣陸續遞增，至四萬餘。迨中日事變後，海內外藏書家，寄存其間之典籍，凡六七萬本，於今蔚爲藏書十萬以上之圖書館，此中不乏典籍史冊，海內孤本，爲中國文獻之珍品。

　　馮平山圖書館，因以紀念前港紳馮平山者，人多知之，然圖書館之來歷與馮平山之爲人，尚足一述。平山爲吾粵新會人，以經營藥材店興家，致富後，對於辦學之念，悠然而生，時值孔聖會館倡設義學，平山〔慨〕然〔願〕負十餘校經費，更爲鼓勵專門學術起見，又向香港大學堂捐助學額。嗣執政者以平山熱心教育，鑑於本港專門圖書館之設立，尚付闕如，故向平山徵求意見，并請捐助，平山慨然許之，斥資十萬金，爲全部建築費，建竣，乃以馮平山之名名其館，所以紀念之也，其裨助於本港學術，良匪〔 〕淺。馮平山更在故里會城另設平山圖書館一所，其宏麗處不讓本港所有。

　　近年海外藏書家寄存於圖書館之典籍，數凡六七萬冊，聞〔 〕於東官莫天一氏者佔數不尠，莫氏爲粵垣人壽藥房主人，藏書至富，值在〔 〕十萬金外，在粵〔 〕有五十萬卷藏書樓，蓋自號五十

萬卷藏書樓主，粵人稱莫爲藏書大王，並非無因。粵事〔 〕作前，莫氏擬盡將藏書移寄平山圖書館，卒以未能盡行容納，僅寄存其一部份然已數不在少。除莫氏外，寄存藏書者尚有二人，惜已忘其名。

香港攻略戰後，叢書有散失於民間，撕毀作包裹落花生之用者，文獻損失，斯誠不免，亦吾國文化之刦厄，迨大局既定，當局善爲保存，且委專人負責管理，以迄於今，全部卷籍，仍在十萬冊以上也。

《香島日報》，1944.09.29

（四）
「大東亞文學」

第二屆東亞文學者大會獻詞

在大東亞戰爭進行到接近最後勝利的現階段，第二屆東亞文學者大會又將開幕了；記得在第一次的大會之後，曾經提出了東亞文藝復興運動的口號，展開了反英美的功利主義的文化之鬥爭，確立了發揚東洋的道義精神的民族遺產的意義，而明顯地指出了今後東亞文藝運動所應走的正確路線，這一切都可以作為第一次的東亞文學者大會之收穫的！

當第二次的東亞文學者大會還沒有正式開幕之前，我們檢討過去，瞻望將來，敢貢一得之愚，以供赴會諸代表之參考；第二屆東亞文學者大會之使命，起碼的便應該是繼承第一屆大會的精神，把東亞文藝復興運動更向前的推進一步，與更廣泛地發展起來，這是無可懷疑的。

自從東亞文藝復興運動這一個口號提出了以後，其他的姑置別論，單就中國本身上來說，我們對於這一個運動之推進，已經盡了多少力量和已經收穫了多少效果呢？這問題，我們自己是應該有勇氣去自己解答的。

從歷史上說起，中國之有新文化運動，自其啓蒙時期起，卽已全部的接受了歐洲的浪漫主義的文藝思潮之影響，在當時固然是一種反固有的封建文化的一種革命行為，但結果卻流於機械地變成了歐洲文化之附庸而失去了自己獨特的民族性，從這一方面說，中國的新文化運動是失敗的！

東亞文藝復興運動這一個口號被提出之後，最少對於這個不合

理的現象，已經有了很嚴肅的批判了！怎樣去克服這一現象？「復興東亞文藝」，就是很明顯的擺在我們面前的一個鬥爭的指標。

無需否認的，自從「東亞文藝復興運動」這一個口號被提出之後一直到今天，我們國內廣大的心靈之技師，已經一致地向着這一個指標而努力。雖然東亞文藝之復興運動，所收穫的成果，還距離我們的理想太遠，換言之，就是東亞文藝之復興，還未足以談到成功。這原因，第一固然由於一個偉大的文化運動之成功，斷不能望其一蹴而就的收到了達成的效果，另方面未嘗不由於大家所努力的方向未能一致而有以致之。

大概所謂復興東亞文藝，決不是復古的另一個名詞，而從事於東亞文藝復興運動的工作者，也決不應該以一個文化上的義和團自居而去排斥了東亞以外的一切文化。其正確的努力方向，最主要的無疑是對於東亞固有的民族遺產之整理與清算，永繼與發揚，而另方面對於世界文化之成果的批判之攝取，也是決不可少的一著。以批判的接受東亞民族文化為骨幹，而以攝取世界文化成果來作營養，而產生了一種新的東亞文化。這種新的東亞文化，決不是歐化的而是東亞民族的，決不是復古的，貶價的而是向上的進步的——這是每一個從事於東亞文藝復興運動工作者所必需清楚認識的一點。同時也是每一個從事於東亞文藝復興運動工作者所應該一致努力的地方。

此外在東亞諸民族共同爭取獨立自由而向侵略者的英美帝國主義者展開劇烈的搏鬥的今日，每一個東亞民族的作家，都有文藝入伍的義務，換言之，就是在今天在大東亞共榮圈內的文化活動，都毫無疑問地應該服務於戰爭。

如何使這一理想能夠實現？我們以爲大家應該有一個以東亞道義精神與東亞民族解放的政治思想爲最高原則的世界觀以指導着文藝上的一切創作傾向，更從而奠定了一種獨特的能夠最完滿地配合着這東亞道義精神與東亞民族解放的政治思想的創作方法，以指導着一切的創作活動。對於以上的任務之完成，我們對於今天我國出席第二屆東亞文學者大會的代表，乃有十二萬分殷切的期望！

《南華日報》，1943.08.15

建設大東亞文化

大東亞文學者大會，自去月廿五日於東京開幕，一連三天至廿七日經圓滿宣告閉會。此次文學者大會舉行，集中日滿諸國文學代表者於一堂，推誠瀝志，共同爲復興東亞文學運動而發揮偉論。彼等對於大東亞文化建設，具有劃時代之貢獻，可於此次會議所得之結果瞻之。

建設大東亞文化，固爲完成東亞新秩序，與爭取大東亞戰爭勝利之一重要課題，此則吾人早經提出；然其進行步驟，實踐計劃，却未有具體辦法。此次大東亞文學者大會於全體大會第三日起分三分科委員會舉行，並爲補充全體會議之發言質疑應策，乃採取以自由發言懇談會形式，出席各代表得盡量交換意見。其內容堪爲吾人重視者；第一分科委員會檢討者爲文學電影演劇等中日滿共通之藝術一般問題，及籐村獎金提案等。第二分科委員會，

以確立中國文學對渝方治下之文化工作等爲主，討論關於中國文化問題。第三分科委員會爲設置共同發表機關，強化翻譯出版機關，交換作家留學生等種種具體問題。上述諸問題，經各代表彼此發揮卓見以後，已獲得極完滿之收穫。

如第一分科委員會決案所定設立中日滿電影文學者合作社，溝通少年文化；創作英美侵略東亞之史實小説；編纂共榮圈文學史；促進新劇運動；設定籐村獎金。從此一點觀之今後東亞文化之溝通，可謂確立具體可行之方案，又如第二分科委員會議題所定；確立中國文學；對重慶地區工作；設立大東亞文學研究機關；設立大東亞藝學院；設置各地文化團體聯絡機關；促進中日滿文化協定，均已有確實之決定。同時，爲使東亞民族互相了解達於理想之境，認爲有發行內容相同之東亞文學定期刊物。於是在第三分科委員會剛剛定了刊行共同發表之雜誌；設置翻譯委員會；創設大東亞翻譯館；交互派遣作家及留學生；強化出版界，有如上具體綱目之決定，今後爲將所決定之具體綱目，一一付之實行，則大東亞文化之重建，實便可期待！

人所共知：戰爭與文化之關係，與政治、經濟、軍事之關係相同。吾人要在戰爭過程中，澈底掃除數十年來遺害於東亞領域內之英美惡劣思想，及布爾什維克之反動思想。同時更要在戰爭過程中一方面發揚東亞文化之優點。糾正其缺點。以達到重建東亞新文化之目的。則戰時東亞文化界，與文化事業之，使文化構成爲總力戰之單位，乃是刻不容緩之事，吾人以此觀點去研究此次東亞文學者大會所決議之復興東亞文學要案，更顯得其意義與作用之重大。

第一，戰時文化政策基本方針，乃在動員文化宣傳能力，擔當大東亞戰爭中文化及思想戰之任務；東亞共榮圈各國共同作最大之協力。此次各代表能就着關於東亞各國文化溝通之重點，復能致力於東亞各國文化之重建發揚，及東亞文化融合與創作，足為世界新秩序而貢獻者無可限量，第二，確認完大東亞戰爭乃實現東亞理想之前提，國家集團主義乃建設東亞新秩序之原則，而把握世界文化一種之東亞文化實體，發揚集團主義之文化精神，以期強化東亞軸心與及世界軸心，達成戰爭使命，更含有莫大關係。第三，對於肅清英美侵略主義之罪惡，剷除英美個人自由主義之有毒思想，昂揚打倒英美之敵愾心，亦於此次文學者大會上有充分之表揚。其收穫之良好，可以想見。

　　二十世紀之文明，由於交通之發達，經濟之連繫，部落式之國家主義，早已不適應現需要，資本主義的國際聯盟，共產主義第三國際既已失敗。世界新秩序之重建，惟賴王道思想文化之發揚，因之，吾人建設大東亞文化，卽是為建設世界新秩序而努力，亦卽為肅清英美霸道思維，而以王道去促進世界大同主義之實現，此則為吾人所應認識而努力者。

《南華日報》，1943.09.01

記大東亞新聞大會 / 盧夢殊

　　昭和十八年十一月十七日在東京舉行的大東亞新聞大會，在舉行的程序上看來似是第三回，因為在中國的廣東和滿洲的新

京都曾舉行過一次。然而實際上這囘却可以説是第一囘，原爲這囘的大會比較前二囘的盛大得多，所出席的代表佔大東亞的全地域——凡是大東亞圈內的國家和著名的城市都有代表參加，可以説上一句「濟濟一堂」，尤其在收穫方面是在決戰的態勢之下獲得一致底完遂戰爭的決意。

大東亞新聞大會舉行的時間雖祇有三天，但三天的裏頭，在大東亞全域的新聞代表中已確立了一個堅強的意識中心，從理智的創造中成功了思想的建設。——議決成立大東亞新聞協議會。特別是在三天裏確立了新聞界底使命的最高理念——完遂大東亞戰爭，建設共榮的大東亞。

大東亞的應該共榮已有了理論上最有力的根據，在政治上也有了最充份的理由，同時在世界的大勢當中更成了必然的趨勢。大東亞新聞大會就憑藉這一種現實主義而確立了新聞底使命的中心，由於報人今後站在大東亞各國各地的民衆前頭首先負起這一個完遂大東亞戰爭，建設共榮的大東亞的使命。

大東亞新聞大會就在三天中生出這一顆優良的成果，把這成果成爲新聞使命上的原動力在大東亞全域去指導民衆，協力軍事的，政治的推行——新的大東亞底光榮的歷史的創造。

大東亞新聞大會也可以説是大東亞共同宣言實現的先鋒。因爲新聞在配合政治時是政治的推動者，是政治底推動最有力的文化機能，政治如其要獲得預期的成功無疑要憑藉它的偉大的助力，於是大東亞新聞大會在其最高的理念中便是負起實現大東亞共同宣言的義務了。然而這也是新聞底職責啊！爲了文化應該配合政治。

大東亞新聞大會在舉行的三天中全塲的情緒沒有一刻不是熱烈的，它的可貴是熱烈中產生出思想的建設，理智的創造，卽是最高底理念的完成，全大東亞的新聞界已然從思想上，理智上一致地站上同一的戰綫。這同一的戰線是爲着整個大東亞今後的光榮而奮鬥的，不是爲着某一個國家，某一個地域或者某一個民族。總之今後的報人是本着其固有的國家民族的立塲更擴大地共同奔赴於同一的戰綫。

　　這同一的戰綫上唯一的武器是紙彈與筆尖，然而紙彈與筆尖的威力却可以摧毀敵人任何一種防禦的武器。它的戰畧着重攻心，中國古代的兵家曾説過：「攻心爲上」。攻心卽是現在所説「神經戰」的一句古舊名詞，意思是每一個字的宣傳要成其爲神經戰上的達姆達彈。大東亞全域的報人今後就有這麼一個的理解，就有這麼一個的權威，去達成大東亞新聞大會最高的理念。

　　大東亞新聞大會是日本新聞會主催的，全部代表八十二名中有六個國家，七個地域，其中不少是老報人，然而情緒都跟南方的青年代表一樣地熱烈。

　　告訴你：我在代表中所見到的老報人全是老薑啊！愈老而愈辣了。

《大衆周報》2 卷 14 號 40 期，1944.01.01

大東亞戰爭與中國文學 / 雨生

　　在大東亞戰爭兩年來的時期內，中國文學界情況，有可得而

述者，不過數端：一是出版業的不振，影響到文壇的荒蕪，而出版業的復甦，亦慢慢影響到文壇的活躍。一是作家生活的飄泊轉徙，影響到文學作品的低落，而作家的重新執筆和文人福利事業的提倡，也推展到文字作品的長進。

戰爭是破壞的，同時也可以說是重振的，建設的。在目前這個階段，不論是南方北方，文學已漸漸從冷落寂寞變成微有一點兒復興的生氣。這點生機無論如何是值得我們注意的。

為了常常有人談到，在戰時的文學創作，必須在多方面要能夠協力於戰爭。如果用這個標準去尋找我們的文學作品，粗看起來不免要叫人大大的失望。不過，倘若我們更進一步去考察，這事實也難怪。因為中國的文學作品乃至中國人的思想，是最現實不過的。目前的作者羣，囿於非常偏狹的小範圍內。視野無復廣闊，而偉大的戰爭文學作品，實際上本來亦不易於戰時求之。

但是真正愛中國乃至愛東亞的作家們，有兩點動向可以說說的：一，是他們大聲疾呼的要求瞭解真實日本的面目。這種呼聲，有意的或無意的曾經在他們的作品裏表現出來。二，是強差人意的文學創作的產生。這些創作，寄託於一兩個新生的文藝雜誌或綜合性而偏重於文藝的雜誌。文藝的題材，雖然有許多直接的有關戰爭，現在我們能有許多比較起來，尚可一讀的作品看到，不能認是慰情勝無。

這兩點之外，尚有一事不能不提的，就是久已隔絕的南北刊物的實質打成一片。這是近一年來才產生的新趨勢，北方有許多作家們南來考察，南方也有許多人北上觀光，卽使大家都是毫無所得，但也必有一種異常親切和愉快的感想。

現在姑就上述的情況，分開來簡單的說明一下。當然有許多缺陋的地方，但大體上或者可以作如是觀。因爲我們是向時刻前進的，所謂「逝者如斯夫，不舍晝夜」，在此時恐怕也還不是做什麼文壇流水賬的時代。

文壇的荒蕪

在大東亞戰爭爆發以來的幾個月內，出版事業一時陷於停滯的局面，文壇的荒蕪，遂逐漸加甚，好的刊物多已停辦，作家們有許多遷徙內移，有許多改變職業繼續支持着支離破碎的文壇的場面的，只有一兩個綜合性的雜誌尚能受到讀者們的讚許。新文藝作家們多已擱筆了，仍舊在寫着創作的僅餘極少數的人，這是環境改變之後，必有的自然現象。因此，就在這個短短的時期之內，文壇顯露出荒蕪的冷落。

民三一年的春天，「古今」月刊創刊問世，內容以掌故小品，散文隨筆爲主。其後「雜誌」也復刊了，編排新穎，格調雋趣，在他刊之上。「大眾」月刊的發行，與舊有的「萬象」，「小說月報」相頡頏，成績亦自不弱。這幾個雜誌，對於新聞學創作，都有相當的貢獻。

在北方，則「中國文藝」月刊自事變以來也按期出版，供給讀者們不少的精神食糧。以上是去年的概況。

「風雨談」月刊創刊於去年四月，這是參戰以後的一個新雜誌。以提倡純粹文學作品爲主體。「萬象」月刊最近的幾期，也有實質上的改變。若干有名的新作家，都給它撰文。新出的「春秋」月刊，和比較的注重散文的「天地」，「天下」等，也都繼

續進行。

北方今年所創刊的雜誌，則有「文藝」月刊，「作家月報」，及「文學集刊」（季刊），內容各有所長，可以說是鼎足而峙的。

作家的生活

如果說作家的生活向稱清苦，甚至有人還要說文窮而後工！在這個時代這種話並不適宜的。因為現代的作家之窮，豈僅是清苦，有的時候連生存的條件都辦不到。在此時此地而說文窮而後工，那是一種刻毒的諷刺。

作家出版單行本，因為出版界荒蕪冷落，自也異常困難。偶有嘗試，出版一部小說選集或是翻譯小說集，得不到優越的報酬。

作品在報紙或雜誌上發表，一般的說起來稿費並不很高。去年上海雜誌聯合會成立後，曾經討論到提高稿費的問題實際的情況，怕仍然不像理想那樣的美滿。而近來生活消費指數更形高漲。這個問題一時更無從獲得解決。

近來，新的雜誌出版了許多種。大家多以第一流刊物來號召，這個第一流，當然是僅指刊物內容而言。我們還沒有發現有用第一流的稿酬相號召的雜誌。

也有許多人想到文人們的福利事業。有人擬籌劃一筆救濟文人生活的福利基金，有人提議組織專門為作家服務的消費合作社，其他類似的主張還有許多。

可惜在實行方面，至今還沒有明顯的動態。

在眼前，寫文章的人們總區是固定的那一批人。這裏所謂固定的意見，是想說這些人是固定的決非用文學作家做他們的專門

職業。我們試舉一兩個例：

有一位注重從事於創作小說，兼寫一點隨筆的作家，他的職務並非住在自己家裏埋頭著述，而是在某大學裏擔任若干鐘點經濟學的教授，兼任其附屬中學的訓育主任；同時還要編輯一個政治經濟社會綜合性的月刊，在這些固定的職務範圍以外，或一部分的時間就在職務範圍以內，他按月要寫萬字左右的長短篇小說。

為什麼如此呢？因為非如此，他的收入，即不能維持一家幾口的簡單的生活。並且就是如此，他們的生活離開理想恐怕也有很遠的距離。

許多寫文學作品的人，都各有其他方面的職務，如以刊物上名字常看到的作家十位為例，他們除了文學作家的頭銜而外，其真實的職務是：函授學校校長，顏料行的小老板，教員，看顧四個小孩的母親，藏書家，新聞記者，醫師，雜誌編輯，美術學校職員，官吏。

我並不是做這些職業的人不能夠從事於文學創作，不，不是的，鄙人絕對沒有這個意思。然而文學之在今日之中國，其尚不能成為有希望有發展前途的事業則是十分顯然的事情。

作品的實質

我們看到的文字作品很多，所謂文學作品，指形式上合乎文學作品的定型而言。至於內容，好的實在不多了。

在舞台劇方面，倒有一點比較滿意的收穫，作家如姚克，李健吾，顧仲彝，楊絳，陳綿，歐陽竟，羅明，康民等，都有相當

的成就；當然，話劇事業的發達，對於這一點，也不無重大的影響。

特別是楊絳（季康）所寫的「稱心如意」，「弄眞成假」，獲得很好的演出成績。歐陽竟就是宋悌芬，是已故的戲劇學者宋春舫的公子，所寫的「皆大歡喜」，也已上演。

小説方面，我願意特別提起幾位。一是錢公俠，在事變以前他就寫過不少短篇創作，近來仍繼續發表。一是丁諦，他的小説別有一種清新的意境。一是袁犀，他的長篇小説「貝殼」，刻畫了這個大時代裏許多貧血型的，憂鬱而多情的男女青年。一是蘇青（馮和儀），她的長篇「結婚十年」雖未完篇，却已得到許多讀者的贊美。一是愛玲，這一年來她是女作家中作品比較有內容有思想的一位。

他們所描寫的對象，大體説起來，仍以都市生活爲主。關於鄉村和戰場的作品，實際上很少，好的更不多見。我們所希望的，是創作最好能夠帶有向上性的意識頹廢消沉的作品，在這個紙昂墨貴的時期，未免有點浪費。

在散文作家裏，紀果庵文載道可説最爲成功。文載道原是寫雜文的能手。紀果庵的文字，夾叙夾議，言情説理，都很中肯。幽默一派的作者有實齋，這雖是筆名。他的文章過去累見於「論語」「談風」，「宇宙風」等刊物，「曾國藩與薛寶釵」是他最近的佳著。我的「懷鄉記」，自己覺得其中「異國心影錄」，算是勉強過得去的東西。

詩的方面沒有什麼成績，文藝批評同樣的貧乏。

文學團體

因爲是在戰時，所以強化戰時文化體制的要求，非常的熱烈。關於文學團體，也有人要求組織，用做加緊團結，密切聯繫的工具。在北平，曾有過華北作家協會的產生，活動相當的積極。在南方，現在似乎仍舊停滯，在感情維繫的聯誼性質的階級。

出版方面，上海有雜誌聯合會，由十幾家經已出版的雜誌發行人，編者，和一部分的作家組織成功的。半年以還，它曾相當的爲出版界文化盡過職能上的努力。

現在缺乏的是，一個包羅全國作家的團體。

去年十一月，由於日本方面的發起，在東京開過一東亞文字者大會。中國有若干作者應邀參加；今年八月第二屆大會又在東京舉行。

翻譯的作品

翻譯的文章，我們看到的不少，大致都譯得不錯。章克標出版了現代日本小說選集。橫光利一，林房雄，舟橋聖一，山本健吉，中島敦，石川達三，河上徹太郎，小林秀雄，伊藤信吉，最近都有作品被譯出發表。其他的戰爭報道作品，在報紙上登載譯出的很多。

瞭解日本現實情況的要求，被許多人提出來。陶晶孫甚至主張多多研究明治大正時期的日本文學。到過日本的作家，都寫了一些關於日本的文學，龔持平所發表的「九州行」很饒佳趣，富有文學意味，予且的「日本印象」，也有不少動人的描繪。

其他國家作品的翻譯，也散見各刊物；有雜誌出版過一兩次

的翻譯特輯。

　　其餘的話，一時説不了許多。想來，祇好待旁的人和旁的文字的補充。我希望中國的新文學，由重振復興而擴大起來，在實際量上固然要力求進步，在表現上更要充分的渲染托襯這個大時代的前進的思潮，和它的環境所產生的千萬可歌可泣悲歡離合的故事。這樣才能代表中國民族意識的靈魂，並且才能推展開來，成爲一個配合歷史的現實要求的有意義有價值的文學運動。

《南華日報‧副刊》，1944.02.22-26

（五）
香港的「新」文學

身邊瑣事 / 娜馬

　　自從有了批評家，文壇從此便多事，有人在喊「寫什麼？」「寫什麼？」「怎樣寫？」「怎樣寫？」之類，批評家們便應運而生了——他們一出來就先擺出了奉天承運的架子，搭起臺來訓話，叫你去「寫什麼」，教你去「怎樣寫」。公式連篇，條文繁瑣，大都是「革命啦」，「鬥爭啦」「時代啦」，「現實啦」之類花花綠綠的名詞，好象開了一個文學術語的展覽會，教你如入山陰道上，頭目暈眩，一時真不知何去何從！我們並不是反對人家寫寫「革命」寫「鬥爭」，不過對於那些半通不通的只會祭起幾個術語的法寶來惑愚瞽的批評家們，我是如惡惡臭的！

　　「身邊瑣事」，其實也不失為一種寫作的題材，有的正因為這種題材是作者所熟習的，寫了出來，倒還有點血肉，比起即「今天天下」洋洋偉構，更能叩敲了人們的心絃，我不知今之批評家是立了一種甚麼的心腸，和戴了一個怎樣的眼鏡？竟惡身邊瑣事如蛇蝎，跡其絃外之音，似乎連生在南國的作家也非得去寫一下那「平沙列萬幕」的塞外的東西便不够偉大，縱使是地道的中國人也非寫一下「靜靜的頓河」便不够前進似的！此種如不打倒，中國的文藝，將來恐怕非全部非成了紅色的八股不可！此風一長，則將小說中的人名也將張三李四而變為伊凡彼得了。

　　我是主張人們「儘量」去寫身邊瑣事的「不前進」的人物之一，我的理由是這些題材是我們所最熟習的，如果「前進」的批評家們說這是個人主義，甚至那專寫狹邪小說的郁達夫來嘲諷

我，我也只好報之以一「吁」，因為對於那些一知半解的紅色的小子，斥罵還是浪費了口舌，一吁足矣！

其實寫點「身邊瑣事」未必就是個人主義的，「一粒沙塵見到世界」的話，我們可不必盡信，但，從一個人的「身邊瑣事」裏見到社會，那是完全可能的，因為作為個人的我們任誰一人，都不是孤島中的魯濱遜，也不是伊甸樂園中的阿當，我們是生活於這千異百怪的現實社會中的人，我們的「身邊瑣事」，也不是我們自己的「個人主義」所製造出來的東西，而是這個現實社會的諸現象的一部分。當然，自五四以來，許多的「身邊小說」，是流入於個人主義裏面去的，然而這是作家個人的世界觀及其創作方法的問題，與「身邊瑣事」的本身無涉的！

《南華日報・半週文藝》147 期，1941.12.01

文壇魔障宜掃除 / 少芝

此年香島文壇，光怪陸離，誨淫誨盜者有之，談鬼說怪者有之，誘導誆騙者有之；捧優伶，言導遊，追逐女侍，介紹娼妓，都應有盡有！閒嘗揭覽報章，幾疑置身逡清末葉；麻醉社會，煽惑人心，莫斯為甚！此種作風一日不改，則民眾意識益形萎靡；矧丁斯新香港建設之秋，正宜羣策羣力，庶足負荷艱鉅；掃除魔障，安容緩圖！

顧彼以低級趣味為一貫作風者，用博社會少數歡心已耳；抑不知報紙有代表輿論，改良社會的天職，率爾操觚，固為識者嗤，

況製淫辭以污毫也哉？爰舉數事，聊爲商榷：（一）聯合各報謀精神上團結，（二）拒載淫藝文章，（三）抨擊一般刊淫藝文者，（四）各報自動革新副刊。斯特舉其犖犖大者，擴而充之，是所望於同業有道者！

若夫『電影』，『歌劇』，『話劇』，『留聲片』等，轉移風化甚大，似亦宜清潔，毋使其毒菌蔓延也！昔子不語怪，力，亂，神，竊願同業諸君亟起圖諸！

《南華日報·前鋒》232 期，1942.03.20

讀西川部長訓詞有感 / 振彝

鴛鴦蝴蝶寫吟蜩，花月迷人夢未消，
時代逆流甘落伍，文章脫穎入新潮；
無聊作品成低級，不朽訓詞最高超，
報業精神應刻苦，西川部長勉同僚。

《南華日報·前鋒》235 期，1942.03.23

我們需要的文藝 / 劍塵

社會的進化是從人的改造做起，人的改造是基於優美純潔教育做磐石；有了優美純潔磐石，就會建築一個優美醇潔的社會。

文藝是美的教育重要工具，它對於人性之薰陶，本有非常宏

偉的效力，沒有知識的人，它能導引走入醇美的境域，啓發每個人的良知良能，所以自古以來，文化運動家是給社會另眼相看，而文化運動家本身，亦以特殊關係而自重自愛，他們對自己的作品刻心經意的下工夫，本身肩負的什麼責任，他看得很清楚去努力，這種肯爲文化運動努力者，可以說是藝術至上的文藝家。

不過，盜取文藝家美名的功利主義之作家，而要叫人感覺『文人無行』之痛心；雖然，文學本身是有功利和唯美兩方面作用，文章本身是有功利作用，而作家本身要有唯美態度，他的作品方有改進社會的效果。

若你斤斤要爲功利成見束縛從事去創作，或者借文藝美名爲宣傳的利器，而以文藝爲餬口的飯盆，這種假招牌，就是文藝的墮落，距離文藝精神何啻千百里之遙？本來文藝本質是有一種神聖不能犯的內在潛力，在客觀方面它帶有功利的成分，而實質它究竟是優美的，醇潔的，它對人是負有提高藝術精神爲本旨，促人們情感發生藝術至上的偉力。故此，從事文化運動家無論出發點或終結點，總要站在藝術至上的基石上，然後配稱是個文藝作家。

文藝的產生是很自然的。自己靈感流瀉出來的苦悶或快意能夠堅實實地抓緊住它，自然的描寫，眞誠的創作，這種由靈魂深處流瀉出來的眞情，當然立即震撼每個讀者的魂魄，一般讀者自然而然地發生情感共鳴後，精神有優美純潔的歸宿，情感有至高至上的薰陶，接著社會風俗秩序，就會純樸而安定。不然，違反「藝術至上」的正途，順應人們低級趣味，雖在社會上容易收穫一時的成功，希望一時生活的目的可以達到；然而大多數讀者就因此思想上陷於鄙劣，虛僞淫蕩，怪誕，不能自拔了。

生存，凡是有生命的動植物是要尋求的，甲殼，保護色，是蟲類求生存競爭的方法，草木向上長，爭向有陽光的空間爭位置，也是生存競爭的表現，作家利用他的文字去尋生活，站在生存原則而言，是無可非言的。

不過，我們要求自己的生存，同時還要顧慮到社會的建設，人類的進化精神，文化史上當能一頁頁的光輝下去，象旭日般光芒四射。

怎樣纔能不使文藝墮落？這是個正題，也是每個作家要解答的題目，解答這題目最好的方法，是用一條河流來作比喻。

作家思想是泉源，作品是河流，欲流之遠，必濬其源，即俗語所謂源遠流長的道理：作家備受人們崇敬，自要有清潔的思想，高尚的人格，做自己立身行事的源泉，有至上的思想，然後有至上的作品，那麼，文藝之墮落可以懸崖勒馬翻身過來；不然，思想不正，文而無德，好象混濁的黃河，到處淤塞泛濫，遺害世人，這樣，徒留臭名於人間。

大前題認清楚了，小前題可以下筆，所謂小前題，即自己創作品在言行上，有沒有導邪說偽，玷污文壇，使文藝喪失至善至美的清高；自己思想有沒有改進社會，給社會因自己思想的推動而達到光明的地域能力。

「風花雪月」的文章，我們要不得；導邪誨淫怪誕文章也要擯棄；虛偽宣傳說教式的誘惑作品，自然也不能留存。我們需要的是「藝術至上」的作品，富有現實生命的創作，促進社會進化的文章。

《南華日報‧前鋒》236 期，1942.03.24

關於多刊文藝作品 / 天任

日來有好幾位本刊底讀者，來信請求我們「前鋒」多刊出一點關於文藝的作品，如文藝理論，創作小説……詩歌及小品之類。這本來是很好的。

正如一位讀者所説的話一樣：『現在香港各報的副刊，關於上面的作品，有如鳳毛麟角，有時偶然看到了一二篇，令人如同在沙漠中行進，遇著了甘泉一樣。其有價值可知。……』

本刊原欲改爲純文藝的副刊，不過後來顧慮到世界知識，時事論評，及各種譯述等作品，亦很爲讀者所愛讀，乃決定了以綜合的內容，作爲編輯的中心。一直到現在仍然保持這樣。

因此，在目前來説，要我們忽然又把原來的計劃更改，暫時似難實現。不過，要本刊自後多刊出一些關於文藝的作品，這是可能的。而且，這也是我們現在正注意著的事！

《南華日報・前鋒》237 期，1942.03.25

目前所需要的文學與讀物 / 羅玄圃

文學就是生活，我們需要一種合理的文學，有如我們需要一種合理的生活一樣。尤其是在戰爭後，事實上是極需要宣傳精神文化，使民眾意識得重新囘到久已遺棄的精神的路上。

目前在東亞文藝復興的春風輕拂之下，那些聰明才智之士，固然是不甘心爲那過去的枷鎖之束縛，現在得着了解放之後，彼

此間都有志於文化革新的工作。在這個島上，於一百年前，英夷撒下了有毒素的文化種子，跟着時間滋蔓起來，在一百年間悠久的歷史裏面，我們東亞人，有着不少的染其毒而不自覺，目前所謂『思想上之殘敵』，就是指一般染了毒素文化的意識，此種思想上之殘敵，是極需要大東亞的新文化去掃蕩的。這其間，文學就是負起了宣傳精神文化的使命。

文化，是意志活動的現象。意志的活動，恃有兩種能力：一是推理力，以概念為出發點，演成種種科學；一是想像力，以直觀為出發點，演成種種文藝。文藝雖有種種，而得以文學為總代表。易「繫辭」所謂：「鼓天下之動者存乎辭」，辭就是文學的原素。由此，我們更可以明白，新文學的力量，的確可能推動文化革新的工作，同時還可以消滅那思想上之殘敵。

談到文學，應該首先要檢討一下過去我們的文壇，大家得承認，香港文壇，給黃色作品盤據了是有其相當長久的歷史，此種作品，以色情為誘惑，以迎合低級趣味為手段，「下里巴人」一唱百和，百年來此種黃色作品，就在有毒素的文化下被縱容而滋蔓起來了助長那思想上之殘敵的繁殖。目前，我們對於這麼一種根深蒂固的惡勢力的掃除，當然不是一朝一夕的工夫所能濟於事的。在東亞文藝復興的春風輕拂底下，我們為了正本清源，就必須要推展文壇清潔運動，不斷的抨擊，不斷的摧毀，直至那些文壇上的牛鬼蛇神遁形匿跡為止。

等到文壇上表現得一片清新明淨的時候，新東亞全體民眾意識所附麗的新文學堡壘，就可以建立起來了。

目前我們所需要的文學，就是要以反映「最裏面的現實」的

大衆生活的文學。我們之目的，在求把思想上的殘敵肅清，使整個文壇，表現得一片清新，使羣衆意識，得以冷靜睿智，使大衆文學，得重新回到久已遺棄的精神的路上，以蘄達到東亞民族的純粹生活感情之表現而將特殊的國民性與普遍的人間性結合在一起。

前次的歐洲大戰，亘乎五年之久，德國文學，也同世界上別部分的文學一樣，顯然形成了爲藝術和爲人生的兩種傾向。這其間，德國文學可劃分爲四個階段：（一）狂風暴雨的表現主義，（二）體驗大戰的戰爭文學，（三）冷靜睿智的新卽物主義，（四）希特勒治下的第三帝國文學。這四個階段當中，以第三個階段的「冷靜睿智」的新卽物主義（Nene Sachhichkeist）爲最新穎，其傾向，則表現在德國的造型美實術，用美術，建築新式樣種種方面。

自然主義者，把物質認爲唯一的實在，固然未見得到，然而單是精神本身的這種實在，也是不能成立的，只有精神與物質嚴密地融合起來，這才是實在的單位。於是在一九二五年後，新卽物主義卽是根據這種理論從表現主義而在德國文壇出現了。牠是自然主義與表現主義綜合的產物。牠要把握實在的「要領」，向着最實在的內面探求，有如剝洋葱頭一樣，一層一層地剝下去，以蘄獲得「最裏面的現實」。還有，新卽物主義所探求的實在與自然主義不同的地方，有如一件物品，自然主義者所認爲實在的，不過該物品的本形，而在新卽物主義者看來，該物品的陰影也應當算爲實在的，所以，新卽物主義之所以稱爲「唯一的實在」者，就因爲牠的實質，是「最裏面的現實」並非卑褻，膚淺，迎合低

級趣味如黃色作品之類的東西一樣。

我們可以採取「新卽物主義」的文學理論去反映出那新東亞和平領域以內羣眾間最裏面的現實，以此而建立我們文壇的新姿態。這其間切勿忘記，決不能縱容那思想上之殘敵，卽使牠們苟延殘喘地暗中繼續存在也是不可能的，我們要澈底的採取不斷抨擊，不斷摧毀的策略，以促其加快的滅亡，以減少東亞文藝復生東亞文藝新生的障礙。今日是日本人與中國的人們之間，有了互相了解的時候，推廣地說，這個新的文學堡壘，就是我們東亞人文藝思潮的匯流，是東亞新文化建設的基石。

其次，我們還須要注意到中日兩國的國民性這一問題。我們東亞，原是世界文化最古發祥地之一，中日兩國的文化，有其歷史性的關係可以說，是大同小異的。在學術思想這方面，的確有其共通之點，就在「殺身以成仁，舍身以取義」這一教育哲理上，又與日本千多年來時時刻刻發揚着的「武士道」相類似。尤其是在大東亞聖戰展開了的今日，「武士道」的精神，是更加需要。

在文學的立場上講，日本武士階級，亦具有一種有力的悲壯優雅的暗流。

在白河樂翁公之「思想雜記」中，亦有這樣的一段：

「花之香氣，遠寺之鐘聲，夜間之虫鳴，縱然在深夜人靜時傳至汝之枕邊，切勿驅之使去，而應加撫愛之。」

另一段又說：

「吹落汝之花的風，遮蔽汝之月的雲，向汝尋釁之人，這三者，雖傷汝感情，汝亦應加原宥。」

此種文雅風度，的的確確又與我國國民性的溫柔敦厚有其相

類似的地方，這些都是在精神方面表現其偉大的人格，以此種精神，與目前這艱鉅的時代配合起來，精神與物質嚴密地融合起來，構成實在的單位。故此在東亞文藝復興的今日，新卽物主義應該要在我們東亞這一新文壇出現的。從中日兩國國民性共通的偉大的人格之下，是要產生出東方道義的萬丈光芒！目前所需要的文學，也就是從這一方面表現出來了。

「文學」與「科學」，有人認爲是絕對沒有關係的，這是一種很錯誤的觀念。其實，只有文學，自幼稚時代以至於複雜時代，永永自由永永與科學並行不悖，永永與科學互相調劑，每人每日有八時以上做科學的工作，就有若干時受文學的陶冶，所以飽食暖衣的，不至因無聊而沉淪於腐敗，就是節衣縮食的，也還有悠然自得的餘裕。所以文學在一般文化上的地位，是與科學平行的。文學卽是生活，切合時代需要的文學作品，纔是活的讀物，沒有靈魂的黃色作品，固然是民衆間的毒素，但是褊狹的單就吟風弄月的文學作品，也未見得就可以切合目前的需要。在此，我想提供出「中間讀物」作爲目前所需要的文學讀物。

至於「中間讀物」這名詞，在許多年以前，在「新小說」這一本定期刊物裏面，已經出現過一次，它原本是日本的土語，是譯語，是新撰的名詞，或者是中國有過的成語。據說，日本的報紙和雜誌上所登載的文章。向例分爲軟性和硬性兩種。小說，隨筆是軟性的；時論，國家社會的論說，便是硬性的。就新聞講，關於政治，外交，軍事，經濟的記事是硬性的。所謂「三面記事」──社會新聞──便是軟性的報紙和雜誌，除過特別專門的以外，所登載的東西，不能偏於一種當然是軟硬兼收並落蓄。但

「軟」「硬」的區別，無論怎樣嚴格分開，不久，介乎兩者之間的東西，自然會發生的。譬如一樣是篇隨筆却帶點研究的性質；或者談國家大事，却從小處着眼，這樣不是小說也不是論文，却又似小說又似論文的東西漸漸發生了。新聞雜誌，爲投合讀者的需求，不能不登載。於是就產生了一個新名詞：「中間讀物」。最初採用這新名詞的，大約是「中央公論」，「改造」之類的綜合雜誌。

目前要糾正諸般對文學上之誤解而建立切合時代需要的文學，惟有大量介紹適應羣衆生活需要的讀物廣泛地流入羣衆間，使羣衆之生活意識，得重新回到久已遺棄的精神的路上，要適合於這一需求，是極須要「中間讀物」這一類文學作品的幫助。

我們以「新卽物主義」與東方道義精神之混合，作爲新文學建設的理論，以此而反映出東亞和平領域以內羣衆間最裏面的現實，以此而作爲文化革新的宣傳，目的在求肅清那思想上之殘敵。同時以「中間讀物」之類的文學作品，代替了那沒有靈魂的黃色作品，使我們的文壇上表現得一片清新明淨的氣象。

《新東亞》1 卷 3 期，1942.10.01

（六）

其他文學論評

今之第三種人 / 娜馬

　　魯迅先生在世的時候，對於杜衡，葉某等之第三種人，是從不給予寬大的。一部分第三種人固是流散了，離開上海，居住在香港或桂林，改換了一件大衣，或架上一副眼鏡，於是乎魯迅筆下之殘卒，又稱起「抗戰文藝」之本家來了。

　　年前，魯迅先生紀念會中，故香港大學教授許地山曾拉著一位貴賓說：「這是曾爲魯迅先生打罵過的翰笙先生，我們現在請他覆述當時的情形。」當時全座譁言；然翰笙先生都紅著臉皮，滔滔說個不絕。第三種人之善變與善於改過，深爲之嘆絕。

　　又記得是和平文藝運動在香港發動的時候，第三種人也出來趁熱鬧，幫架子，與正統的「抗戰文藝」者們，携手起來，鬧了一個滑稽的挑戰。那時文壇上盛行一種風氣，就是所謂「丟那媽」笑話運動，據說這是魯迅打狗精神之復活！第三種人之勇敢，余亦爲之甘拜下風。

　　又記得穆時英先生在上海遇難。第三種人也爲之痛快。更有人說起：「活該」的風涼話來。斯人也，其忘本勇氣可以稱絕。

　　然而，現在第三種人又來活動了！誠然，在文藝運動上，大家是不應計及第三種人或甚麼種人的，更不應算起舊賬來。不過，深懼第三種人之善變與厚顏，大家既然已不再稱「抗戰文藝」本家，起碼對和平反共建國及大東亞保衛戰要有一深明的認識。不然，此時此地，依然是隨便說幾句「今乎〔　〕下者」，而完全缺乏主義及中心思想之信仰。其對於中國或東亞固然有害，就是本

身雖然携過了大衣，到頭來還是新的第三種人罷了。

余身歷第三種人之演變，過去不覺得怎樣，但是近日余眞正為他們煩憂了。

《南華日報‧前鋒》207 期，1942.02.23

新文藝運動在廣州 / 娜馬

新文藝之在廣州，一向是未交過好運的！事變以前，只有幾家官辦的報紙辦有文藝副刊，那些副刊的內容，自然是不能算得趕上水準的，同時新文藝的作家也不多，而且作品都很幼稚！此外所有的出版物，不特不管什麼是新文藝，而且更以加快的速率開着倒車。這情形，一直發展到廣州事變。

廣州事變的炮火，把那些無聊無恥的開倒車的文化洗淨了，直至省府成立以後，新文藝的嫩苗在新廣東的土地裏生長了新芽；那時候，中山日報的副刊春雷，民聲日報的副刊春光，裏面所登載的都是新文藝的作品。雖然這些作品都是不甚成熟的，不過卻很有朝氣，這是宇宙間一切新生的事物初期必有的現象，我們不特不應輕視其不成熟，而且更要重視其朝氣的。

新生後的廣州的新文藝的嫩苗，假如有人能够努力的去勤灌溉呢？它的前途當然是斷不至於沒有希望的。

然而意外的，那新生的嫩芽，沒有經過多久便相繼凋謝了，那原因，説起來眞教人哭笑不得！

據説，大東亞戰爭以後，廣州就平添了不少香港的歸僑；在

那些歸僑中，不少是過去在香港紅得發紫的「香港地文人」；自從那批「香港地文人」囘到廣州之後，就把過去英夷治下底香港地的文化帶囘廣州去了，一時什麼『艷史．穢史．土鯪魚，俏尼姑，方世玉，五枚……」之類的作品，便驅逐了一切的文藝作品而替代其位置了！

當我初到廣州的第一個星期，宣傳處的指導科長陳英先生和中央分社的主任高漢先生便到旅館來訪我，大家談到了這些問題，都覺得這現象決不能放任下去的，結果大家就同想在廣州重張旗鼓，出版一個新文藝的週刊，當下決定了暫借民聲日報的篇幅，每星期刊出一次，第一期是出版了，發刊詞是由我和陳英高漢，葉文，白丁，老屈等十人署名的。

或許是由於那兒的黃色的記者的氣勢已經壓制了整個文壇的原故吧。我們的刊物只出版了第一期便被腰斬了。

兩個月以後，中山日報的張望豪先生來找我，談話間他又提及打算出一個文藝副刊，不過他恐怕個人的力量支撐不來，希望我能夠在初期多寫點文章，撐撐場面！（那是他太客氣的話，我是受之有愧的。）當下我卽一口的答應了，於是中山日報的「文園」的新文藝刊便在四圍漆黑的廣州文壇中，放出了一點微弱的火光。

「文園」出版後不久，民聲報的老總徐先生也開始計劃出一個文藝的附刊，找我來商量却多寫作上的問題，當下大家談了一個很長的時間，結果這附刊也算是如願出版了。

不過這兩個刊物的缺點也不少：第一是還不能趕上水準，第二是刊期太少，第三是篇幅不多，第四是都是附刊，不能獨立出

版。基此原因，這兩個刊物之作用於廣州的新文藝運動的地方，仍然是十分微弱的！

《南華日報‧南園》，1943.04.28

詩人社‧文化人俱樂部 / 娜馬

在事變以前，廣州曾經有過一個時期，是有過許多文化團體的；不過當我這一次回到廣州，這情形便不同了，我之回廣州，是在大東亞戰爭爆發後之一個月，當時我之所以從香港跑回廣州，原因並不是爲了失業，而是爲了自己離開了祖國的懷抱已經五六年，不期的對於故鄉底泥土的香味發生了熱愛，趁了這個機會，就決定跑回廣州去，暫時生活一個時期，當然我回到廣州以後，第一件惹起我注意的就是廣州的文化事業。然而，事情是太出乎我意想之外了，直到今天，我還以爲廣州是一幅文化的大戈壁呢？

當時在廣州比較算是新型的刊物，只有幾種定期雜誌；在數量說，本來已經不算得少了，可是一說到內容，却不能不教你倒抽一口冷氣。

其中歷史比較長久的是新亞月刊，是一本綜合性的刊物，內容所登載的以譯作佔多數，其他方面都很平凡。還有一本東聯月刊，是東亞聯盟廣州分會出版的，裏面所登的文章差不多以譯作爲主體，內容水準也並不算高。此外還有一本協力半月刊——後改月刊——是宣傳處出版的。聽說替這本刊物執筆的作家也不

少，可是一看到他們的署名却沒有一個是我平日所慣見的。後來到我入了該處做事以後，才知道那些作家羣都是一班「科」「秘」之類的薦任官，其中以南洋雜誌內容是比較接近水準的，那是周化人先生自己挖腰包來付印的一本月刊。我過去所認識的幾個曾經在文藝界混過了一些時日的朋友也在替它寫稿，可惜這本雜誌只辦到了第三期，就因爲周先生辭去廣州市長的職務而離開廣州，於是這一個較爲像樣的刊物，也不能再在廣州露臉了。

說到文化團體，偌大的廣州市只有一個中日文協，這是一個有國際性的社團，我因爲沒有機會，不曾和它裏面的分子接近，所以對於其中的情形也不甚清楚；聽說好像是有很多留學生在那裏辦事的。

曾經有一個時期，由我發起，聯合了一班寫詩的朋友，打算組織一個「詩人社」，當時願意參加的人有陳英，白丁，南星，葉文，劉俠，流星，張英，朱伽……等；後來因爲立案的問題；發生波折；卒於是宣告流産了。

還有一次是宣傳處的郭處長發起組織的文化人俱樂部，記得當時郭處長是把這件事情交給陳友琴教授去辦的，當時陳教授却很客氣的對我說：『娜馬！這事請你帶我一把吧，這裏的文化人我認識的很少！』當時我受了陳教授的委託，就勉強替他開了一張名單；名單裏面的人，都是一些也嘗動筆寫點文章的朋友，其中有一部分，我是只識其名而未識其人的，我也開列在名單之內。後來郭處長看了這張名單之後，就拿筆來別除了一半，又加上了一半新的人名；那批新加上去的文化人，大概一大半是各機關的科長，秘書科各報社的總編輯，各學校的校長，黨部的委員，還

有婦女會的代表等。據郭處長當時對我說的意見是：「一般人對文化界這三個字的解釋是錯誤的，寫文章的人，雖然也可以算是文化人，但教育界那方面的人才不能忽略呢！」

過了幾天，第一次籌備會議，便在漢民北路太平館召開了，當時我是以一個宣傳處職員充任臨時紀錄的資格而列席的。這一天到會的共有四十人，籌備會員選出了二十三人，人名現在我記不清楚了，大概記得是宣傳處佔三名，市黨部佔一名，東聯會佔兩名，放送局佔一名，婦女會佔一名，共榮會佔兩名，市府佔一名，廣東大學佔兩名，中山日報佔一名，鳴崧中學佔一名……（因為那些人名，都是我平素所不認識的，所以便無從記憶）。

第二次的籌備會議，在宣傳處舉行，因我沒有列席，會議的經過不甚清楚；以後好像還繼續開過第三第四次的籌備會。……但以後這消息便永沉下去了。

《南華日報‧南園》，1943.05.01-02

關於參戰文藝理論教程的話 / 娜馬

在廣州一年來，曾經寫過了不少的文章，而大多是一些東拉西扯不成腔調的撈什子，正正經經的去經營一篇文章的時候，却比較的少——大概當時自己的精神不甚舒服，本來就提不起寫作的興趣，而有時却為着朋友輩的拉稿，情誼難却，而同時自己也想拿點稿費。於是乎又動起筆來，東塗西抹的潦草完篇以圖塞責之故。至於在中山日報所刊載的「參戰文藝理論教程」，自問是

比較以較爲認真的寫作態度去完成的！

「參戰文藝的這一句口號是廣州記者公會首先提出的，聽說當時他們在決議了這一個口號之後，張伯蔭先生即把我介紹給大會，當時又似乎得了大家的同意，推我執筆來寫一篇關於參戰文藝的理論體系，這消息是記者公會開會後的第二天一個記者公會的職員告訴我的。當時我聽了似乎有點不甚置信，直至數日以後，偶然聽到了張伯蔭先生，他就向我提出了關於參戰文藝的許多問題，并請我替中山日報寫點關於參戰文藝的理論。當時我的心裏想：參戰文藝這一口號，如果改換作「文藝參戰」不是更爲自然嗎？（不過我的心裏只這麼的想，并沒有說出口來，因爲斤斤於一兩個名詞的爭論，本來是很無聊的，況且這口號又是經過大家決議的，似乎未便由我個人來巧立名目）當下我就很高興的答應了，囘去就一連動筆寫了五個大半夜，總共寫成了差不多三萬字，分作十五章，就送給中山報去分日刊登。

這篇文章刊出以後，委實引起了許多不同的反響，第一種是幾個和我有點交情的朋友替我高興（其實高興什甚麼？大家都有點茫然）！其次是一班憎恨我的人就都氣得暴跳如雷，怪我「荒唐」得令他老子不大舒服，記得當時有一位當什麼長的朋友（？）他還當面向我譏諷說：「老吳也居然當起教授來了！」其他如一般的黃色作家羣更爲大動公憤，以爲我寫這篇「教程」簡直就是向他們尋開心，於是便有人引了徐懋庸的說話來罵我，（其實徐懋庸的話是指謫那些把文藝理論搬上象牙塔去的「專家」的，而我既不是「專家」，而我又是一向主張把文藝理論交給大衆的）。所以當他稱我爲「今日之大談文藝理論者」又問我「有何感想？」

時，我却一聲不響。記得魯迅説到上海三吁時，楊邨人梁實秋輩也只配一吁，那麼把徐懋庸看作祖宗的小癟三自然是連值得一呼的資格還不够的。

據説另一個朋友對我説：張伯蔭先生因爲登了我這一篇文章也被株連着受了一些小小的冷箭呢！我生平做事是一人作事一身當的，於是就自動把這一篇還未登完的教程腰斬了。

《南華日報·南園》，1943.05.09

關於廣東張恨水的話 / 娜馬

廣州，本來是黃色作家的老家，自然也是黃色記者的勢力最澎脹的地方，在這裏，居然也發生了一個打擊廣東張恨水的事件，也不能不算是一件差強人意的事了。

這事件的始末，我自然是知道了一些；但只是一些而已，備細的詳情可是不會十分清楚的，不過説起來也好笑！這一件連我自己也不甚清楚其始末備細的事件，當時却幾乎把我也牽涉到我的身上來，到這在説起來，也爲之倒抽一口冷氣呢！果然這正足以説明了那些黃色作家們是多麼的神經過敏，只有一點風吹草動就弄出滿天神佛來。

這事情的經過是這樣的：在廣州裏不知那一位先生自稱爲廣東張恨水：（有人説是佟文道先生，是否屬實只有天曉得！）同時竟有人化了幾個筆名，寫了幾篇文章來替廣州文壇的鴛鴦蝴蝶派辯護，這一切，確引起了文壇幾個寫點文藝的人有點動氣，那

一天我和諸葛見水，白丁等幾個朋友在占元閣『飲茶』，大家談起了這個問題，我當時順口就說了一句『非打不可』！當時我不過是說了便算，却不曾立意的去跟誰打場筆墨官司的。誰知過了幾天，司徒司德先生便發表了一篇隨筆，着〔意〕的向那自稱廣東張恨水的人刺了一劍！聽說當時許多黃色作家們，曾經引起過一些騷動，但在我却沒有直接聽到什麼？又過了差不多一個星期，司徒司德又有了再論廣東張恨水的文章發表，這之後，那火頭便燒到我的頭上來了！那一天的下午一位黃色的文豪就拉着我解釋，他否認自己是廣東張恨水；但他又以爲司徒司德的文章是在罵他，於是他便向我解釋說明他自己並沒有開罪過司徒司德，而且每次見到了司徒司德都是以禮相待的云云。……最後他說明了他的原意是希望我出來制止這事件！當時我覺得這筆帳是犯不着去管的，第一事之始末我是不甚清楚，第二則愧非文壇大元帥。確無制止人家的本領，於是便乾脆的屺絕了他。

跟着這事件擴大了，觀瀾老屈也揮動鋼筆來助戰，甚至遠居上海的高茵也加入了戰團；可是我，仍然是沒有動彈，這並不是我和那廣東張恨水有什麼「杯酒之歡」，而是覺得那些文壇的小癟三是連一吁的價值也沒有的。誰知由於我的始終緘默，他們反而對我更多推測。最後竟公認爲這次對他們的圍攻是由我去指揮的，當時我眞是沒有好氣，於是在一次和幾個黃色作家見面場合上，我就明白對他們說明：「我之不管你們的事，並不是我對你們的客氣，而是因爲我瞧不起你們之故。」

《南華日報·南園》，1943.05.14

詩的表現 / 路易士

詩的全貌如左：
隨着撼窗瑟瑟
多雪意的風與俱來的是
隔壁兵營裏吹的熄燈號
遠處街頭賣宵夜的
糖鑼聲，和漸遠漸微弱了的
寒空雁羣之掠過
然後是寂靜
然後是發自淒其的永夜
與年終的愁懷之交織的
顫然的一聲嘆
低沉地振盪着
有如大提琴上的一弓
在這背陽北向的
陰暗潮濕而寒冷的
無米也無柴的
空空如也的
亭子間裏

這詩的表現是寫實的。但在這裏，請注意我所用的「寫實的」一詞，有殊于成爲以前辦「新詩歌」的那些所謂「大衆詩人」（如浦風王亞平輩）的口頭禪了的那種通俗的含義，既非「社會的寫實的」，亦非「人生的寫實的」，那些，我都無視，我的意思，

只是指詩的寫實的表現手法而言的。

象徵的表現和寫實的表現：一切詩的表現，不屬于前者的範圍，卽屬于後者的範圍。在我所曾譯過的那些域外詩人的作品之中，如像海洛〔 〕底的「牘書」。

世界與我之間：壁。

壁與我之間：洋燈。

洋燈與我之間：書。

書與我之間：煩悶。

之短短的四行，可以舉爲寫實的表現之優秀作。而西條八十的「指」之末節四行。

它秘藏着

永不能言的名字

有如

靜靜的墳墓

便是象徵的表現之一個手邊的好例子。

一切詩是抒情的，但這並非意味着詩的敘事的排斥，猶如一切小說是敘事的，然亦同時允許抒情的成分之存在于其中。不過詩以抒情爲主，小說以敘事爲主，抒情文學則以象徵的表現手法爲主，敘事文學則以寫實的表現手法爲主罷了。

然則嚴格地說起來，象徵的表現乃是詩之本格的表現，猶如寫實的表現乃是小說之本格的表現。但我不欲使詩的表現軌道單一化。因爲我是旣不要求象徵的純粹，亦不要求寫實的純粹，這是不完全可能的。

我所要求的乃是詩素，其物與夫一個獨立的全新的詩宇宙之

完滿遺憾的構成。我是每寫一詩，都必以此爲目標而艱辛地邁步於詩的創造過程直至「達于彼岸而後已」的。詩宇宙的創造，便是我的任務。如果創造後完善，滿意，一無遺憾，則我的任務已畢。至於人們的懂與不懂，喜與不喜或明了可懂却硬要派給一個「不懂」，「甚而至於連帶地攻擊到我手杖與烟斗，還有我的名字及其他，那些，都不是我所應負的責任，不是我所關心的事情。記得有人雖在論及我的文章裏主張「時代」應該反省。其實我是根本上無視于這些「流行的風氣」之自生自滅的。

但在這裏，我必須再對我的熱心的讀者們說兩句話：

首先，一首詩的優劣，不能以懂與不懂爲其評定的標準。懂，不一定是好詩，不懂，不一定是壞詩。

其次，單是生活之流水賬式的記錄、不是詩。這一點，對于青年詩人們，乃是很重要的。而前面所說的詩的寫實的表現手法，決不是意味着生活之爲實的攝影。至于甚麼「社會的意義」，「人生的意義」之類，亦決非詩本身所追求的目標。我們只管磨練復磨練，努力寫我們的詩好了。那些嚕哩嚕唆的邪言鬼話，都一概不要去管它！

《南華日報・副刊》，1944.05.31-06.01

關於老作家 / 周作人

據說北平和上海各地，正鬧着「恩師」問題之論戰，原因作家沈啓无，（據說是周作人的舊生）竟然攻擊起老師來，弄到久

已沉默的周作人，也不得不年青起來似的而大寫文章了。本刊將繼續刊出與這事件有關的文章。（編者）

　　去年秋天，聽人傳說東亞文學者大會時，有片岡鐵兵演說，應當打倒中國老作家，當時我也並不在意，反正被罵的不是我，因為我不是什麼作家，至於老乃是時間關係，人人都有老的，更不是我個人的事了。所以雖然有張我軍徐白林幾個朋友曾經在場，卻不曾打聽詳細的情形，究竟那演說是怎麼說的。

　　去年冬天，在「中華日報」上看見胡蘭成先生的文章，起首云：「聽朋友說起，片岡鐵兵新近在一個什麼會議提出，對於中國老作家，有甚高地位。而只玩玩無聊小品，不與時代合拍，應予以打擊云。據說是指的周作人」。此文近已收入「文壇史料」中，甚〔便〕查考。我看了心裏想，那麼眞是挨了罵了，也是活該。當初覺得好笑，可是漸漸的懷起疑來了。片岡鐵兵怎麼會知道中國有一個某老作家，他是玩的什麼無聊小品。老實說，中國現代文學的情形，各作者各作品的高下，除了絕少數的篤實的支那學者以外，日本人是不會懂得的，特別是專致力於創作的文人，他不會說中國話，沒有讀過一冊某作家的原書，如何能知道這所玩的是小品大品，或者這作品是有聊無聊呢。至於關於我個人的事，我是很有點見慣了。倒並不覺得有什麼關係。這至少總還在十年以前，左派文人開始攻擊，卽以無聊小品為名，其實他們也是同樣的，沒有讀，讀了也不能懂。左派的攻擊雖然不能說歡迎，我卻是諒解的，因為他們的立場，須得這樣做才對。如不攻擊，就有點不像左派了，不過他們實在也並不懂，這可以說是第二種的諒解。我在有一個時期，曾經亂寫文章，似乎是無所不知的樣子，

後來卻隨卽省悟了。聲明不敢以不知為知，對於許多問題都不再涉筆，謹慎至今，但是自己以為略有所知的事情，則還是時時談說，而且還自信所說大都是有意義的，我不會創作，不是文士，但時常寫文章，也頗想寫為文章而寫的文章，而其結果還多是為意義而寫的，不討人歡喜的憂生憫亂的文字，思想與感情不敢一點有虛假，知識則盡我有的雜學的收穫，雜則不專，但亦因此而不狹隘，文雖不行，意有可取，鄙人平時主張謙遜，唯現在係說實話，此時若再謙便是不實矣。總之我所寫的不知是大品小品，都是有意義的東西，凡對于中國與中國人之運命有關心的人應無不能了知此意，若意見相合與否自然是別一問題，至於不讀或不懂，或外國人，或奉外國主義的分子，加以不理或反對，那又是當然的事，無須奇怪的了。這樣說來，片岡鐵兵之提議也是可以原諒，我所覺得有點奇怪的，只是這個意見他是從那里得來的？片岡鐵兵似乎未曾遍讀老作家的作品，何從知道應該打倒？那麼這種主張必是另有來源的了。這來源是怎樣的呢？推想起來或當如此，卽片岡鐵兵得之于某甲，而某甲得之于中國人某乙是也。

今年春天，偶然看見一張印刷品，題曰文筆，頭一篇是童陀的文章，竭力攻擊老作家。妙哉妙哉，忽然得了一個大發見。上邊所說某甲某乙的傳授，原是假定的，現在卻已證明了一半，因為這位童陀卽是某乙也。某乙該文目的在於攻擊「藝文雜誌」及其老作家。「藝文」裏寫文章的所謂老作家有誰呢，除了鄙人和錢稻孫再沒有第三個人了。某乙既然公開的作文攻擊老作家，那麼授意片岡鐵兵的中國人當然是他無疑，雖然中間傳達情形未曾查明，實在也已不必查考，反正不關緊要。某乙到底是什麼人呢？

某乙化名童陀，上文已經說過，至於其真實姓名，說也慚愧，他乃是我的小徒，姓沈名揚的便是。沈揚本來也只是我三十年來濫竽教書，在我教室裏坐過的數千學生中之一名而已，為什麼稱作小徒的呢？我自己知道所有的，單是我的常識與雜學，別無專門，因此可以寫文，却不宜於教書。我曾教過希臘羅馬歐洲文學史，日本江戶文學，中國六朝散文，佛典文學明清文學我講了學生聽了之後便各走散，我固無所授，人家也無所受，但以此因緣後來也有漸漸來往的，成為朋友關係，不能再說是師徒了。沈揚則可以算是例外，他所弄的國文學，簡直沒有出於我的圈子之外，有如木工教徒弟，學了些粗家具的製造法，假如他自己發展去造房屋，或改造小器作，那麼可以說是分了行，彼此平等相待，否則還在用了師父的手法與傢伙做那些粗活，當然只好仍認作老木工的徒弟。依照日本學界的慣例，不假作謙虛的說一句話，我乃是沈揚的恩師，別的可以不必多說，總之這囘我遇見沈揚對於他的恩師如此舉動，不免有點少見多怪，但是事實已如此，沒有甚麼辦法，只好不敢再認為門徒吧了。我自己自然也不能沒有錯處。第一是知人不明，第二是不該是個老作家，雖我只可承認老，並不曾承認自己是所謂作家。

這里我記起一件事來了。民國廿八年元旦，忽然有不知那里來的暴徒來襲擊，沈揚，那時已改名沈啓无，來賀年正在座，站起來說，我是客，左胸也被打一槍，無故連累，在我是覺得很是抱歉的。後來慢慢傳言沈某因為我而受傷，去年夏天沈揚寄來一張南京「中報」記其在中央大學講演的事，有此說法，我看了隨卽寄還。不久在北京「東亞新報」上也說沈某保護我以致受傷，

我寫了一封半更正的信去，說當時沈君在座，殃及池魚，甚爲抱歉，至於因欲逮捕暴徒而受害者，近地車夫二人，一死一傷，皆在院子內。「東亞新報」在來函照登之後又寫了一篇說明，重要的意思是說，救護云云是想當然的話，因爲以日本人的道德觀念來想是應當如此情形。我所說想起來的便是這一件事。日本人的道德以爲弟子當然救助恩師的危難，這是很高的理想。我們降下來說，免禍也是人情，無可非難的，所以上邊的話除了我單獨對故友錢玄同說過，他又告訴故繆金源以外，直至近頃無人知道。我們的理想實在已經放得很低，無非只是希望徒弟不要吃師父而已。現在似乎事實上不容易希望到，日本的朋友聞之感歎更說如何。片岡鐵兵打倒中國老作家的提議不知來源究竟何如？假使眞是展轉聽了沈楊的意見，有此表示，與「東亞新報」所說相對照，其亦不免多有未安歟。民國三十三年三月十二日。

《南華日報‧副刊》，1944.06.17、18、20

文壇之分化 / 周作人

在北京向來就沒有所謂文壇，事變以後更是寥落，雖然有方紀生編的朔風，張深切編的中國文藝先後出版，也只有幾個流落在這裏走不動的文人湊寫稿件，聊以消遣，有如急相濡以沫耳。說是消極，固亦難免，却亦並不是眞是十分頹唐，他們不以文學爲職業，或是想於其中求得功業或是利權，但如或對於國家民族有什麼好處，在文學範圍內盡其國民之力，也是願意的。所以文

壇雖是沒有，寫文章的人雖然人數不多，精神意氣却是一致，如沒有什麼意外的風波，大抵這一角落的平安總是可以保持着的吧。

過了三數年之後，組織文學團體，興起文學運動的呼聲，忽而不知從那里發出來。去年春間，來了所謂文化使節的某甲。不幸的很，在北方的往日本留過學或是知道日本文學情形的中國人對於某甲都不大看起，因此卽使沒有明白表示輕視，也總不能予以歡迎，只有某乙竭誠的招待他。這樣一來，恩仇的形勢已經很明瞭的立定了。某乙以某甲的後援，計畫編輯純文學的文學集刊。同時張深切也計畫編一種文學雜誌，由某印書館出版。經接洽磋商的結果，議定設一藝文社，鄙人挂名爲社長，發刊兩種雜誌，一爲文藝雜誌月刊，由尤傅陳某乙同編，二爲文學集刊，由某乙獨編。但是某乙與張深切意見決裂，表示不幹，於是文學集刊中止，藝文雜誌則改爲尤傅陳三人主編，鄙人挂名藝文社長如故，這大概是去年四月初的事。

到了五月一日，這個日子我記得很清楚，因爲先母去世，這正是第十天，預定開弔的前一天。當天晚上九點左右，某乙忽然走來。某乙是我的受業弟子，相從有年，那一天的態度，却特別不遜，談判的要點大略如下。最初某乙說，我決定不辦文學集刊，請先生也脫離藝文雜誌的關係！我答說，你自辦刊物，你可以決定不辦，你與人鬧意見，可以自己脫離；我既然與人家並無意見，雜誌又是書店所出，我不能隨便主張不辦。某乙又說，因爲有我參加，所以有紙可配給，如我離後紙卽不能領到。我答說，紙有沒有是書店的事，與我無關，如眞沒有紙則書店自會停止刊行。

某乙末後說，刊物出後作家協會將加以攻擊，於先生名譽不利。我答說我也是作家協會的評議員，其幹部人員也多相識，不會無故攻擊，而且我非文士，我的價值不在於編一個雜誌的好壞上邊，即使有人攻擊，也於我名譽無關的。大意就是這三點，却是一直糾纏到十一時後，總想強迫我脫離文社，我覺得太無理也無禮，不客氣的嚴詞拒絕了。二日開弔是星期日，至星期二據印書館的人告訴我，某乙約定星期一與館方會談，已議定仍舊編刊文學集刊了。這里便有很大的一個謎。假如預先約定星期一與書店會談，預備妥協的話，那麼星期六夜間不應該來強迫我幫同他拆台。既在那時不顧及開弔的前夜喪家的情狀，以不遜的態度來強迫我，則在一天之後決不能那樣忽然轉變，去無條件的妥協。雖說是人情反覆無常，總也未免反覆得太奇怪了吧。鄙人感覺遲鈍，所以常上人當——但是遇見這事以後也很覺得疑懼，稍加留意，俗諺云：賊出關門——雖曰已遲，亦差勝於不關焉耳。

　　這個以後有些事情遂漸漸的發生了。夏天的一日，某乙發起在公園水榭召集文學茶話會。會的詳細情形不必細述，只須說明其時有日方來賓某甲的演說，開始攻擊中國的老作家，這可以算是第一幕，到得第二幕揭開時已在秋天，日本文學報國會在東京開文學者大會，在第二分科會中片岡鐵兵提出掃蕩中國反動作家的議案，繼續着又有某乙攻擊中日合辦出版機關的演說，原文都登載在文學報國第三號上。某乙所攻擊的顯然是某印書館，片岡所攻擊的當初有人說是指我，我却還不大相信，及至把原文一看，雖然似乎有點像誇大狂的樣子，覺得這恐怕是我也說不定？至其來源則片岡得之於某甲，而某甲則得之於某乙，此傳授線路雖出

於想象，大致當不錯了。要證明這不錯，有第三幕爲憑。今年春天二月初，北京發現有文筆週刊第一期，第一篇題目雜誌新編，作者署名童陀，卽是某乙的化名，這裏邊攻擊中國老作家，與某甲以及片岡的攻擊正是一條戰綫，而又特別集中攻擊藝文雜誌的老作家，其目標非常顯著，已無異於指名而罵。在藝文雜誌上寫文章而比較年長者只有錢稻孫先生與鄙人，但這里攻擊目標我知道確實只在我個人，錢先生不在其內。這個可以引用片岡的話來作證明，因恐不能傳其眞意，故用直譯法述之如下：

「諸君之文學活動沿着新中國創造之綫。然彼老大實則毫不考慮今日之中國呼吸於如何歷史之中，被置於如何世界情勢之下，唯弄其獨自隨意的魅力豐富的表現，暗嗤諸君，而於新中國之創造不作如何的努力。彼已爲諸君與我輩前進之障礙，積極的妨害者。彼爲在全東亞非破壞不可之妥協的偶像。彼不過爲古的中國的超越的事大主義與在第一次文學革命所獲得的西洋文學的精神之間的怪奇的混血兒而已。」這里所説嘲笑他們，妨害他們的文學活動，都是我的事，卽看不起某甲某乙，不聽從某乙的要求，又西洋文學確曾弄過，雖然我的價值不在這里，却在於知道本國的精神，關心中國與東亞之運命。總之這三點都不關錢先生的事，可以知道不曾被攻擊在內。到了現在須得説明，這某乙是誰？某乙姓沈名楊，現改名爲沈啟无，是鄙人的受業弟子，上邊亦已提及，在我指導之下任事已有多年，就是前一次出席文學者大會，算是一名代表，也是我派他出去的。這囘因爲想要領導文學運動，主宰文學刊物，似乎不大成功，以爲這由爲鄙人的障害，便二次三番的勞動外國人演説攻擊，末了自己出手來打，在我本

來毫無妨害他們沿着新中國創造之線的意思，向來只用作揖主義。不過覺得徒弟要吃師父，世界各國無此規定，我也未便再行作揖。只好聲明破門完事。自此以後完全斷絕關係，凡有沈楊參與的團體或事業及刊物，鄙人一律敬謝不敏。個人間的關係這樣可以解決了，但是這一年間因這件事而引起的影響也並不少，而且也不小，對於這個我深致歉仄之意。其一，弟子對於恩師之反噬，這對于中國的智識階級給與一種極大的不安。世間傳說我有四大弟子，此話絕對不確。

俞平伯江紹原廢名諸君雖然曾經聽過我的講義，至今也仍對我很是客氣，但是在我只認作他們是朋友，說是後輩的朋友亦無不可卻不是弟子，因爲各位的學問自有成就，我別無什麼貢獻，怎能以師自居。唯獨沈楊，他只繼承了我的貧弱的文學意見之一部分，以及若干講義，一直沒有什麼改變，這樣所以非稱爲徒弟不可；而且破門也可以應用。至於我的思想還是我自己的，不曾傳給什麼人。平時我最模糊，不喜歡多事，這回却覺得不能再不計較，雖然這事聽了使人寒心，以教書爲業的尤感到不安，但也沒有法子，只得請大家原諒。其二，這又暗示文壇之分裂。上文說過在北方本無什麼文壇，況且鄙人也並非文士，若沈楊似乎更說不上是什麼，卽使有這一場事也與文壇前途無干。不過承他們不棄硬派定我是老作家，又從而掃蕩之，自北京的文學茶話會弄到東京的文學者大會，鬧的滿城風雨，彷彿眞有那麼一個文壇，反動老作家佔據了這堡壘，妨害新中國創造的諸君的前進。這個分裂與混亂眞够的了。事實上固然只是老儒的一個徒弟的倒戈，旣不是文學運動也並非文壇派別，總之分化計畫的成功是無疑

的。這里須得補充說明，上邊所說的某甲即是林房雄，最初來時報上說是文化使節，後來被改稱爲分化使節，很是確切。這里我嘮叨敘述的也就只是這分化的一個簡略梗概。我們在這一囘的事情裏可以得到大教訓，用的方法做去，中國統一的文壇永不能成立，鈎心鬥角的相爭，將無甯日，現今覺得非成功不可的中日文學家的提携聯合也必無希望，若是最初敷衍隨和，以至凶終隙末，那還要算是最好最難得的結果。鄙人本是文壇以外人，況又老而見憎，無意學蘇州姑娘嘴臉向人。不妨直率的説話，即使言者有罪，只要聞者足戒，亦已滿意矣！民國甲申清明節。

《南華日報·副刊》，1944.06.21-24

一封信的後文 / 周作人

三月二十日寄出一封信給日本文學報國會的事務局長久米正雄，關於片岡鐵兵去年在東亞文學者大會上所發表的掃蕩中國反動作家之演説，質問兩點，要求答覆，到了四月二日收到文學報國會出名的電報，電文似有錯誤，但大意是説片岡答覆請稍待。片岡鐵兵我不知道是何許人，他説些什麼本別無計較之意，不過我看重的是日本文學報國會的責任，這既然在東亞文學者大會上發表了，又揭載在文學報國的機關報上，可見報國會是完全承認這事的，我覺得不能不問一問。我的信裏末了就説，鄙意發言者雖爲片岡氏，唯其責任應由貴會負之。日前在報上發表的譯文却説落了這一句，雖然這底稿原是我自己寫的。大概我的信寄到的

時候，久米局長已經辭職，好在這並不關係他個人而是關係局長的事，所以沒有什麼要緊，這囘來電也由日本文學報國會負責出名，我覺得這是很對的。近來的通信頗費時日，但所云答覆在收到電報二十幾天之後還未接到，我想這未免太慢吧。依照我去信的日程，計算作兩星期，寫囘信或者也不大容易，姑且算了十天吧，那麼在四月二十五日這天總應該寄到北京了。現在却並沒有來，雖然不免略爲性急一點，只能就此截止了，認爲不答覆。這樣，雖然不曾給我一張執照，取消了文人稱號，不算十分滿意，但是使我對於日本文學報國會的一切交際可以免除，這也就是大可感激的事了。我這人平常是很麻糊的，對於有許多事都不很計較，所以有人誤會以爲我是極端主張忍耐的人，其實並不盡然，我的忍耐也是有限度，有區別的。這囘爲了什麼演說與文章，忽然計較起來，似乎有點兒小題大做，但題目似小，意義則大，我的聲明與質問，便是着重在這兩點，請大家注意。其一，徒弟勿可吃師父。其二，文化交流也要有國際禮儀。

上文寫了，接到友人來信，說國民日報上登出沈某的另一封信，聲明片岡演說與他無關，我就寫了一張信寄給報館，其文如下：

啓者，頃承在南京的友人寄示本月廿一日貴報，見載有沈某的另一封信，對於鄙人質問片岡鐵兵之信有所辯解。案鄙人該信重在查問日本文學報會的責任，如片岡所攻擊者確爲鄙人，或過期不答，則鄙人將於該會及其會員均謝絕交際。至於沈某攻擊鄙人最確實的證據爲其所寫文章，假如無人能證明該文作者童陀並非沈某，則雖有林房雄片岡鐵兵等人爲之後援，代爲聲辯，此案總無可翻也。本意請貴報將此文代爲發表，唯鄙意凡有沈某發表

文字之處不擬參加，以此請勿揭載，尚祈鑒察爲荷。

現在附錄在這里，算作一點餘波。這一封信的事件，也就此作爲結束了。卅三年四月廿五日。

《南華日報・副刊》，1944.06.24

想像之考察 / 路易士

所謂「超現實主義」，它是企圖現實之最深處的。

單看字面，似乎這一流派所表現的定是十分荒唐無稽的東西，其實不然。超現實的「超」字並非作「不」字或「非」字解。而「現實」一詞亦決不僅僅乎意味着「米」，「煤球」，「油」，「鹽」，「麵包」，及類此的日常事物而已。

超現實主義的詩，我沒有什麼印象。但是超現實的畫我看過的幾幅，至今印象猶甚鮮明。有一幅畫題及畫家署名忘了，畫幅上描着的只是幾隻被扭彎曲成各態的柔軟的時針。但是這是一幅傑作。它所表現了的是人類對于「時間」的一種征服之意欲，事實上，人至多活百歲，過去的時間不可挽回，未來的時間不可追及，時間是無法征服的，但在畫家的筆下，竟征服了它。這引起了我們的共鳴，使我們感動。因爲在我們的意識之最深處確實是潛藏着有這種「征服時間」之意欲的，不過我們不是畫家，不曉得怎樣把它表現出來罷了。我們從這樣的畫幅所感到的魅力，遠勝於從「寫實派」的作品所給與的。因爲寫實派的現實，是事物之表面，「眼」所能見的，可以用影機攝下來的現實。而超現

實主義的現實則不僅是「捏造」的，抑且是事物之最深處的，唯「心」可以見的，非攝影機所能攝下來的現實。同時，畫家從詩人學到了運用其超特的想像力以構成他所企圖表現的事物之藝術的形象，像這樣的美術，雖則號稱超現實主義，其實是非常之現實的，現實得不可以再現實了的。這不是「事實」的眞，也不是「科學」的眞，這是「想像」的眞，「藝術」的眞。

以上言畫，於詩亦然。詩所要求的也是想像的眞，藝術的眞，卽所謂「詩的眞」是也。不過詩的眞也不應該是捏造出來的，捏造出來的決非詩的眞。還有一點，詩的眞雖非事實的眞、科學的眞，但無論如何總不該是事實的謬誤，科學的謬誤。例如有一個詩人，在六七年前曾經寫過一首詩，全體都好，只不過有一處犯了事實的科學的錯誤，因而造成了一馬害群之遺憾。他的詩句我記不清楚了，但大意是這樣。

你對我熱烈時，有如南極。

你對我冷淡時，有如北極。

南極和北極，兩極都是寒帶，同樣寒冷，南極決非熱地，這是任何一個人的常識，但該詩人竟弄錯了。在這裏，如果把「南極」一詞換用「赤道」，「北極」也改爲「兩極」的話，則一點毛病都沒有了。詩以「想像」爲必要，但不可以是捏造的想像，不可以是常識上犯了錯誤的想像。所以詩人除了作詩讀詩，從事於詩學之探討外，他還應該讀許多的書。他應該讀歷史，讀地理，讀哲學，讀科學，及其他種種的書，雖則不必一定精通諸學，不必一定成爲一個百科全書的學者。

《南華日報·副刊》，1944.07.09

門外文談 / 李志文

文藝發展與其同時期的文化發展有很大的關係，最低限度出版事業之發達與否，往往可以影響文藝發展的。戰後的香港，整個文化界都似乎變了樣。這或許是好的，例如許多人口頭上說的所謂英美思想，英美文化是退出了。但這廣大的都市，擁有七八十萬人的都市，文化界竟如是變了起來，實在是有點沉悶了。

香港有很好的印刷工場，出版事業戰前是相當發達的。但現在也同樣的變了。這或許也是好的。

文藝處於如是環境之下，其前途如何是可想而知的。

俗語說「人傑地靈」，意思是指地方環境時時影響人與物。娜馬兄一向就有這種成見，開口便說自己是珠江三角洲兒女，「頭府」「頭縣」人物。現在我才知道「人傑地靈」這句話有點道理。如香港這個地方，有其與上海，北平，廣州不同的「性格」。文化界變得如是沉悶，香港人可以忍耐得來。但在上海，北平，廣州的人似乎就沒有這種精神了。廣州有人用土紙來替代新聞紙，用木刻來替代電版，於是許許多多的文藝小冊子，便如牆角的青草一般，靜靜地生長起來了。據說北平的情形，尤為熱鬧，許多老的年青的文藝工作者，他們不但就文藝本位上來努力。更且熱望以文藝創作之力量，以文藝作業者的努力，來促進「華北中央化」，「中國統一」之實現。這種精神，真是令人感動。但深居香港是很難看到這種熱鬧的。雖然街頭報攤不時擺着許多紅紅綠綠封面的小冊子，但那些小冊子只能給你一點飲酒、玩女人的「知識」。

娜馬兄在一篇詩說，近來喜歡讀水滸傳，三國演義等小說，說來眞教你啼笑不得。

《南華日報‧副刊》，1944.07.13

關於鄉土文學 / 李志文

廣東地當南中國海之邊沿，爲中國革命發祥地。試一覽珠江三角洲之沃野，東西北江之山河，廣東眞不愧爲「物華天寶，人傑地靈」之地。關於廣東文物之紀載，鄉賢名流之作傳，雖然一向已有人注意。但掛一漏萬，有一世英雄，而身死名沒者，有千年古蹟，等同頑石荒野者，在在難免。所以我們乃重提鄉土文學這一個問題。

鄉土文學過去已經有人提倡過，歐陽山提倡的粵語文學，與後來粵省教育廳所頒行的採用鄉土教材辦法。皆不失鄉土文學之本意。但實踐之力量過小，而反對之力量過大，況且廣東事變以還，人民流離失所，社會生計凋零，當局救濟苦難已不暇，文化人亦徒以生活困苦，無復當年興致，遂使一度暢行之鄉土文學，消失得無影無踪了。

這個時候，人人愛鄉的心情較之昔日要特別濃厚，而懷鄉病者亦自然難免。如果我們能夠將那種懷鄉的情緒，愛鄉的精神，利用於積極工作方面，搜集家鄉文物，鄉賢名流各種爲史乘所不及載之事事物物，作爲小說家言也好，報告文學也好，表而出之。相信不但受到同鄉之歡迎，並且可以作爲一種自愉之方法。

至於徵稿的範圍，不限於可以考據之事物，亦不限文言白話。卽使是道聽途説，故老相傳，只要無損於廣東之光榮，不至於導人迷信，誨淫誨盜者，都是我們鄉土文學之良好創作材料。深望廣東同胞於百忙中抽出些少時間，於生活困迫中抽出一點精神，與本刊合作，大家來做一點工作，卽使是零零碎碎的工作也好！

《南華日報・副刊》，1944.07.22

話説廣東鄉土文學 / 娜馬

廣東，它有不同人之氣候，方言，土壤，風俗，習慣，……那麼當然一定要有我地自己之文學。

山明水秀之雲山珠海下之一塊溫暖之土地！廣東，在整塊秋海棠葉之地圖中是一向不爲人家所重視的，其由來也久矣！

廣東之一切之所以被湮沒無聞，在廣東本身，實在無半點責任，而是果的：「老不入川，少不入廣」之人立意要少理我地。

廣東，中國革命之耶路撒冷之廣東，豈眞一定非請人家來理我不可咩！「廣東非衰仔之鄉！」在此信念下，廣東鄉土文學之勃興，乃如甘竹灘之急流之洶湧。

我地不必誇口話開天闢地之初廣東就如何猛野，我地只自信今日之廣東之一切都比人家更年青。

對廣東鄉土文學之評價，都同一樣，他是年青！年青！竹葉咁青！

曾有人拈一部「中國文學史」來指出廣東文豪之少，言外便見得他們自己祖宗高腳牌之多，然而我地並不因此眼紅，因爲一味誇口「先前比你闊得多」乃阿Q之慣技，廣東人向與阿Q無緣！

或有人以爲廣東乃古之南蠻，但我地就借此蠻氣將廣東鄉土文學蠻幹起來。就以洪秀全當年蠻幹之精神，以七十二烈士蠻幹之精神，以當年誓死北伐蠻幹之精神去蠻幹我地之廣東鄉土文學。

《南華日報‧副刊》，1944.08.01

談『山城雨景』/ 娜馬

看了『山城雨景』之後，讀後想寫一點『評山城雨景』，隨覺寫一篇文藝批評，由于年來生活的貧乏，久已無此魄力，故乃改爲『談山城雨景』。

山城雨景是在戰後的香港，文藝專集的出版，它是僅有的了。

聽説有人對書內十個短篇中的『山城雨景』而大加賞識。原因？是讀書的人一看到了主人公鄭先生的遭遇就高興起來之故。我却沒有這種心情，鄭先生是不是一個『典型』，姑置別論，然對於鄭先生式的問題，似乎已不是我所最憎恨的對象了！這是我近年所感到的，不過看後覺得這篇整個故事的發展似乎畧嫌散漫。

『阿囡』是其中最具血肉最富形象性的一篇，這題材是現實

的，作者的表現方法也是最現實的。

　　『竹槓的人生』大致不錯，不過那主人公的偶然的中興（有了很多花綠綠的銀紙），那似乎畧嫌近於『假想』，而主人公的所以永和『竹槓』結不解緣，作者的解答是由於他的『嫖』，那未免太重視了偶然事件而忽略了永遠使那主人公離不開『竹槓』的必然的社會因素。

　　『熱狗』的『歷史的囊括』模糊一點，那故事更來得太巧，那好像郭沫若的『一隻手』（出征軍人受傷後，還剩了一隻手囘來和他的情人握手）由於那太『巧』，反足以損害了作品的內容。

　　大致地說：作者所慣用的是，『暴露與諷刺的手法』，對於個性的描寫很不錯，現實的分析相當正確，這是不能抹煞的地方！雖有『藝術的感情但少行動的〔　〕〔　〕』這是它的美中不足！不過行文裏，作者對於主題之積極性似乎已盡力在減輕，這顯見得作者之苦工，由於這，我們當不能對作者再作過份的要求了。

　　總之，『山城雨景』已經能够盡其力量以反映雨中之景，這是作者的成功了！不過雨景是黎明之前夕，雨景中應露一絲雨過天青的啓示，這一點，可惜作者〔　〕忽畧了。

《香港日報・曙光》，1944.10.14

香港・文藝 / 娜馬

　　說：香港沒有文藝。則香港確實還有不少大文豪和巨著；說：香港已有了文藝，那麼他該問：「文藝在何處？」

爲了想知道「文藝在何處」，於是我翻開了香港的大小出版物，由文藝的專刊以至於一般的副刊，結果是落了空。

　　沒有創作，沒有創作，然而還有人以爲香港還有文藝者，我不知道他是戴了一個怎麼樣的眼鏡。

　　充斥文壇的香港趣味的作品姑置別論，我們很想去欣賞一下那些嚴肅的，「高級」的，文藝的作品，原來那所謂嚴肅的高級的，文藝的作品亦不外如此：

　　一，長長短短的雜文，各式各樣的雜文，充斥得令人懷疑香港的作家們一個個都到了周作人的寒齋裏吃過了苦茶；又令人懷疑香港的作家一個個都傳習到魯迅的「金不換」，便人人也「雜感一下」起來。

　　二，譯文和改變的譯文大行其道，如果不是孫寒冰早已死了，不難令人以爲孫寒冰的「文摘」搬到香港來！如果林語堂不是去了美國，不禁使人相信林語堂把他的「西風」去化整爲零。

　　三，三朝野記，東南紀事，烈皇小識，大義覺迷錄，避戎夜話……已爲一般賢士大夫所不願稱道，努力鈎沉，主辦「逸經」的簡又文有知，必莞爾而笑曰：「吾道已轉行於香港」！

　　孫悟空的跟斗雲，據說跳來跳去也跳不出如來佛祖的手掌，我們今日的文藝也是跳來跳去總也跳不出，逸經西風，宇宙風的手掌，創作沒有這不出奇，甚至連報告文學，文藝通訊之類的東西也沒有，這樣，假如我們還一定要說香港是有文藝的話，那麼這文藝一定是屬於陸丹林式的「君子文藝」吧！

《香港日報‧曙光》，1944.10.17

「香港・文藝」讀後感 / 黑旋風

　　我的朋友娜馬先生最近在本欄發表一篇「香港・文藝」的文章，對于當前香港的文藝動態有着很大的感慨。讀了娜馬先生這感慨式的牢騷以後，我也不禁〔　〕〔　〕着發生了很大的感想。還有一種文藝（姑妄稱之）作品，例如：一見魂消的「新嶺南即事」詩，借古人名字而寫的一些江湖式的「小說」，〔未〕〔曉〕娜馬先生讀過這種東西否？如果讀過了，眞要拍案而〔撫〕鬢三嘆也。

　　眞的，香港的文化，確需要再一番「清潔」了，如娜馬先生所列舉出的一些「西風派」，「魯迅式的金不換雜感」，「逸經式的舊錄」之類，這都不是今日香港文壇應有的作品，同時也不是今日香港一般作爲從事文藝寫作者應有態度，但是我們需要一些什麽樣的文藝作品呢？這確是成爲嚴重的問題，依照娜馬先生的意見，認爲至低限度對于「報告文學」及「文藝通訊」之類的作品，也應該有一些產生出來。然而，作家們却不能從這至低限度一方面去努力，反而從今古奇觀之類的古本去抄錄或偷龍轉鳳式的「頂替」，不但我們的娜馬先生看見這種情形有不勝今昔之感，就是稍有良心的作家，不，應該說是一個人，看〔到〕這種情形，也應有不勝今昔之感的。不過，要使今日香港的文藝進入比較活躍的狀態，決不是徒自感慨可以解決，要之，我們還得力戒空談，拿事實出來，這是每一個獻身于戰時文藝工作者應有的態度和工作，我們決不能，也不應該再躲在象牙塔內的沙發上，喊口號和漫無〔事實〕的空談了，這種態度，比之只抄抄古人的筆記，寫寫「鹹濕」的小說更不應該。所以，現在的問題，不在于

談，而在于實踐，如果大家將空談的時間付諸實行，相信成效必大。我這一點小小的牢騷和感想，娜馬先生大概也是贊成和同情的罷？

《香港日報‧曙光》，1944.10.20

（七）

懷人憶往

悼岑建業 / 羅玄圃

我的朋友岑襄，字建業。他以「建業」爲其字，是寓有深意的吧？但是，壯志未酬身先死，業未建而身先殞！他以三十四歲的英年碩學，這樣地悄悄的就湮沒在一堆荒草底下了，後死者怎能不爲他而惋惜！

彌留之際，還不及見他的老母妻兒，如今竟成永別了！

他有可愛的家鄉——番禺。那裏有他的良田美疇，豐收的果園。山明水秀，建業就在這一片美麗的原野上出生，長大。少年時代，負笈上海大夏大學，卒業歸來，又在廣州置了大廈，使家人的生活與都市交流，接受文明的薰化。「懷與安，實敗名」。建業雖是文雅縱橫，風流瀟洒，但是胸次尚懷有凌雲壯志。他決定了，要建業去，就離開了甜蜜的家庭，擺脫開兒女私情之束縛，毅然參加革命的工作，爲了國家，爲了整個東亞民族的解放，爲了人類的福祉！離開了家庭以後，飄然蒞止於這個島上，從事文化教育的工作，從事新聞宣傳的事業，夙夜匪懈，響應和運，站住崗位，埋頭苦幹。大東亞聖戰開展之後，和平的曙光正打從黑暗中透射過來，島上風光，開始發散着春天底氣息的時候，百多萬民眾，都在和平的氛圍中騰懽着得到了解放。此時建業，更加向往於人類幸福的圖謀，對東亞和運的信心，更加深地強化起來了。

我曾與他同住。故常得親德範，如坐春風。我知其有着豐富的感情，我知其博聞強記，辭鋒頗勁。每於苦雨孤燈之夕，他滔滔爲述古英雄事略，未有不拍案叫絕的，我知其懷有一顆壯烈的

心。傍及於詩詞文藝。往往喜歡拿現實生活經驗作爲引證。我驚佩他有如此豐富的學殖和人生經驗！他平素喜讀郁達夫的文字，其作品裏面的風格與辭采都酷肖郁氏的。他又愛讀歸有光的散文集，由於這一傾向，我知建業是經已浸透在人世間的苦海中，他敢於直面那慘淡的人生，正視那淋漓的鮮血，乃懷抱着澈底改革被幸福遺棄了的人類生活的大志，廿餘年來如一日，鞠躬盡瘁，未嘗或怠，爲此而得染初期肺病的醞釀，並不很嚴重。但是他怕疾病殘害了自己有用的生命，乃急投藥石，多方延醫診治，似乎是很徬徨的樣子。我時常在傍安慰他，勸他首先把心理強化起來，然後把生活作有秩序的安排，慢慢的休息一下，病體自然會平復的。他沒有接受我的勸告，並且忽視了醫學常識，一方面因爲心理上有了缺陷，他方面亟欲病體立刻痊愈恢復過去的工作。怎曉得求愈之心愈急，方寸愈亂，他底病的生活，就陷入了漫無秩序的錯誤方法之中亂投藥石，亂請醫生，亂進飲食，症狀乃日趨於嚴重。從病發到死那一天，其間不過三個月左右，一條有用的生命，就這樣地結束在法國醫院裏面，在一個淒風苦雨的深夜！

我見他的病，但是不及見他的死而爲之執紼。他的家人見他提了行囊踏出家門向廣漠的人生旅途出發，但是不及見他衣錦榮歸！這遺留在人間的，是如此的缺陷麼！

然而，我終於感到了，一個革命者的生命，是永遠青春的，它是超過人類所謂「生死」的以上而存在的，永久地存在着！

建業呀！且安息吧！後死者會繼續着你的壯志踏着血跡前進！

《南華日報‧南園》，1942.06.21

懷念着豈明先生 / 九紋龍

　　周家三傑：一爲魯迅周樹人，二爲知堂周作人，三爲周建人。三位都是中國文化界知名之士。魯迅和知堂是五四以後的文學家，建人是研究生物學的，雖不是文學家之流，但對于生物學的著述也很不少。

　　魯迅物化已久，這裏暫時不談，且來談談我們所日多崇拜的苦雨齋老人周豈明先生罷！豈明先生是魯迅的弟弟，許多人把他們昆仲兩個顛倒起來，以爲豈明是魯迅的哥哥，其實這是錯誤的。雖然他們倆是兄弟，但從來因爲環境的不同，思想的互異，抱負的各別，立場的分馳，一直很少往來，就是通訊也少，兩兄弟的個性很不相同，魯迅是急燥而毫不能寬恕人的老頭子，豈明先生卻是慈祥可親而極能忠恕他人的老人家，所以，魯迅生前，樹敵至夥，毀謗參半，豈明先生則令人景仰而得到中國許多青年朋友們的擁護和敬佩。對於魯迅，固然也有不可磨滅的偉大之處，例如，魯迅對於正人君子之流者口誅筆伐，對於第三種人的打落水狗，都有過不少的功勞。

　　我最初知道豈明先生的名字，是在新青年月刊上面，讀過他不少關於西歐小説童話的譯述，他對於西歐文學似乎頗有研究，介紹西歐的文學論著也很不少。後來，語絲半月刊在北京出版了，雖然這並不是什麼急進或前進的刊物，但在中國的新文學運動正在萌芽期中，出版物少得很，語絲出版以後，確曾瘋狂了一般愛好文藝的中國青年羣。她不像上海那時候的創造月刊那樣在唱高調子，也不像文學研究會出版的文學週報那樣的沉悶單調，她另

有一種不同的風趣，從幽雅中帶點俗味，從俗味中又帶點幽雅，是介在幽雅俗味兩有之間的一種讀物，當時在語絲上面執筆的人，除了豈明先生是撐硬棚子每期都有一篇文章發表外，其他如：林語堂，劉半農（已故）章衣萍，錢玄同等北大教授佔太半數，而北大學生寫稿的也很多。北新書局的老闆李少峯先生是因語絲而發達的，由語絲半月刊做出發點，而認識了許多當時的文學家，出版小冊子，雜誌，於是北新書局的基礎便打得非常堅固。語絲半月刊曾與現代評論家打過不少筆墨官司，魯迅指現代評論派爲戴着四方帽子的正人君子派，魯迅在語絲上面也寫過不少文章。豈明先生自語絲一紙風行以後，他的文名也隨着而全國風傳，幾無一青年不知道豈明先生的。

我愛讀他的尺牘和日記，我更羨慕他的苦雨齋和五顏六色的古香古色的信紙信封箋記簿等。豈明先生是一位瀟洒而雅緻的人，他寧可在雨天中坐在苦雨齋內喝苦茶，談天說地。或者在下雪天而跑廠甸，這種舒適的生活情調，十足地表現出豈明先生那種寬大爲懷的做人作風，他與人家無長短之爭，他對社會是抱着一種愛好謙讓的態度的。

記不清楚是民國那年了，豈明先生和徐祖正先生到東京去走了趟，那時我適在東京，曾由一位朋友介紹，與豈明先生同在鶴卷町一家北京料理館裏吃了頓飯，談了不少文學上的問題，這是我第一次會見知堂老人。自後，中日事變發生了，豈明先生一直沒有離開過北京，他老人家深知中日唯有實現和平纔有出路，在這幾年來他老先生在北京還是一樣地喝着苦茶，寫着古香古色的信紙。

我懷念豈明先生，聽説他已做了華北政務委員會的教育總監，不久之前曾隨汪主席赴滿洲國訪問，又到南京一趟，可惜我沒有機會再會見這位忠厚可親的老人。

我懷念着豈明老人，當我每一唸及他那「談狐説鬼尋常事只欠功夫吃講茶」之句，不勝神往之至。

《香港日報・幻洲》，1942.06.28

幽默徒子老舍 / 九紋龍

老舍，他的原名叫做舒舍予，但是，老舍的名字風行以後，原名却被人家遺忘了。他是山東齊魯大學的教授，英國留學生，英文造詣雖不及他的幽默老師林語堂那樣登堂入室，但也有多少根底兒。他的最成功的作品，要算是論語半月刊發表的那篇長篇小説「駱駝祥子」，駱駝祥子是以一個黃包車夫的生活來做背景，描寫北京一般下層社會的種種奇形怪狀的事態，寫得好，寫得眞，幽默，有趣，生動，引人。老舍對於北京的情形很熟悉，他的所有作品，都是多以北京的社會生活來做背景。早年，他在北京住過不少時候，一口北京腔説得蠻起勁。他的開始寫小説的生活，是在他從倫敦回國以後的事，他未去倫敦之前，是在天津南開大學附中教書。南大附中的待遇很差，老舍那時不過是一個配角，每個月只拿到束修十五塊白洋錢，在當時的社會經濟生活而論，當然不能以現在比較，十五塊洋錢可以維持衣食住了，不過，老舍教了許久，心存去志，於是提出加薪要求，他寫了一封信給校

長張伯苓，要求每月加薪五元，張接信後笑不可抑，立即批准，加薪十元，超過老舍所要求的一半，然而，老舍爭得了勝利以後，並不接納，立即捲鋪蓋跑到英國去讀書了。

林語堂在上海出版論語半月刊，曾風行一時，幽默大師的生意經不錯，這時候惹起了老舍的癮兒，於是振筆伸紙，居然加入幽默陣營，寫起幽默文章來了。他正式拜林語堂爲幽默宗師的時期，是在論語半月刊紅得發紫的時候，老舍爲了按月要拿論語半月刊三百多塊錢的稿費，於是寫信時，居然稱林語堂爲大師，自稱徒子，所以一般人稱老舍是幽默徒子，便是由這樣來源的。論語半月刊從發紫而變成慘白，林語堂棄論語而改辦宇宙風，老舍還是天字第一號的撰稿人，老舍的好幾部幽默小說和小品集，便在這時候風行了全國，老舍的名字也由此而在中國的青年們腦海中印下了一個深刻的感覺。

中日事變發生以後，老舍曾一度在郭沫若麾下幹着宣傳工作，後來跑到重慶去，這時候的老舍，可謂走到了末境，重慶的文壇根本不需要幽默文章，老舍當然也在被人排擠之列。重慶的生活程度已高，老舍的文章賣不出錢，當然所遭受到的苦悶是相當厲害的，過着窮困無聊的生活，不久之後，郭沫若失寵被革去第三廳廳長，老舍更失了一位後靠子。爲着要維持生活起見，他曾一度發起文藝獎學金，要求重慶撥款資助一般作家，自然他是被賑濟的一份子，他曾下了心願要寫一首十萬言的長詩去爭取文學獎金，結果胎死腹中，老舍的長詩也只好半途腰斬。他在重慶曾有過一個時候，竟窮到連買鞋子的錢也沒有，赤着雙足東跑西走，他的可憐的遭際，由此可以想見一般了。

老舍現在還在重慶，風頭完全沒有，文章也不寫了。有人說他在開着一家剃頭舖子，究竟是眞的還是假的？這却不能知道。

老舍是一個沒有黨派的人，在文學上也沒有什麼驚天動地的造就，不過是一個幫閒者。他的日常生活，是在閒靜中帶着一點趣味，他喜歡附庸風雅，可惜古文學的造詣太淺，有點附庸不來。

《香港日報・幻洲》，1942.07.05

豈明先生印象記 / 克強

在舊制中學三年級讀書的時候，那時中國的新文化運動，正是最蓬勃的一個階段，在那個時期，也正是我沉醉文藝書籍的一個大轉變。每天夜晚，往往把學校的功課抛到腦後，坐在案前，總是不停地看小說，看雜誌。而至文學研究會一般人主辦的小說月報，又而至在北京語絲社一般人主辦的語絲半月刊。

認識周作人——知堂，又名豈明——就是在我讀了幾本語絲以後，魯迅的文章我覺得太彎曲，不合口味。豈明的文章倒輕鬆有趣，他的小品文好像水塘裏的水波，靜靜地一廻廻的湧着，直率，老練，警惕。

自認識了豈明的文章以後，無時無刻不在尋覓他的著作來償我的嗜慾；談虎集，談龍集，自己的園地，苦茶隨筆……一直看完了他廿多部著的和譯的單行本。

後來，我在舊制中學畢業了，到上海大學裏唸書了，因爲讀的是文學，常常少不了寫些文章，多看幾部文學論著。有一次，

我冒昧的寫了一封信寄給周先生，附帶又封了一篇文稿去，過了一個月，周先生的回信來了，簡單的幾句話，還把我的文章刊在語絲上，由這時候起，我更加欽敬他的爲人了，沒有一點架子，是和藹坦白的老前輩。

這一次通訊過後，我們間也漸漸多寫信往來了，成爲精神上的一對師生。

民國廿三年春我到日本留學，行前我徵求周先生的意見，他除抱着十二分的同情外，還給了我許多在日本居住的常識，又介紹兩位在東京做記者的日本朋友給我認識，我到了東京，少受許多困難和生疏，不能不感謝周先生的兩位日本朋友，更不能不感謝周先生的力量。

在東京住了一年，這一年可算我和他最多通訊的一年，我在東京留學的生活費用，幾乎也半數是他給我介紹文章去發表換來的，他對每個青年人都是那麼愛護和幫忙，那種摯誠的熱情，往往使人感激到要流淚。

第二年我考進了大學，這時候讀的都是政治經濟，但還不能脫離寫稿的生活，仍然要一面讀書，一面作稿維持生活。

那年夏天，周先生來信說要到東京來過夏，順便搜尋一些書籍。

大概是七月廿三四號，日子可記不清楚了，學校裏也放了暑假，同學們大半去了海濱避暑，我爲了經濟關係，仍住在東京一家下宿屋的四叠半蓆房子裏。

那天早晨，房主人照例把報紙送來，我還沒有起床，就坐在蓆子上看，忽然看到周作人到東京的大字標題，我以爲自己眼花，

但照片已刊出，可不會錯了。

這時我的心裏，不曉得多麼喜慰，立即穿好衣裳，先到外面的食堂吃過早飯，連忙乘高架電車去周先生的寓所。

半小時後，我已經會見了這一位渴望了十年而未能見面的周作人先生，是一個圓臉胖子，穿着一套不合時的洋服，對人很和靄而熱情，説話的聲音老是那麼幽靜，雖然他們在北京住了不少時候，但説來的國語，多少還有一點紹興的土腔。

翌日上午，留東同學假坐神田區保町中華基督教會開歡迎大會，出席的同學有五六百人，大家都想來瞻仰一下這位近代中國大作家的豐采，他的演説詞博到不少掌聲，同時天氣炎熱，我看見周先生一面拿手帕抹去頭上的汗珠，一面給同學們寫紀念冊的情形，可以想像到這位老人是一個怎樣愛惜青年朋友的熱情者。

又隔了兩天，我和幾位朋友合資請周先生在早稻田一家北京館子吃晚飯，在席間，周先生發揮了不少人生經驗的説話，又談及了他在日本留學時的狀況，直至夜深十二時，我們才握手而別。

周先生那次到東京一共住了一個多月，他天天都忙着給朋友們請去吃飲或演講。

到了快開學時，去海濱避暑的人也相繼回東京來了，而周先生也在這時候回北平去了。

臨行時他約我到了翌年暑假回北平去玩，想不到北平沒有去成功，而七七事變發生了，戰爭也展開了，我回到祖國後，一直就沒有機會和這位熱情的老人通訊。

《香港日報・星期筆談》，1942.10.04

懷念幾個友人 / 李志文

久別家鄉的人，懷鄉病是難免的。而朋友間之離別，雖然比不上家人骨肉之離別那樣令人感到心酸。但於此烽火動亂之中，彼此都困於生活重壓，於是在無可奈何的時候，心靈更彷彿於疇昔之歡愉，而深識友情之可貴了。

人之聚散無常，決不是偶然或命定的。譬如說我爲什麼要居於這一角，而不遠走到無際之遠方？反之我的朋友爲什麼不與我居於這一角，偏偏要歷盡艱辛，跑去海之涯或古國之草原去呢？這可以説是意趣不同嗎？不能。可以說是人生觀之不同嗎？不能，這純然是信念與精神之問題。相信世界上沒有一個比我更慣於苟安，而逃避現實的人了，説起來也是免不了有點心酸的。

友人的名譽與他的事業是連繫住的，我在一日廿四小時之中都懷念他們。一個弄戲劇的朋友，在我尚未識他的時候，他已經在廣州建立起話劇運動之基礎來了。數年之前，他們從廣州流到香港來，在生活十分窮困的時候，還担心於一個劇團之組成或發展，這種才能和精神是值得驕傲的。還有幾個友人是弄文學的，寧願住「床位」和捱窮，但始終並未有向「報販」們低過頭，在香港的小姐少爺們正醉心於黃色「文藝」的時候，他們是永遠是這麼頑固，將創作之理想捉住不放。這樣一直到了戰火迫近身邊。在當時或許有人認爲這是「幼稚病」之一種，或者說是少年豪氣所使然。但目睹今日的情形，使我感到他們確是首經接收體鍊，確是有點眞骨氣。

對於一個人之了解眞不容易。路易士始終整天看雲，寫煙斗

和手杖，這種頑固是好的，因爲這是屬於澈底精神之一。但想不到有些一邊寫和平八股的人，却會談起文學來。這種做人的方法眞是有點使我恐怖，原因是太過於意識地來做人了。幸而這些人都不是我的朋友。

張資平先生在寫他的「前期創造社」一文中心酸地說：「我太對不起沫若了」，局外人自然不明白其中的原因，但我現在也感到，太對不起朋友，當然很難說出是什麼原因。其實也不必根源是什麼原因了。人與人之間，更加上國家意識，政治問題這種種東西入內，缺憾是永遠無以彌補的。誰相信，一個平日只顧睡，不洗臉，不沐浴的人，在戰爭中他會喊出：

「我是正義的叛徒

接受人間的控訴」

他正是我的朋友，並且是我久久懷念着而心酸不已的朋友！

《南華日報‧副刊》，1944.07.08

憶楊邨人 / 娜馬

——我的朋友楊邨人——不是我的朋友胡適之。

在一羣掛起了金字招牌的文學家中，只有楊邨人我是最能放胆與他交朋友的！

是一九三四也許是一九三五年的夏天吧，是一個有着寫意的涼風的晚上，我和余竹〔藏〕在廣州上九路的天元茶樓作慣例的乘涼，——我們晚上上茶樓不大吃東西的所以稱爲乘涼——這一天

我稍遲一點到，老余和一個架着近視眼鏡半臉抹着鬍子短根的中年人先佔好了座位來等我了，那人就是楊邨人。

在文藝上，楊邨人確曾很有意義地努力過一番，這是誰也得承認的。在我認識他時，他早已放棄了寫作的工作了。記得那時他正主持一個文藝副刊的編務，可是自己却從來沒有在這刊物上寫過一點什麼，他曾經很坦白地告訴過我：「爲着了生活，幾年來總提不起寫作的興頭！」可是他却最有「拉稿」的本領，就算你本來不想寫點什麼吧！但經他一次而至四五次眞誠的而又禮貌的催促之下，便誰也不好意思不擠出一點甚麼來的。

近來許多老作家很愛把自己弄成一個文學史上的人物，於是便大談過去的創造社，現代社，文學研究會，語絲……之類，楊邨人却沒有這白頭宮女說玄宗的興緻，甚至你一定要和他談起「太陽」時代的「往事」時，他只一笑地說明這是：「少年時候的胡鬧」而已。

總之他是沒有時下那些所謂老作家的令人討厭的臉孔。

可是他却有一種決不逢迎的固執。記得魯迅逝世那一年，文壇上轟然的像響了一個數萬噸的炸彈，一時魯迅的朋友，魯迅的學生，魯迅的親戚，魯迅的敵人，魯迅的沒相干的人，都一齊「嗡嗡嗡」的嚷起來了！嚷什麼？一時也記不得許多，總之不出那「魯迅萬歲！」「魯迅千秋！」「魯迅不死！」之類吧。楊邨人始終並不爲那「嗡嗡嗡」之聲所嚇倒。有一天，我故意作耍的對他說：「魯迅死了，你知道嗎？」他却慢慢地抽着紙烟答：「這老頭子叫我不要担心他的老！現在他不止老而且已經死了，我爲什麼要担心呢！」那種固執的精神，比之朝爲左翼作家暮變剿匪文人，

今天是三民主義理論家，明天是黃河文化之大將的識時俊傑，恰是一個黑白的比對色。

在廣州數年，開會，演講，當文章試官的本領他一點也沒有，自然因為他不敢相信自己是一個「先覺」，更不相信自己有「訓練青年」的本領。

數年來，他在廣州的文壇上只做了一個向許多窮朋友要錢來幫忙一兩個更窮的朋友的慈善家。白薇從北平到廣州時的旅費的張羅，他賣了不少的氣力，為了那肺癆症的郭林鳳之喪事他流過一額的汗……。

前數年，杜衡，穆時英……等幾個朋友曾經寫信給他，請他來香港編一點什麼，他沒有來，聽說他已參透了文壇上的古怪臉而不想再度插足了。

《南華日報·副刊》，1944.07.12

記廣東文學會 / 娜馬

在未入正題之前，得先替幾個朋友賣一段義務的廣告──

（甲）厲厂樵，「我們的王冲」的作者，在新文藝的嫩芽在廣東略開了一會便即告夭折之後，他獨個兒在廣州創辦「莘莘」雜誌，那雜誌內容雖然還是很幼稚的，而且文藝的園地也只是佔了一角。不過「莘莘」確曾引起了廣州青年界對新文藝研究的興趣，這是不能抹煞的事實。

（乙）胡春冰，他是北平人，五四運動時他還在北平，後來

到了廣州，一直在廣州生活到廣州陷落，他的生活習慣簡直已經變成一個廣東人了，不過在這裏所想介紹的不是這些。他在廣州底文藝之勞作是確值得我們懷念的，廣州在一個長期間中，簡直是一個沒有文藝的都市，而胡春冰，就是旅行於這大戈壁中的一頭駱駝，他從踏進廣州之日以至離開廣州之最後五分鐘，一貫的在幹着那文藝的勞作。新文藝運動之在廣州之始終維持不絕如縷的狀態，胡春冰之功是不能埋沒的。

（丙）羅西，（後改歐陽山），姓陳，廣東人，曾一度在廣州提倡粵語文學，出版刊物，以招正人君子之忌而不見容於廣州，中日事變後，再度南囘，提倡廣東語拉丁化文學，出版過廣州語拉丁化的週刊，在革命之耶路撒冷的廣州中，羅西不愧是一個革命的路加與保羅的，最少在文藝上可以這樣說。

廣東文學會的事蹟，似乎是不該由我來記的，因爲我本來就不是「廣東文學會」中的要人，不過直到今日，當時的要人們尚不爲之一「記」，這原因，大概是因爲當時廣東文學會中的要人，多半不是廣東人之故，所以事後便絕不關心吧！然而我則絕不客氣的說：「我是一個廣東人，誠如志文兄所說我是珠江三角洲的兒女，他們不來記，我自己是一定要來記其一記的。

廣東，彷彿是沒有過文壇似的，雖然名作家如以寫三角戀愛出名的張資平先生和以寫印度宗教出名的許地山先生都是廣東人，可是廣東從不因此而叨光沾上了多少「文藝的氣息」。

例如中日事變以後，特別是北平，上海丟了之後，許多外江的名作家都如當年兩宮西狩的跑到廣州來了，於是當時的廣州便彷彿有過了文壇，筆者謹替我們的廣東向當時的各外江名作家敬

致謝意。

當時從平滬兩地南來的外江名作家，計：夏衍，汪馥泉，祝百英，周鋼鳴，姚潛修，郁風，司馬文森，林林，胡危舟，矛盾。

矛盾雖到過廣州，却沒有長住下去。

不過當時我們廣東的本地作家之留居廣州的亦有若干人，計：楊邨人，蒲風，雷石榆，祝秀俠，陳殘雲，陳烟橋，歐陽山，華嘉，宋綠伊，曾潔孺，胡灝，賴少其，唐英偉，梁月清。

畢竟是托那批外江文豪之洪福，廣東居然有起文壇來了，所謂文壇云者，就是當時由一班外江文豪與黨老爺（如方少雲，諶小岑，鍾天心，朱伯康，尚仲衣，伍重光等）們所組成的「廣東文協」，那文協，地址在花塔街的一間已停課的中學內，理事有十多人，內分五部十多組規模之大，儼然一個衙門，這一來，廣東遂有了文壇了，然而其實當時的「文協」，除了開會之外，便不覺得再有什麼的工作了，相反的那時候，廣州的各報紙裏，却發刊了幾個文藝的副刊，許多熱心寫作的廣東青年，倒還認認眞眞的從事文藝寫作起來。

那時各報紙上的文藝副刊，除了林林編的「文化崗位」還有一些外江文豪的「雜文」之外，其餘胡春冰編的「中山日報副刊」，楊邨人編的「民族副刊」，林娜編的「前衞」，所有執筆者都是廣東的文藝青年了。

詩刊那時有幾個，如「中國詩壇」，「廣州詩壇」，「詩羣衆」等，那些熱心寫詩的朋友如蒲風，雷石榆，陳殘雲，克鋒，可非，克平，林擒，白丁，陳士廉，盧荻……等差不多完全都是廣東人，外江的文豪除了那大鼓詞先生胡危舟偶然也來一兩聲「四季相

思」之外，其餘的都在忙於開會而不肯動筆了！

我沒有參加「文協」，爲的是我是地道的廣東人，沒有到過文化之城的上海去髹過漆，既沒有充起名家來向青年訓話的資格，但也不願去無故給人訓話，於是便沒有參加「文協」。

但朋友至今還以爲我是參加過「文協」似的，原因是那時楊邨人是「文協」的理事和什麼部長，——當然是給人硬拉上去作陪客的——他常常沒有到會，許多次的由我代表他出席，所以便有此誤會而已。

記得有一次，蒲風，林林，雷石楡……等發起，組織一個「藝術工作者小組」要求我加入，大家實實在在寫一點東西，當時我是答應加入了，於是大家曾經分頭出寫：小說，詩，散文，戲劇……本來是準備出刊一些什麼叢書的，及至大家寫的東西都已先後脫稿，而向「文協」交涉出版費時文協不肯破鈔，於是一切的工作都無從展開，而「藝術工作者小組」就無形中名存實亡了，從此我和「文協」再沒有什麼「華洋輳詳〔 〕」。

後來聽說歐陽山也因爲提倡「廣拉」之故而爲一般外江文豪所排擠，自己出來帶着幾個青年，悄然離開廣州而下鄉去了。

過後不久，乃有「廣東文學會」之組織。發起的人，自然又是祝百英教授之類的外江名流，不過那團體的名稱既然掛上廣東這兩個字，也該容納一兩個廣東人來點綴點綴的，於是楊邨人便被指定爲發起人兼籌備委員了。跟着不久，我也居然被拉爲籌備委員了，一切的佈置已妥，於是便召開什麼籌備會議，一次，兩次，……在若干次的籌備會議中的一次，他們的戲法便變出來了！他們決議這麼會成立後就打算請廣東的一切黃色作家都參加

進去，而且還指定由我出辦這「招撫」的工作，至此我才恍然大悟，原來拉我做籌備委員是有這麼用處的！當時我氣憤已極，卽便當場提出反對，因爲假如他們要請廣東的「作家」來入會，那麼廣東雖無什麼「名作家」倒也不少「文藝青年」，何以不請他們來參加而却偏要指定「恭請黃色作家」來「代表」廣東的「文學者」？那作用，不正是等於西洋人之專好把中國人的「留辮」「纏足」攝上鏡頭一樣豈有此理嗎？當下我卽和祝教授鬧翻了，他罵我匪徒，我罵他烏龜，我與廣東文學會的關係就從此一罵而止。

聽說該會後來卒於成立了，作代表廣東作家而參加的人有「酒中馮婦」，「黃石公」，「酒家」三大名作家云。

《南華日報・副刊》，1944.07.15、16、18、19

我與楊邨人 / 黃海雲

讀了最近本刊一個文友所寫那篇「我憶楊邨人」的大作，不禁使我想起了多年前和楊邨人先生的一點文字因緣，所謂舊雨難忘，徒增惆悵，不禁令人有點感慨系之呀！

楊邨人先生從上海囘到廣州，就在廣州的 ×× 日報主編副刊。那時的 ×× 日報是南中國新型出版物之一，尤其是副刊方面，質量俱佳，和當時那些只談風月的鴛鴦蝴蝶派的副刊稿材絕不相同，所以很博得當地新文藝讀者的好評。

我還記得 ×× 日報裏，和副刊同時發刊的還有一欄是叫做「五層樓」。「五層樓」是多半發表那些本地風光的文字，而副

刊的稿材是側重有理性而富于幽默的文藝作品。

我一向担任本港華字日報和晚報的撰述，旁及汕頭的眞言日報，上海的遠東時報等等特約，但對于廣州方面的報社，情形未盡熟識，寄稿也很生疏。就因爲楊邨人先生主編了 ×× 日報副刊以後，我覺得那張副刊內容的採精擷華，實在有一結文字緣的必要。第一次我便替楊先生寫了一篇「西南風」的幽默小品，連刊四十多續，却被楊先生看重起來了，他一連寄了幾封信來港，都是向我追討文字債的。當時楊先生還叫我多寫一點關於攷據的文字，於是引起我一種考據學的興趣，直至近幾年來，我對考據學的興趣更深了，這不能不説是楊先生所賜予筆者的益處。

此外，在通訊方面的越來越密，我和楊先生所結的文字緣，也更覺深切了。有一次，我上廣州，乘便去報社拜訪他，却不巧得很，遇着他出外去了，而我却因趕着囘港，緣慳一面，至今追述起來，也未嘗不引爲憾事的呀。

楊先生在海內文壇是有着相當的地位的，他所寫的文字，喜歡用「管城子」的筆名。到廣州後，不久他和某女士——芳名我已忘記——結婚。某女士也是個文壇女將之一，從此「文公」，「文婆」——恕我失敬——都常有佳作在 ×× 日報的副刊上發表呢。

事隔七八年了，楊邨人先生行踪如何，我實在覺得有點不清楚，同時我渴想着會見這位文壇老友的心情，一天比一天要增加熱望。何時得有機會和他老人家再結文字緣呢？這種希望常常繞在我的腦海裏！

《南華日報·副刊》，1944.08.09

（八）
電影

略談「東亞之光」/ 夢殊

「東亞之光」之所以被人（國際的）重視，與其說是由於日本反戰同志的演出，毋寧說是因為題旨適合兩國民族（甚至於世界的）的需求，在政治作用上有重大的意義；其次是題材的擷取，和內容的表現，整個地暴露出日本軍閥在這次侵華戰的野心與及日本民眾被逼赴戰場的事實底反映。至於日本反戰同志之參與演出，不外是在現身說法中讓日本軍閥自己向全世界愛好和平的國家提出侵華和準備侵略全世界的供狀，及表露被驅和被驅遣到戰場去的日本民眾的悲鳴。然而，這樣的話他們自己自願去招供，這一部在政治作用上有重大意義的影響就增加了它的無比的劇力了。這一點，我就不能不佩服這一部影劇的從業者對於政治底現實的深切地認識和他們的聰明對編，導，演三方面的善於運用與利用。

本來，鬥爭是世界人類的一種行為；和平却是民主政治的基點。而抵抗侵畧國又是民族革命復興運動中的主要行動；至於在侵畧者的被驅下而去反侵畧呢，這使得他們民族的應有的醒覺，也是他們民族應有的政治革命理論底行動化了。日本民眾在今日如果有半數（就算三分之一吧）像「東亞之光」的演出者這麼的醒覺起來，（不，我應該說軍人們和政治家），那末，日本斷不會糟到這麼地步的，而來栖，野村也大可以不必侷促悽惶於華府席前了。然而，他們到了現在還是迷夢沉沉，還是拚命想製造成太平洋上的暴風雨。

就「東亞之光」來說，它是現代真正民主政治宣傳的一部力作，是日本覺醒了的民眾投向軍閥野心家的一枚爆炸彈，同時，也是今日民主防衛戰的一種攻心的武器。——投給日本現行國策的一具威力無比的空中魚雷。任憑他有了像納粹主力艦「卑斯麥」號那麼堅厚的裝甲，照樣也要扯着戰旗整個地沉下大洋底去的。

「東亞之光」的故事，是從軍事委員會政治部第二俘虜收容所——博愛村——寫起。真實地講述收容所對待俘虜的寬厚仁愛，每對日本軍閥說「支那人殘酷」的讕言，而且給予一個有力的打擊，更反映出中華民族的和平與博愛，這就說明了題材的涵義，中華民族的美德「忠信仁愛信義和平」，和啟示出中國此次抗戰的真正意義；其次是借俘虜口中說出日本民眾被騙來華作戰，在戰中被擄及入收容所後所受到父母般的慈惠仁愛底薰陶後而覺醒過來的經過；再次述及他們之間結成了反戰同志，決心聯合中華民族去營救自己的國家，營救自己的民族，和擁護中國國策以期達到世界人類真正的和平。最後在參與軍委會政治部婦女工作隊徵募寒衣公演中，山山本苦憶妻女而生出的幻覺，對於日本軍閥的痛恨而致毆打戲劇上的日本軍官，更加強了全劇——「東亞之光」——的中心意識。就劇論，這一點是全片最高的波瀾，也是整個劇作的頂點。

我讚美「東亞之光」的劇作的意識底正確，我也讚美導演的處理和表現手法底高明，我更讚美日本反戰同志們在覺醒後對於一切的認識而在這部片子上演出的精煉。

《華僑日報·華嶽》「東亞之光特輯」，1941.12.04

何非光與談「東亞之光」/ 陳訊之

在東京的時候，我見過何非光氏導演田漢先生編的舞台劇「復活」，在漢口時，他已和史東山，應雲衛，袁牧之諸人任軍事委員會中國製片廠的編導委員。去年，中國製片廠的「保家鄉」，就是他編導而曾經被「中蘇文化協會總會」選擇運往蘇聯的一部。蘇聯將它翻印四十八部拷貝，在各大小城市公映，很博得好評，並得到國際榮譽導演的名譽。

半年前，他自渝飛港，首先對我談及編導「東亞之光」，是日本俘虜現身說法的影片，覺得非常稱心。我說我已經在這里的某次半夜里特別試映的機會看過了，可是不得公開，深爲失望。

非光很樂意地再三對我提起拍攝「東亞之光」的困難，和終於達到完成的快慰。

「最感覺提心吊胆的莫過於給他們眞刀眞槍」，他說，「如果他們扳起臉孔來，當場流血是有可能的。多數的俘虜在爲眞理爲正義的游說下受了感動，眞正地從心坎里反對日本軍閥，同情中國抗戰；但是少數頑固的，便沒有辦法對付了：譬如谷口榮是個從來堅持沉默的傢伙，我們只有用其他方法叫他開心。

「戲拍完大半之後，爲了鼓勵他們，曾先把洗印出來的部份試映給他們看，沒有料到他們一看自己的眞臉目的顯現，以爲將來沒有再回日本去的希望了，一致反對完成這張片子。及後出了九牛二虎之力，而他們生活在一起，慢慢地解釋，用正義和眞理的話說給他們聽，他們終於眞實地覺悟了之後，才同意繼續幹下去。

「山本薰在拍攝的中途病死了，整個的戲又告停頓，後來在××俘虜收容所幾百個俘虜當中找到了一個思想行動可靠的而能演戲的人，才繼續下去。

「『東亞之光』出人意外的滿意的，主要是演員——十個日本俘虜，個個都表情真切，可以說沒有一個中國演員能做得過他們。實在說，他們並不是『做戲』，而是把赤裸的現實生活複習一遍而已呀！

「當這片子還沒有完成的時候，蘇聯大使館便派人來定，運往莫斯科等地放映，足見蘇聯人對於這片子的價值是有先見之明的。蘇聯駐重慶大使看了這片子之後說，戰爭是人類社會沒有一天停止的行為，俘虜也是每回戰爭皆有的事實，可是從來電影界就沒有能夠把它製成為有內容有故事的宣傳電影。有之，應該推『東亞之光』為第一部。」

「不錯的，最近有一個朋友從新加坡來，他說有個華僑為着這張影片從山芭趕了一天汽車，還住了三天旅館才買到票哩。」

「是嗎？那邊已有電報來，說一共在首輪戲院連映了三個星期，打破當地國產影片空前的紀錄了。」

「錢是小事，對於國家的貢獻才是大事呀！」

＊　　　＊　　　＊

「東亞之光」已蒙當局獲准放禁在港公開放映了，凡是中國人而沒有親眼看過這部片子的，也許都可以說是今日抗戰期中生活上的一件憾事吧！

《華僑日報‧華嶽》「東亞之光特輯」，1941.12.04

山本薰略歷

他是日本平民，大阪市人，年卅四，早年從軍，中日戰事發生後，被遣來華作戰。隸磯谷兵團部下充任陸軍軍曹長。於民國廿六年在江蘇臺灣向我軍投誠，「東亞之光」開拍後，爲參加工作中之最熱心者，且表演深刻，出人意外。未幾，突於某日下午工作時牙齒突然發痛甚劇，面亦發腫。當經送往醫院醫治。經數度注射，稍有起色。孰料嗣後發覺彼在作戰時受敵施放之毒氣，受毒已深，終至醫藥罔效。廿九年三月十五日歿於陪都某醫院。其「東亞之光」未完鏡頭，由柏源清代任。

《華僑日報・華嶽》「東亞之光特輯」，1941.12.04

日本東京親歷記〔節錄〕/ 紫羅蓮小姐口述 松庵筆記

本書編按：〈日本東京親歷記〉爲連載文章，內文分有若干小節，每小節並非一天刊完，因此每有前一小節的後半部份與後一小節的前半部份於同日刊登的情況。爲清眉目，以下選段均以發刊日所見的小節標題爲小標題，但並不代表已完整收錄該小節的全部內容。

在片廠候了整個上午

翌日，剛剛吃完早飯，製片所便駛了一部汽車來，說今日要拍片了，我不敢怠慢，連忙草草的打扮，和宋女士，阿桃一起坐

車去。

到了製片塲，果然見這裏的工作人員，忙個不了，佈景的忙着佈景，攝影師忙着測量他攝影角度燈光，每個人都是那麼緊張地工作着，那導演見了我們到了，很和藹的説道：請坐坐等候吧！還要先拍其他幾個鏡頭，才到你拍呢」。

我便坐在這裏看他們那麼緊張地工作着，又跑到別個部份去參觀一回，到了中午，還沒有輪到我拍戲，我們便對黑田小姐説：「我們還是到外邊走一遭呢，大概到下午我們才有戲拍呢」，話還未有説完，那導演却來到我們的跟前説：「眞對不住了，看現在的情形，很多鏡頭還要趕先拍，大概明天才拍你的鏡頭，下午你還是返回旅座休息吧，明天再通知你來」。

我正在這裏等得膩了，聽了導演的説話，便向他告辭，宋女士却問黑田小姐有沒有空，黑田小姐微微的笑着説：「我剛在昨天拍了好幾個鏡頭，大概明天或後天才有戲拍呢」，我便向她説：「橫直你有空，那麼請你帶我們到東京有趣的地方玩玩，好不好」。

五光十色的電映院

戲開拍了，我做着我應做的表演。

大約是二十分鐘的光景吧，導演説，這幾個鏡頭，算是拍竣了，我像得了大赦一樣，透過一口氣。

黑田小姐連忙上前，向我祝賀，説我在這幾個鏡頭裏表演不錯，我連忙遜謝説：「旁觀者清，而且我經驗尚淺，至好請多多指導呢」。

我拍完了這幾個鏡頭之後，便在這裏參觀拍攝其他的鏡頭，每個演員都是如此努力着他的工作，表演優秀，拍攝的成績也很好，我企在一旁參觀，我很覺有趣呢。

大約是四時左右，我們逛到上野旅店去。

九月五號六號我趕到現場拍攝，雖則是祇有一兩個鏡頭，但是那緊張的心情，已經完全沒有了，我在水銀燈下，很自然做我的工作，和第一天那種緊張的情緒比較，眞是有天壤之別了。

在東京第一天拍戲時的緊張心情，現在想起來也覺得好笑呢！

我一連在東京第二製片所拍了三天戲，到第三天的下午，導演對我說：「我應拍的戲，大部份已經拍竣了，明天可不必到片場來，你可在旅店裏休息，和逛逛東京熱鬧的街頭，東京是個很有趣的地方呢」！

我却笑着對他說：「我初次來到，最好還是你介紹個人給我們作响導呢」。

那導演笑着對我說：「那末爲什麼你不叫黑田小姐帶你們走一走？她是你的好朋友呢」！

我們還未有說完，黑田小姐剛巧行到來，導演便把這事情告訴她，她很喜歡的接受那任務，說道：「我橫直有空，我一有時間，便到上野旅店找你」。

我連忙向她道謝。

翌日傍晚，黑田小姐果然到旅店來找我們，阿桃更歡喜，不上三分鐘，她已經打扮齊整，準備一起去。

大概也是拍完片的緣故，我的心裏似乎很舒適，很悠閒地在

街頭漫步，而且有黑田小姐陪伴着我們走，確是我到東京以來遊街最暢快的一天。

那晚，我們逛了很多繁盛的街道，像淺草銀座七八丁目，新宿丁字街，澁谷的百軒店，這幾處地方，確是非常熱鬧，尤其是淺草的電影街，單就這條街計算，已經有二十餘所電影院，比鄰相接：眞是有五步一樓十步一閣之慨，無怪人們都稱這條街爲電影街了，在淺草最大間的電影院，要算大勝館，規模宏大，確是香港的戲院望塵莫及。

訪問東京各大報社

阿桃更看得入神，將手指來點着游魚，計着有多少魚呢。後來有個憲警行到我們的跟前，很有禮的對我們説：「這裏是不許民衆行近的」。

宋女士立刻向他道歉，説我們是初到東京來，不懂這裏的規矩，請求他原諒。

那憲警微笑着説「不相干，不相干」。

我們立刻返回原來的站立處，見得這宮城是有水濠圍住，而有一道非常華麗的橋，通入宮城，後來我知道，這道橋就是「二重橋」。

我們看到了宮城回來，返到上野旅店，剛剛準備用晚飯的時候，店中的女職員入到我們的房裏，很恭敬的，請我去聽電話，我覺得很奇怪，在東京，有什麼人打電話給我呢，後來一想，那一定是片廠方面，預約我明天去拍戲，我不大懂日文，因此宋女士替我去聽。

不久宋女士聽完電話囘來，對我說：「這電話是第一製片所所長打來的，他說明天我們去訪問東京各報社，叫我們明早不好去街，大約早晨九時左右，便來和我們一起去了。

到了明天早晨，我仍然睡到朦朦朧朧的時候，我突然被人拉醒我，我睜眼一看，原來是阿桃，我便說：「阿桃，你爲什麼一大清早便叫醒我呢」？阿桃連忙說：「小姐，你忘記了嗎？片廠方面，不是約你今早去訪問東京各報社嗎」？我笑着說：「這是什麼一回事呢，阿桃，你太當心了！其實現在時間還早呢」！阿桃說：「雖然時間還早，但是你應該早些準備」。

我聽了阿桃的說話，覺得阿桃實在是太天眞了！她時時都是孩子氣，有時一些的事情，都當了天大的事，認眞起來。

到了八時三刻左右，我們吃過了一些早點，果然廠方駛了一輛汽車來，所長，和香港攻畧戰的那位導演，黑田小姐，和其他兩個先生，大約也是新聞記者吧。

我們一起出了上野旅店，首先去到的，就是那間「朝日新聞」，是一座那麼雄偉的建築物，報社方面，招待我們到了報社的應接間，十來位新聞記者圍着我，電光閃閃，原來他們替我拍照。

東京的教育事業

我們遊完了富士山的翌日，我整天躲在上野旅店沒有去街，爲的整天在山裏行了整日，似乎混身都感覺到疲倦了。

過了幾天，黑田小姐再來探視我，我剛剛坐在床上看雜誌，黑田小姐，一進來，見了便笑着說：「紫羅蓮小姐，爲什麼這樣

勤力呢」？我說：「閒來無事有沒有什麼地方好去看看雜誌，消遣消遣」。

黑田小姐似乎有所覺悟便對我說：「你在東京拍完戲之後，囘到香港去，你打算什麼生活呢」？

這問題却難倒了我，默靜了一囘：才囘答她說：「有什麼打算呢：不是和從前未來京一樣嗎，事實上我還年輕，我有媽媽，和姐姐，替我打算呢」！

黑田小姐笑了笑，便說：「你沒有打算嗎？那麼我來替你打算吧！我以為你還這樣年輕，人也這樣聰明，不若留在東京讀書，等待到學成歸國，不是一件很好的事嗎？況且日本教育事業特別發達，你在這裏讀書，一定會有種種的便利」。

我聽了她的說話，我默然，我自己知道我家裏的環境怎樣的，我便對她說：「黑田小姐，你這樣好意，我眞感激，但是我自己這樣年輕，留在日本讀書這事情，我得問問我媽媽的主意呢」。

黑田小姐說：「這事情，我想你媽媽一定贊成的」。

我默然沒有說話，黑田小姐隨着說：「你躺在這裏也很無聊的，不若我帶你到東京各學校參觀參觀」。

黑田小姐的好意，我怎好推却呢？事實上黑田小姐，就是我從香港至東京唯一的良伴，她時常都在指導我。

我們一起便到東京各學校去參觀，她對於東京學校種種的情形，不厭求詳的告訴我。

是的，東京給我最深刻的印象，除了婦女職業發達之外，便是學生之衆多了。在東京從朝早七時許開始，一直到夜晚八時許，都有學生上學的，不論在電車裏，在街道上，都見在挾着書本的

學生，因爲除了固定的學校之外，還有許多業餘學校，職業學校，工科學校，專門學校，專爲一般工餘之暇讀書的，學校林立，不論你在什麼時間上課，都可以有適合你時間的學校，因此學生眾多，從朝到晚都有學生上課了。

莊嚴偉大的靖國神社

我在東京住了那麼久，什麼名勝我也去過，我眼界爲之一新，我深信日本的前途是無限量的，他們有着東洋固有的精神，有着現代化的建設進步。

我遊完了「遊就館」的翌天早晨，廠裏有汽車到接我到第一製片所再拍了兩個鏡頭之後，導演便對我說，我應拍的鏡頭，已完全拍竣了，此後我便是自由身。

我聽了，非常喜歡，因爲我到東京的任務是拍片，現在我已經完全拍完，可算功德圓滿，我的任務也算完成了。

統計我到了東京這樣長的期間，我去片塲拍片的時間，祇佔了五天，那麼我在香港起程去東京的時候，以爲是一種非常鉅艱的工作，現在事實擺在我的眼前，我的工作是完成了，我心頭像放下了一塊石似的喜悦。

在東京遊的人，沒有一個不知道那莊嚴偉大的靖國神社。

靖國神社是紀念日本爲國犧牲的忠勇將士，全國人士對此靖國神社，亦無不表示萬分敬意的，日本的　．天皇陛下與皇后，對於敬禮神祖，有皇帝自己的神社，從來不到民間的神社敬禮的，祇有這靖國神社是例〔外〕，　天皇陛下與皇后，亦御駕臨此靖國神社，足見這靖國神社爲日本全國所禮重的了。

靖國神社的建築，是完全不用鋼筋水泥所造成，是用木和樹皮所製，一條木的圓柱，支持着整個神社，屋頂是用一層一層的樹皮蓋搭，是那麼莊嚴偉大的。

到靖國神社禮拜的人，每日都有千數以上至於有什麼祭日，那人群便像潮水似的擁至，可見得日本人士對于那麼忠勇爲國的將士是如何禮重了。

近祭壇的幾條大木柱，有很多花痕，像是有人曾經將東西擲在那柱上，以致於有剝脫的痕跡，後來我們才明白，原來也和帝室博物館那尊大佛前一樣，是因爲有很多人把銀幣投向那祭壇，以致那些柱都滿佈痕跡，可見那人群到神社的擠擁了。

東京放映「香港攻略戰」

我囘答說：「這是全仗導演的號召了」。

他聽了我的說話，微微的笑道：「這個未必，『香港攻畧戰』之所以能哄動一時，實在的是東京市民渴望見到那些英勇將士，將英國百年來盤據爲遠東侵畧基地攻陷的經過，第二就是那片是在實地拍攝的，第三還有紫羅蓮小姐在這裏任主角，就你也是親身來到東京拍片的呢！

我笑着說：「第一第二這兩點，也許是對的，至于謂我的緣故，那末你太過獎了」。

我們說說笑笑，不久那車就駛進東京市了。

那導演笑着對我說：「現在事實擺在我們的眼前，可証實我的說話是不錯的」！

果然，我見到東京的好幾間大戲院，都放映「香港攻畧戰」，

院外擠滿聽候買票的觀眾。

更使我奇異的，就是每間開影着「香港攻畧戰」的影院門面，都有着我的肖像的大幅圖案畫，高懸在影院門前，大書中國女明星紫羅蓮在此片出現。

我看見了我的肖像圖畫，我很覺慚愧，我便對那導演說：「我在『香港攻畧戰』一片，所佔的鏡頭很少，爲甚麼現在各戲院都當我是主角似的，將我的肖像和名字來大書特書呢」？

那導演微笑着說：「這個你可不必深究，現在我可以告訴你的，就是自從大東亞聖戰爆發後，日華兩國，提携益趨緊密，故東京人士對于日華合作的影片，是極愛好的，難得這套具有歷史性的影片有中國的女明星來參加，而且更是遠渡萬里，親自到東京來拍片的呢，因此東京人士對於這片，已引起極大的注意，尤其是欲一覻紫羅蓮小姐的藝術，此大概是影院方面所以如此佈置的緣因吧」！

我漲紅了臉，我眞想不到我的肖像，竟然懸遍了東京戲院的門前。

到了下午，廠方正式招待我們去欣賞這部「香港攻畧戰」入到戲院，早以萬頭攢動，座無虛設的了，好在戲院是有招待席的設立，否則難免不落空了。

就這樣我別離了東京

黑田小姐看見了我這情形，便向我說：「你爲什麼這樣默然而不言，究竟想什麼呢」？

我被黑田小姐這一問，才像夢中醒覺一樣，我知道我這種態

度是不應該的，我連忙囘答她說：「沒有什麼，我給東京街頭的景色看得呆了」。

黑田小姐說：「你不必騙我了，我和你一起在香港，由香港到東京來，我相信在東京我就是你爲唯一的良伴了，你有什麼事也不妨對我說呢」！

我聽了黑田小姐的說話，我慚感到落淚，我連忙掏出手帕，抹拭自己的眼淚，我說：「黑田小姐，請原諒我，我并沒有什麼，我不過因一時思家，以致惘惘然了」。

黑田小姐安慰着我說：「我不是說過嗎？你還是孩子，不慣離鄉別井的，但是你不是說過現在只等候船期嗎？一有船你便可以返去，那末你又爲什麼作無謂的憂愁呢」？我們且行且說，已經行抵松坂屋百貨公司的門前了，黑田小姐說：「待我們進去逛逛吧」！

我說：「東京的三大百貨公司我們不是已經逛過嗎」？

黑田小姐說：「但是天台的遊樂塲，你還沒有到過呢，我現在和你上去看看、散散心悶好不好」？

我們便乘升降機上天台，瞬刻經已抵步了。

天台上有着種種的戲劇游藝，和各種的玩意，眞是目不暇給了。

我們遊完了天台的游藝塲，便囘去了，臨別的時候，黑田小姐還再三囑咐我要放開懷抱，我謝謝她的好意後，便和宋女士返回石神井旅店。

在石神井旅店忽忽又過了十多天，有一天，廠方通知我再過三天便有船開行了。

我聽了這消息，非常歡喜，整個月的期望居然達到了。

《香港日報·香峯》，1943.01.09、15、20、24、31，1943.02.02、12

華南女星東渡拍片第一人
紫羅蓮女士訪問記

（本報特寫）在總督部報道部映畫檢閱班一角落，一個的小小客廳內，圓形的藤桌圍坐了男女四五人，怡然在談着話，斯正本報記者在映畫閱檢班長之介紹接洽下會見將遠赴日本拍片的華南藝術家紫羅蓮女士的一瞬間，紫羅蓮女士是日身穿中國土產的黑綢長旗袍，襯着豐白的肌膚，剪水的雙瞳，活表露出一種活潑精神，宛如依人小鳥一般，嫵媚柔美，兼而有之，尤其是在她斜睞嫣笑的當中，充份地表示出她的聰明和秀麗，各人經主人和久田先生介紹互相寒暄後，遂帶拘束地談論起來了。

「我嗎？」紫羅蓮女士說：「原名鄒潔雲，廣東雲浮人氏，現年十八歲，幼少時，性已嗜好藝術，十二歲時，父母送入廣東師範學校肄業，但因爲不好呆板地唸死書，每每借詞逃學，向藝術界流連，因是功課上大受影響，結果學校當局以我成績太劣，乃留級，但因醉心藝術，雖歷受父母親友各般嚴厲的責難，亦不能改變初衷，故仍然勇猛地，無畏地繼續追求……」至是女士談錄暫告停頓，微微側着頭，遙望窗外，作一種童年回憶的表情。

「女士曾拜何人爲師呢？」記者的粗雄聲調衝破了寧靜的空

氣，女士說：「根本上並不曾有儀式的拜甚麼人爲師，不過畧畧受過表姊的陶染，及幼少時穿插於各戲院，耳濡目染而已，但當時祇在粵劇界發展。至於加入電影界動機，則遠在三年前，當時受到英雲公司洪仲豪的知遇，加入拍影「八美圖」，該片可算爲本人處女作，及後會曾在本港繼續拍影多片，如「癡兒女」等，但因對於電影的藝術經驗太淺，故並無成就之可言，不過如本人能繼續加以努力研究，則本人實自信地感覺前途未可限量呢」，一種自信的堅決心，無形中由心坎裡傳遞出來，記者至是不覺暗中佩服女士的果敢處，深深地爲她的前途抱樂觀〔本書編按：原文此處中斷。〕

「對於是次赴日本參加拍片的動機，女士可否畧告一二？」同事中的黃君微笑的詢問着。

「因爲赴日本拍片問題，母親曾加以劇烈的反對，不過本人感覺此行對於自身的前途，實有莫大之關係，同時，良機一失，亦不復重至，故無論如何，亦極力加以疏通，現幸得老人家首肯，然已曾費了一番唇舌，不過仍雖附帶一細小條件——須由摯友吳君，結伴同行」。言時，於歡容奮興中，微露出一種兒女家羞澀態度，又因不堪各視線之注目，用一雙柔掌，遮蓋其畧有紅潤的羞容，大家不禁脫畧起來，相與一笑而罷。至是女士因尚有報道部的約會，不欲再遲延時間，乃興辭，聞女士是次赴日，行期大約預算月餘，一俟「香港攻略戰」拍完後，卽整歸鞭，至將來計劃，則以重歸舞台爲較有希望，因感覺戲劇比較其他藝術爲適合其個性云。

《香港日報・香峯》，1942.07.23

癡兒女 / 老張

　　汪福慶導演與傑克名著「癡兒女」續集，故事緊接上集，于羅明俊（吳楚帆飾）貧病交迫，舞女艷艷（白燕飾）被迫向羅母告貸一千元醫藥費開場，寫艷艷如何爲俊明而離開俊明，如何淪爲女僕，如何爲了償還羅母的千元醫藥費，遠走南洋伴舞。在那裏她終於得到好人李文成（余啓光飾）的資助，籌到一千元。可是當她囘到香港時，却發現明俊與婉貞（紫羅蓮飾）已經訂婚。她自暴自棄地聯飲烈酒，無節制地抽煙，又因悲憤交加的緣故，以致吐血。於是朱普泉出面作魯仲連，經過了若干波折，有情人終於花前月下破鏡重圓，而婉貞則感於艷艷的犧牲精神自願放棄明俊。

　　導演汪福慶是中國影壇的宿將，有廿餘年的製片經驗，處理這個故事，自然效力有餘，小說可以單純地用豐富的插話來吸引讀者，但電影節奏天然地速於小說。

　　插話更須要與主題密切連繫。換言之，電影所要求的，與其說是插話的豐富，不如說是集中的描寫，而這邊就是電影獨特的結構，即所謂綜合的結構，包括戲劇與文字兩種結構。

　　汪先生電影的地處理了傑克的故事，〔 〕調描寫了艷艷這個人物。本片是所謂正劇，但有趣而無害于我國的噱頭隨處可見，如俊明趕汽車（艷艷坐內），李文成謊稱「火燭」以救艷艷（她爲了籌欵，幾乎上當）。但汪先生最成功的地方，是舞場經理因艷艷病倒不能返工，舞客鼓噪之時，他用對位法來處理這一場戲，即畫面上經理及其助手的狼狽情形，畫面外現舞客的喧嘩聲（即

觀眾可以聽到）。這是有聲電影最高的形態，遺憾的是我國觀眾及一般電影從業員尚不「習慣」。

白燕的演技最是成功，特別是哭。本片可說是她的最好的作品。吳楚帆勝任愉快，朱普泉，伊秋水各各提供了他們的成一派的噱頭。

據說本片是戰後粵片中收入最好的一部。但本片的完成與公映卻經過了戲劇一般的波折，這片是在戰前拍的，音響部分在戰後配的，原先拍的鏡頭有的已經散失，無法補拍，但卓越的織接〔彌〕補了這一切缺點，出現在銀幕上的，是一部莊諧雜陳娛樂豐富的作品，而對于一個電影愛好者，汪先生處理愛情與聲音的拓荒一般的精神，是應該加以稱讚的。

《南華日報・南園》，1943.03.08

「秋」/ 老張

一部忠實地改編的，精心地製作的，各方面均超過一般國片水準的佳作。

開場，和原作一樣，覺新（徐立）正在寫信。四房的克安（屠光啓），五房的克定（嚴俊）陳姨太（張琬）四嬸（演員名演員表未列待查）的禍家殃族的行為日益加劇，五嬸（仇隱秋）幾乎每天都要吵鬧。克定，克安，將家中的古董偷去賣了，乘三老爺患病之際，將「龍陽生」的旦角叫到「水閣子」來「娛樂」。丫頭倩兒（演員名演員表未列待查）患病因四嬸拒絕請醫生（但她

有錢放帳）而死；淑貞被歇私的里亞的母親（五嬸）當作「出氣筒」，跳井而死；枚表弟（陳一棠）「莫名其妙」的結婚，莫名其妙的而死；三老爺（徐莘園）早已給他的兩個專門丟高家的臉的寶貝兄弟氣得半死，再加上自己的兒子覺英（趙之桂）調戲五嬸的丫頭春蘭（演員名演員表未列），五嬸大興問罪之師，氣上加氣，病上加病，卒致臥床不起。他在臨終時懺悔了自己過去由於愚昧（主要地是自尊心引起的）所犯的種種過失，作合了覺新與翠環（李麗華）的姻緣。三老爺逝世後，克定爲了要賣公館和覺民（嚴化）衝突起來，向來懦弱的覺新，也終於反抗了。「沒有一個永久的秋天，秋天過了，春天就會來的」。

處理如此錯綜複雜的故事，如此眾多的人物，不是一件容易事情。巴金所賦與的每個人物的獨特的個性，編導楊小仲大體上是把握到了的。但後者由于營業上的理由將翠環加以強調，其改編的方針，恰如他的「春」。（不是巴金的）巴金開始寫「秋」的時候，原決定以覺新自殺，覺民被捕收場的，但爲了「征服生活」，改變了預定的計劃，而于一個灰色的題名下，來一個充滿熱望的結局。楊小仲在這點上倒是與原作完全一致的。

這裏所要略談的是翠環的強調問題。筆者的意思以爲卽便強調翠環，也不必叫她來唱一首歌。故事本身充分具備了豐富的人間味與人情味，再加上巴金的讀者，特別是他的女性的景慕者，「秋」的「票房價值」，已獲保證，用不着再來一點「生意經」。

我們對庸俗的片子，沒有希望，因而也就沒有苛求。反之，對于正劇，我們要求地最大的完善，亦卽所謂「責備賢者」。銀幕上的「秋」如果將翠環表現成一個原作般的人物，本片在藝術

上的評價必較地現在所獲得的爲高。

就唱歌本身而言，處理是相當成功的，超越了一般歌唱場面的「原始」的同時〔間〕的處理方式，當歌詞唱到不願作一朵鮮花任人玩弄時，銀幕現了一個手上的鮮花，李麗華唱不願受人踐踏時，畫面卽是脚行過草地。雖然這些 Montage 畫面尚嫌軟弱，但楊小仲至少已觸到了電影藝術的最高原則。

導演的成功還表現在他的派角上。本片的人選與春相同，沒有「紅得發紫」的陳雲裳之類，然而觀衆在演員身上獲得了「明星價値」。飾覺新的徐立，恐怕就是巴金所構想的人物吧。飾覺民的嚴化，同樣予人以深刻印象。屠光啓與嚴俊是王獻齋與洪警鈴的勁敵，張帆至少抵得上一個陳燕燕，李麗華除了劇本給他的損害外，其成就不在顧蘭君，周曼華之下。

高潮也是成功的。觀衆手邊如有「秋」，試重閱第四十六節，從六八六頁第七行起，那便是電影的高潮。看了電影的集中描寫，再看原文，那會感到軟弱無力的。

片長〔　〕萬〔　〕千餘尺，有幾個小漏洞該是可以原諒的吧。但筆者們要饒舌，雖然他還知道中國電影公司的組織常常使一個導演操勞過度。當翠環被喚到王老爺房中（他在跟四老爺賀喜，後者于三老爺逝世後或爲「當然」的家長），四王兩位老爺叫他學站在身旁的兩個「榜樣」（做小老婆）時，翠環以一個特寫或半身鏡頭說「四老爺，五老爺……」，她只看着四老爺的一方（在景外），雖說了五老爺却未看五老爺一方（亦在景外），這是一個顯然的小疵。同一的毛病也見於其他場面。開場時翠環送〔食〕物來，覺新的吃的動作大半在景外，節奏不正確，端午遊船，似

乎并未在對話中指出這是一個節日。臥病的倩兒的化裝并不能博人的同情。飾覺英的趙之桂的表演在全片亦最失敗的。最後的遷出高府的鏡頭是一個特寫，細心的觀眾可以看出他們抬的是「五世其昌」的匾額，但如果因一個特寫來顯示之，效果當有力。開場時職演員表顯然未乾。

但無論如何，本片在國產片中是一部難得的片子，從導演到演員，都以空前的熱誠各各貢獻了他們的一分。我們也許會很快地忘記這部片子和她的製作者們，但在眞正的春天未來之前，我們不會忘記秋的雰圍。（明治映）

《南華日報・南園》，1943.04.13

影評在中國 / 老張

電影在中國出現，是一九〇四年的事情。中國人第一次參加製片，也還在一九一三年：可是「正式」的影評誕生，距今不過十年。在此以前，報紙上也有過「非正式」的影評，那是戲院廣告員的宣傳稿。有趣的是這些「觀〇〇〇〇後」，不但在內容上是千篇一律的自吹自擂，即在行文遣辭上也是「不謀而合」的。從上海到漢口，每一篇「觀後」都假託記者的口氣，而且都少不了這樣的開頭：「日昨本市〇〇大戲院開映〇〇名片，記者趨車往觀……」結論是「情節曲折動人，嘆爲國產影片空前之作。」

但在田漢編劇的「三個摩登女性」問世以後，國產影片終於開始了三百六十度的轉變。這期間蔡楚生，費穆，孫瑜諸人確立

了他們在青年及知識份子的觀眾間的信譽，中國幾部最好的，最賣坐的影片，也是這一期的產物。

同時，在電影文學方面，也有了空前的發展。「正式」的影評出現了。而在晨報的「每日電影」，民報的「影壇」出現以後，報紙出影刊更成為一時的風尚。

可是影評人的批判對象大部份是集中在外片。這原因是顯然的。影評人一方面要忠於觀眾以維持自己的存在意義，一方面又要忠於各「有關方面」：譬如報館的廣告收入，便是影評人的一個致命威脅。

這樣進退兩難的情形，表現得最有趣的是「每日電影」，編者姚蘇鳳是明星公司的宣傳科長，他自己不評「時代的兒女」（李萍倩編導），却轉載了我發表在漢口的「武漢日報」副刊上的批評。

當時的影評大抵是偏重內容，國片的「意識正確」這一成語是這一期的影評的幽默的收穫。直到今日，這個「意識」還是主題（劇旨）或題材的錯誤的代名詞。

香港的「正式」的影評始于星報的「今日影劇」，接着是星島日報的「老張影評」；其後是大公報的「大公影評」，「今日影劇」是有戲必評的，但對于國片與舞台劇大抵是備忘錄似的記載，實際上也就是只評西片。「老張影評」與「大公影評」則完全以西片為對象。原因一半是因為參觀試片的困難，一半是因為「有關方面」的壓力。影評人可以很容易地看到試片，但如果他在看試片後真正寫了批評，下次便再也看不到試片了。

「大公影評」對於內容與技術同樣重視；「老張影評」與「今

日影劇」則較重視娛樂價值，特別是影片的人情味。這三種影評在寫作技術上都是比較成熟的，大公的星標與老張的帽子成爲香港觀衆的寵物。

如果初期的影評與中國影壇的向上的努力是平行的，本期的影評則與大半國片的內容「背道而馳」了。但影評人對于「民間故事」的不合作態度；在製片家方面多少是有點反應的。這里我要說的是外國片商對于中國影評的有趣的反應。

事情是這樣的：在「亂世佳人」開映之後不久，我到米高梅公司去借 Press Book（這是一種刊載宣傳材料的小冊子，當時西報上發表的影評取材於此）。洋大班叫我去「問話」，他說不但不借任何東西，還要叫戲院方面繼續停止該院在星島的廣告，藉以懲戒影評人對「亂世佳人」的批評。這位洋大人後來又對聯美公司的經理說他下次看見我時，一定要「Fight」。可是，當我下次看見他時，他已被人家「Fight」到集中營去了⋯⋯

《南華日報・南園》，1943.05.07

『博愛』觀後感 / 水源

國父孫總理，生前常親題「博愛」兩字贈送諸親友，現在國內及海外，保留總理「博愛」兩字遺墨，想亦不少。當總理革命以還，不但常將「博愛」兩字見於筆墨，而且列爲秉政立國之本。總理遺著三民主義，建國大綱諸要典，均以博愛互助爲出發點，是以有大亞洲的卓論，曾幾何時，友邦日本，透視東亞人的東亞，

乃發動東亞聖戰，而奠定東亞共榮圈，至今基礎已確立，這亦是博愛互助的成功，且吻合總理當時之偉論，總理在天有靈亦當含笑自慰所見不差矣。

上海中聯影業公司十六位導演先進，深識「博愛」為人類生存要旨，乃集合十六個腦袋，集思廣益，聯合編導一本「博愛」影片問世。并召集旗下男女紅星四十餘人聯合演出，自是難能可貴。這套片子，一共十九大本，內分十一個部門演出，足映三小時之久，換句來說，參觀這部映片可作滬上明星大集會看，內容的情感調劑，包含悲，喜，恐怖，俠義，天倫，戀愛，教育，詼諧，歌舞等種種表演確是包羅萬有。這部片子，是用複述前事的手法演出，至于佈景，場面，光線雖無過人之處，亦無越出軌道之壞，堪譽為准中國影片代表作。

為着向閱者透徹報道這部片的內容，和分析各部演出的成績，就不得不先述這片的本事。

在銀幕揭開一剎那，首先觸着吾人眼底的是一段短短的幕前話，原文是說：「人類生存，端賴互愛，此崇高之美德，若能擴而充之，則大同博愛，天下為公，世間一切紛爭，何由而起？本片所述雖僅里閭一角，數十人之經歷，然人類之愛，不外乎此。所冀者，芻蕘之献，將來發諸君之共鳴云爾」。看罷這段簡短的文詞，雖未觀察劇中原本，亦深知這部片所述，是排難息爭，相愛互助作風無疑。

「戲文」本事，話說有位惠羣老翁，一生行善，施博惠衆，鄰里以景仰其人格之高崇，欽佩其精神之偉大，乃聯合携刻「博愛」字匾奉贈，以表敬意。并羣集堂前，聽老翁講述其修身處世之道。

于時，適翁擬編撰一本博愛書稿，乃敦促男女來賓，各叙其已往自身可歌可泣，而含有博愛精神之遭遇，以相勗勉，而充題材。

人類之愛

座上有女賓余玉倩者（陳燕燕飾）乃首先離座，向衆陳述其以前悽慘的難民生活，悲苦悽涼，聽者皆爲肅然。緣余氏爲農家女早失怙，與老母弱弟相依爲命。不幸遭遇旱災，田園荒蕪，乃離去家鄉，比抵滬上所投顯貴戚屬，皆不收納，幾致流離失所。迨後乃遇鄉友阿唐，典衣相留，并代爲尋找工作。不料未幾，阿唐亦遭失業，於是求生無路，又幾至淪爲罪犯，及後有難民收容所之設，玉倩一家始免餓斃。

此節劇情，是這片之第一部，名爲「人類之愛」。其中演出，充份表演難民痛苦，和罵盡天下一般爲富不仁者之有力作，更表露世態炎涼大抵如是，透觀這段描寫，正是現時代的縮影。

兒童之愛

第二部的劇情，是關係平民教育，原有學校，多爲富貴子弟而設，一般學子，均屬公子哥兒，豪華奢侈，盡情畢露。有窮苦若阿雲者（陳雲裳飾）及一羣好學窮苦兒童，最初，皆被摒門外，然阿雲等雖不能堂堂然入校讀書，而求知之慾頗高，乃於每日學校上堂時間，由校長阿雲領導羣兒，扒上校牆，偷聽室內教師講解，一日不慎，致將花棚踏陷，爲校中人所覺，加以拘責。羣兒惶懼之餘，卒動該校校董惠羣善翁之心，不但不責羣兒之過，更許其好學。并將貴族之學校，改爲平民義學，一般貧苦學童乃得

就學，作育人材。

在這一節，能將社會上兩種階級于微妙處表露出來，喚醒人們對於兒童不論貧富的，都應該予以相當教育。這又是目前我國的實情，及亟需要這一類的宣傳教育。但可惜劇中人的阿雲身世也不大清楚，究竟是有沒有家的兒子？未有說明，這就似乎欠理解了。

鄉里之愛

第三部描寫鄉里應該互助，緣有李玉堂者，（楊志卿飾）偕同幼女小玉（陳娟娟飾）行旅他鄉，途遇風雨，入夜未息，乃投野廟暫避，不幸遇越獄囚犯，假扮僵屍，危害鄉衆，圖欺老翁弱女，有所企圖，事爲鄉愚所見，奔返附近叫喚，鄉長是奸狡之輩，更屬腐化份子，反對鄉人拯救老翁，有鄉人大雄者（高占非飾），俠義爲懷，明瞭博愛之道，乃挺身而出，與假鬼撲鬥，終將假鬼擊斃，拯救父女。

這場恐怖塲面，甚爲緊張，尤其是配在雷雨之夜，加以野廟巨蛇等，可見導演的手法，但當鄉愚呼叫時，鄉長與大雄駁論塲面，時間似過於長久，失却情理，這是美中不足。

同情之愛

第四部劇情，屬於詼諧喜劇，有小岑（殷秀岑飾）小根（韓蘭根飾）兩人，爲小竊之輩，一夜偷入惠群善長之家，冀竊銀兩，及見各慈善團捐冊，良心發現，眞愛流露，雖在飢寒交迫之際，不但不偷竊其金錢，反傾其餘囊，題助冊上，乃爲主人所覺，不

但不追究其爲盜，反錄用之爲家人，該兩小窃均能革面洗心，永作好人。

上述節目演出，純爲詼諧劇情，但似近兒戲，在博愛倫理片中，似乎涇渭不分，薰猶同器。

「博愛」這部映片全部是十九大本，其中分門別類，故不得不按段寫去。昨天述至第四部，今日當由第五部說起，使到閱者充分理解這部映片的內觀。

子女之愛

第五部說有一富翁（周起飾），爲富不仁，平日損人利己，極盡剝削刻薄能事，專營高利貸等不道德事業，債務人稍有不如期繳納利息者，諸般拷責。其女陽（周曼華飾）認乃父行爲不對，常替一般欠債人掩飾，時有少年（嚴化飾）因母病，不能如期納歛，至觸富翁之怒，富翁之女陽則責以不是，暗則贈以金珠，俾該少年市藥療親。及後富翁宅遭遇火災，而奮勇往救者，又均爲平日受其拷剝之流。至時，女乘機婉爲勸解，告以人類須有博愛互助精神，富翁毅然覺悟自新。

這段描寫尚屬透徹，充分表露爲富不仁者的威勢‥和欠人債的貧苦大眾一種內心痛苦，更透露着人類確要博愛互助的，各位演員演藝可說成功。

兄弟之愛

第六部是說沙姓兄弟兄名家棠，（徐風飾），弟名家棣（呂玉堃飾），棠妻（陸露明飾）棣妻（胡楓飾）本甚相愛，其弟從

事報業編撰工作，積勞患第二期肺癆疾，在最危殆時，求醫檢驗，認定需有萬元藥費方有痊癒希望。乃向兄長陳述，擬變賣屋業作藥費，奈乃嫂是長舌之流，諸多譏笑，沙弟忿恨不說，而病日重。其妻暗自出充舞女，冀獲萬元，以救其夫。一夜，病者呼妻不見，憂怒之餘，并憶及自身病重，認爲無人生希望，乃留書兩封，一致其兄，一致其妻者。乘夜扶病奔赴黃浦江投海自殺。其兄發覺，追踪拯救，幸慶生還，此時各人眞性流露，眞誠相見，卒變業得費治癒病住，囘復手足親情。

劇情雖簡單，但橋段甚曲折，演員個人表演亦算成功，但黃浦灘的佈景，屬一水池，觀衆一望而知，這負責佈景者，未免太大意了。

互助之愛

第七部描寫殘廢者亦須互動，有盲目者金姓（姜明飾），躄足者錢姓（徐莘園飾）因子女婚姻糾紛而發生打架，巧遇猫捕鼠子，擊破油燈而發生火警，轉瞬火焰波及全屋，時盲者躄者兩人均無從走脫。但兩人互助，則有生還希望，於是在最後關頭，盲者背躄者逃出火坑，兩得生還，苟不互助，則同歸於盡矣。

此段意義甚深，最易發人深省，博愛之片名，大約以這段爲重心。編導的手法，亦以這部較爲精彩。演員和佈景，亦有相當藝術，不愧爲全部映片中精彩的一段。

夫妻之愛

第八部是醋海波瀾，有金先生者（顧也魯飾）乃時髦青年，

捨妻（顧蘭君飾）而愛上方小姐（童月娟飾）事爲妻所知，直搗香巢，發生糾紛。金先生難爲左右，他說要吞槍自殺，她和她說要跳樓或割喉，弄至無可收拾之時，鄰居有周醫學博士（嚴俊飾）出作魯仲連，排難解紛，并僞稱各人先食寧神之藥，始再談判，各如其言，食藥片一方。無何，因博士宣佈，該種藥實乃毒藥食後十分鐘，便中毒而死，你們大家都自殺，不如同死，得個痛快，說畢，即從暗門踱入別室，這時金等之人徬徨呼救，頻看時鐘，恐死期將臨。約數分鐘後，室門自開，各人奔入別室，那裏書桌上有一字條寫着：「請立遺囑」字樣，此時，各人更爲焦急，乃發出「人之將死其言也善」的本性，各自承過失，互相道歉，僅還有一秒鐘時間，周博士施施從外來，向眾人說：你們一切言語我已聽清楚，方才所食的藥片，并非毒藥，你們的事，就自動在最後發出天良而解決了。於是方小姐便自動放棄愛金先生的念頭，使他與她言歸於好。

這段演來，未免過於滑稽，周博士的診療所，竟有如機關式的房舍，有能自動開門等諸般設備，皆未免欠解，但其透寫社會人情，喚醒青年迷夢，自是一段益世之作。

最後第九部「朋友之愛」，第十部「團體之愛」，第十一部「天倫之愛」，都可算佳作，末了，全體參與該會的人高唱博愛之歌，歌詞是集片中每一部事實撰成，這片子，就在歌聲中閉幕了。

筆者以個人短淺的眼光，同情的研究，不敢說到劇評上的作用，是否有當，還請中聯暨諸先進指正。

《香港日報》，1943.05.22-23

怎樣「迎合」觀衆 / 老張

　　許多人知道電影是藝術，第八藝術或綜合藝術，文藝理論家們甚至將有聲電影稱爲第九藝術，但很少人眞正理解到電影是以大衆爲對象的社會的藝術，而其存立條件是大衆的欣賞。

　　在藝術的領域中，最需要欣賞者的莫過於電影。舉一個粗傻的例子，在戲劇，有所謂讀的劇本，而在電影，不但沒有這個例子，連這個概念也沒有。

　　影片孕育於攝影場、誕生於電影院。一部影片只有在發行（放映）的時候才具體地獲得了他的生命。換言之，沒有觀衆的影片，不能成爲影片。

　　法國的「前衞電影」便是一個好例子。前衞電影運動者們完全無視於電影的成立條件，企圖以「藝術」來將電影「從商業主義的毒手解放出來」。結果，前衞電影如曇花之一現，現在已成了一個歷史上的名詞了。

　　觀衆旣是電影最後的宣判者，則觀衆的欣賞水準影響到影片的內容與技術，是自然的事情，可是歷來批評家與製片家間的種種爭執，也植因于此。

　　批評家指摘製片家的功利主義，惡魔主義：毒害，麻醉這一類的字眼是批評家的文法。製片家則以票房價值當護身符，說觀衆喜歡那些片子，因爲那些片子可賣錢。

　　聯華，明星，天一這三大公司，只有天一得到了「善終」，其餘兩家都是夭折或暴卒。看看這三家的出品，再看看這三家的結果，製片家如不改行，便「只好」走天一的路了。

中國的製片家，天一的承繼者佔絕對多數，他們的出品在營業上往往是成功的，在內容上大開倒車，實際起着毒害與麻醉的作用，也是無可掩飾的事實。

那末，怎麼辦呢，唯一的辦法是再認識。批評家再認識影片的本質，她包含着一個觀眾的要素，製片家再認識票房價值，她不但見於色情與迷信的影片，也存在于非色情，不迷信的影片。一切影片都可以賣錢，秘訣不一定是浴盆，大腿，酥胸（我寫這兩個字都有點肉麻），神仙，鬼怪或「打出手」的場面，而是能否將一個平凡的故事講得不平凡而已。

我們的批評家應該有承認事實的勇敢；如果你到任何電影院去觀察一次觀眾對影片的反應，那就會覺察出電影觀眾的水準在一切藝術的欣賞者中稱最低下的。特別是我們的觀眾。中國電影觀眾所要求的是文明戲，不是電影。也因爲這個緣故，我們才有了喊「開麥拉」之後，出去吃一餛飩麵，然後再回來喊「卡脫」的可敬的導演。這個電影觀眾水準的特別低下的問題，牽連着教育普及問題。

但在觀眾未臻「理想」之前，我們也不必靜候教育的普及，因爲我們可以教育觀眾。當我們的農家女的主人公說。「你相當瞭解我」的時候，導演應該首先瞭解到這是未來中國的農家女，今日中國的農家女不說這樣「摩登」的話。但我們也不必使劇中人說「我老？嫩的地方你還不知道呢？」因爲無論如何，電影不是性史！

這就是說，我們應該而且必須迎合觀眾的趣味，但不必迎合毒素的低級趣味。爲了爭取電影的生命——觀眾，我們不可孤芳

自賞，必須降格以求。但如果我們降格以後，我們求不到觀衆，我們不可撤退到水準以下。正當的辦法是將觀衆拉上幾步，使他們適合我們的最低限度的水準。

這個辦法行得通麼？我們可以用香港的報紙副刊來做例子。你拿一份六年前的任何香港報紙副刊來和今日的任何香港報紙副刊比較，你將發現一個東西：進步。

《南華日報・南園》，1943.05.27

中聯巨片「萬世流芳」介紹 / 林擒

中聯成立以來，已一週年，所有出品，計至「人海慈航」爲止，已四十四部。這四十四部出品中，不乏佳作，無形中已提高了電影技術的水準，情形頗爲可喜。此外，我們所不能忽畧的一部新作，就是「萬世流芳」。這部戲在去年四月十二日中聯成立那天，開拍第一個鏡頭，到現在中聯成立一週年後，「萬世流芳」方才宣告完成，攝製期間足足一年，可知中聯當局對于這部影片的重視。至於資本多少，那只要以消耗中聯經常開支分別計算一下，這一年來的數字，已夠驚人的了！若廣告上有甚麼「三百萬金」字樣，實際上並非誇張。【如果沒有的話，更顯得不吹牛皮】

「萬世流芳」的導演共有五位，張善琨，卜萬蒼，朱石麟，馬徐維邦，楊小仲，都可說是幹才，「萬世流芳」技巧上的成功，那是可以寫包票的，主要演員有王引，李香蘭，袁美雲，陳雲裳，高占非五位，李香蘭是滿映紅星，特地從關外趕來，眞可以說是

「鄭重其事」，王引，陳雲裳，袁美雲，高占非是中聯的四大台柱，而且王引在「萬世流芳」以後，將結果他的演員生活，這是他當演員最後的一部戲；陳雲裳，袁美雲從來沒有在一部戲中同時演出（「博愛」分段主演，除外），這當然是新紀錄；再加上高占非，這種「CAST」實在太硬了——不用説，「萬世流芳」才眞是觀眾理想中的巨片。

「萬世流芳」的第一個鏡頭，開攝於去年八月二十一日下午四時，出場者爲李香蘭，王引，何創飛三人。從那天起，一直到最近，不知化了多少工作人員的腦汁和心力才告完成，這部中華中聯滿映合作的鉅片。當決定了攝製本片的時候，當局者爲隆重起見，特請幾位大導演破例合作，聯合起導演的工作，俾集諸家之長，成此劃時代的傑作；後來爲了他種原因，又有楊小仲加入。卜朱兩位曾因此片而積勞病倒過，足見工作的努力和緊張。至於演員，不但集合了中聯的巨星，更由滿州國請來了李香蘭，造成了空前絕後的堂堂陣容。期間因爲李香蘭基於要去日本拍戲，所以將她的戲提早趕拍，然後再續拍各人的戲。李的歌喉，想是盡人皆知的了，她在本片裏唱了「戒煙歌」和「賣糖歌」，當然是非常好聽的新曲。高占非，王引爲此片犧牲了兩頭烏黑的頭髮，當了幾個月的和尚，因此許多導演爲了「光頭」，不能派老高演其他的小生戲。王引此後將專心導演，不再演戲，也許他的頭將要光到老也説不定。

陳雲裳到滬第一砲，那是最不能令人忘掉的「木蘭從軍」。據説在本片中，爲了「巨頭」相碰，不得不小心從事，施出渾身解數，因此成績竟超出了「木蘭從軍」。

袁美雲呢，這位典型的古裝美人，她和陳雲裳同樣原因，所以在出演力，亦非「西施」所可同日而語了。

此外，尚有嚴俊，張帆，徐莘園，蒙納，洪警鈴，韓蘭根，姜明，譚光友，陳一棠參予合演。在齊心協力的工作下，各各施展了他們最好的演技。攝影是陳燕燕的外子黃紹芬和老近視眼余省三。所以說是珠聯璧合！

《香港日報‧綠洲》，1943.11.20

『萬世流芳』座談錄要

昨天晚上舉行「萬世流芳」座談會。參加者有村井，栗原，康大仁，梅山，荼薇，崆峒及影評家老張等，各人所提供的意見如下。

（村井）從前日本東寶公司有「鴉片戰爭」公映，現在中聯公司也來一部「萬世流芳」兩者的題材都是寫林則徐公的事蹟的，兩者比較，諸位以爲怎樣？

（崆峒）影片給予觀眾的認識，我覺得「鴉片戰爭」在畫面上之注重歷史表現，較重於「萬世流芳」，但後者在對白，怗致上之表現，有別闢途徑之處。

（荼薇）「萬世流芳」應不同於「鴉片戰爭」，「萬世流芳」是中國人製作的，以中國人拍製自己的歷史影片，在服裝，背景，攷據各方面，無論如何都比人家拍製的得到許多便利。可是在「萬世流芳」我們看不見十三行，更看不見廣州市當日近海的區域是

如何情景，當然更說不上督軍衙門和四牌樓了，三元里鄉眾力拒英兵這一幕，也來得太過突兀。

（崆峒）不過，廣州背景似乎暗晦一點，十三行是當時洋商叢集的，但片裏沒有介紹，雖然說百年陳跡，如今的十三行已面目全非，但在廣州之博物館中，（越秀山鎮海樓），我還依稀記得有當時十三行之描圖，中聯既不惜三百萬鉅金拍攝此片，似可按圖設計，則增添閱者對本片印象不淺。

（老張）技術的地說起來，這片也超越一般國片的水準。但我之看不到像「鴉片戰爭」那末有力的高潮，反之，我們却看見了同一的考證的瑕疵。李香蘭小姐向她的外祖父說王引是她的「朋友」，但青年以上的觀眾都知道在林則徐的時代，中國的女人是不許有「朋友」，特別是男朋友的。

（茶薇）編劇各中心似乎也輕重倒置，偏重於文忠的青年時代（其實文忠青年時代相信也並非如此），而忽略了他一生最重要的禁烟事蹟的叙述，這是令人最失望之處，本片可以說是文忠的戀愛史而不是他的禁烟史，然而可貴的是這「戀愛史」頗能反映出文忠公正直偉大的人格。

（崆峒）三元里平英團張靜嫻鼓動羣眾一幕，意義相當激昂，但佈景略爲簡陋，三元里的村落，祠廟牌樓，溪流草樹，尚有許多遺跡可尋，若多募臨時演員以飾鄉民，中雜以廣東語，發揮廣東精神，當益形偉大。

《華僑日報》，1943.11.21-22

「萬世流芳」觀後感 / 亦云

記得今年春間東寶的「鴉片戰爭」曾經以林公則徐的遺史哄動了百萬市民，那時候正是「萬世流芳」在上海趕拍的時候，僑胞們看完了東寶的「鴉片戰爭」後，在極度的感激情緒下期待着「萬世流芳」能早日來港，果然這宣傳已久的中華，中聯，滿映，三大公司聯合攝製的空前巨片，已經開始在本港明治劇場隆重獻映了。

「鴉片戰爭」是以側重於史實方面的題材來描寫該片，而「萬世流芳」却是偏重於林公則徐的私生活方面的經過的。看過「鴉片戰爭」再來看「萬世流芳」眞是再好沒有的事了。

編劇者開始以品學兼優的林則徐介紹於觀眾之前，再輕鬆地接入張靜嫻私心仰慕之處，情形確到好處，然後再把表兄吳景仁銜恨向巡撫張師誠誣告二人有私，而使到做父親的窮迫女兒深夜往扣林門一段，一方面是更加強調林之人格，同時使觀眾會反省到假如是今日的青年男女遇到這種事情時將如何處置呢？

林憤離張家，得陳師爺的介紹〔〕鄭大模虛充教席，於是巧遇了鄭女玉屏。這裏編劇者又聰明地把握住林則徐禁絕鴉片的志願，而把玉屏勸母戒煙作曲示意，林病臥床，娘姨奉玉屏命細意調理，最後由師爺撮合成親等都處理得十分自然。

以後林上京考試中舉便一帆風順了，畫面上映着林則徐上石階，官銜跟着一張一張通過，這種手法又簡潔，又切合所謂步步高陞的意思，眞是另成一格，中國導演從未嘗試過的呢？

劇情到這裏正所謂已到「戲肉」飾鳳姑的李香蘭出現，一貫地以她那「金嗓子」使觀衆精神爲之一快，那支「賣糖歌」曲，詞，唱均好，顯然地蘭姐的歌喉比唱「支那之歌」時有了很大的進步，而所担任的腳色亦較有了點意義。

林充任兩廣總督後，實行禁煙，英領使欲來疏通一節，林的決心以及應付的態度，都使觀衆看了大快特快。

同時陳雲裳，袁美雲和李香蘭的戲做到這裏，都有高潮的表演，尤其是關於那一個時代的女性的思想和性格的表露，最爲透切。三個女性都被描寫作痛恨鴉片的份子，而又各自站在本份上去協助肅清鴉片的工作。今日香港的只知飲茶，著奇裝異服，看跑馬和只配做男子玩物的新女性（？）不知看了有何感想？

全片共十四大本，導演，演員，攝影以及配音均可謂成功，尤其出色的是音樂的配置，例如王引和李香蘭打了外國人後到深山茅屋中，王引煙癮發作時，音樂的配置是以中國胡琴拉那支「賣糖歌」，別具風格，但情緒十分配合；又「和諧條約」文映出的時候的音樂，悲憤苦悶的情緒，充滿了畫面，很能把握住觀衆的反應，這是很值得贊賞的。

誠如老張説：「萬世流芳」是一部中國人不可不看的片子，尤其是香港人，這是一部寧可少跑一次馬，而必須「留信」兩丹去看的一張片子哪！

《香島日報・明朗》，1943.11.25

「萬世流芳」雜感
一篇借題發揮的影評 / 記者

千載一時的製片機會

　　不久以前，中國政府的禁烟公文，為了外交上的禮貌，為了顧忌觸犯英國，有些地方竟不得不含糊其詞，公然指責鴉片戰爭的罪惡更不必說了，可是這一切都給大東亞戰爭的砲聲所粉碎。今天，在香港，我們不僅可以盡情的宣揚英國用鴉片來毒害中國民眾的狠毒手段，而且可以用過去一百年的史實來證實鴉片戰爭正是中國被侵畧的開端。正為了這千載一時的機會，日本東寶用小國英雄的腳本攝製了「鴉片戰爭」，上海的中聯也動員了大批導演和演員聯合攝製了「萬世流芳」。

　　歷史的立脚點是這樣。第一，我先請觀眾乃至所謂影評人都反省一下，你們欣賞乃至推薦這影片的意欲的重心，是放在這歷史的意義如何被藝術的表現在銀幕上，還是放在陳雲裳的面部肌肉以及李香蘭的歌喉上？若是前者，我得感謝這時代的偉大。若是後者，我就不客氣的要請諸位反省。反省什麼呢？反省這樣：

　　「若是英國鴉片政策宣傳部也用全班人馬攝製一部勸人吸烟的影片，送一張贈券給你，再附一片塗了牛油的麵包，你也將以同樣的心情舐舐嘴巴去歡賞陳雲裳的面部肌肉以及李香蘭的歌喉嗎」？

　　讀聖賢書使人昏然欲睡，善讀書者每以輕鬆態度讀之。電影是糖衣藥片，我們必須先辨藥質後舐糖衣。

國產影片進步了

中國電影是『流氓事業』出身。既是流氓，當然也包括私運烟土在內。至於導演要過足了烟癮方有氣力叫『開末拉』，演員化好了裝還要再抽一口烟，更是不在話下。今天居然有攝製『萬世流芳』的覺悟，僅是這一點動機，我們已經可以高興的說：『國產影片進步了』。

一點不誇張的說，在國產電影事業初期，筆者確切的知道有一兩位導演甚至是不識字的（當然，像許多太太們一樣，雖然不識字，至少是識得「中發白」乃至撲克牌上的外國字的）。爲了攝製『萬世流芳』，我想誰都不得不翻一翻中國近百年史。僅是這一點，已經證明國產影片有了大大的進步，雖然五人組織的導演團，還忍不住要使陳雲裳的「陰魂」出現一次。（查一查導演表，我想，這責任怕是該由馬徐維邦負的？）

從影片本身上說。「萬世流芳」已經沒有以前國產片使人看了覺得有些地方「肉麻」或坐立不安之感，這可以說是本片的成功，也可以說是國產影片一般的進步。

我希望中國電影事業能進步得使中國資本家知道這是「生意經」，可以投資，使導演以至演員知道電影是「藝術」，第一要識字，第二要有藝術的修養，然後「華影城」就可以眞的打倒「荷里活」。

歷史必須尊重

『萬世流芳』同『阿片戰爭』一樣，都不曾標榜是嚴格的歷史片，所以除了主要的兩三個歷史人物以外，編劇者有穿插任何傳說故事乃至理想人物的自由，祇要不過於『離譜』就是。對於

這一些出入，如林則徐與張撫台父女的關係，張靜嫻是否實有其人之類，我們都可以不必過問。但有一點要注意，「運用歷史事件必須尊重其歷史性」。「萬世流芳」使相隔一年的林則徐撤職與三元里平英團混爲同時（林則徐撤職於道光二十年九月，平英團事件發生於二十一年四月），編劇與導演未始不知道這是錯誤，可是『管他媽的』，明知故犯，這便是不尊重歷史。若是知道電影是『藝術』，必須嚴肅，這錯誤便可避免。

陳雲裳與李香蘭

演得好的是高占非，王引，袁美雲，師爺，內侄，以及袁美雲的母親。開鴉片館的英國夫婦刻畫甚好，可惜女的化裝欠佳。陳雲裳表演過火，沒有「感情」。李香蘭歌喉用非其地（這是編劇與導演的責任，不是李香蘭的責任）。

有些「影評」說陳雲裳的表演最佳和適合個性，這是習慣性的「信口開河」。你叫陳雲裳去表演女明星遭人遺棄，或是妻子發現丈夫討了小老婆的「憤恨」，她一定與在「萬世流芳」中所表演的一樣。這是陳雲裳的頭腦無法理解通過張靜嫻這脚色所應表現的中國舊時代女子的貞操觀念以及聯帶的對於鴉片憎恨的這微妙的混合感情的原故。所以她訴說鴉片的禍害一如訴說小老婆的禍害。捧住父親的靈牌表演得恰如「寡婦守節」。

李香蘭歌喉相當好。『支那之月』也唱得不錯，可是『萬世流芳』裏唱的幾支歌，『洋氣』十足，與吞雲吐霧的鴉片情調完全不合，作爲一個賣糖女郎而出現在道光二十年左右的中國鴉片烟館裏，一切（包括唱歌和動作）都不合情理。

這是導演有意要穿插李香蘭唱幾支歌的幼稚的技術處理的結果。難怪有些「影評」也將李香蘭唱歌與整個影片切開而說「唱得非常好聽了」。

日前本片在明治劇院開映時，禮聘俄國小姐唱歌，我不知道這佈置是出於誰方的主意，這同樣的破壞了「萬世流芳」所傳達的「攘夷」情調。

中日比較觀

『鴉片戰爭』的編劇取材遠勝過『萬世流芳』。化裝則中片好過日片，尤其是吸鴉片者及其雰圍氣的處理。我不知這是我們應該驕傲還是應該慚愧之處。至於演員，則日本片的表演機會多，中國片則對白乃至獨白的機會多。所以後者的編劇不如前者。

日本片結尾極好，戰爭塲面的剪裁得乾淨有條理。中國片則近結尾處手忙腳亂，有不知如何處理之感。

值得推薦的幾句話

映畫配給社所招待的『萬世流芳』座談會紀錄，洋洋數千言。我覺得荼薇君所說的「本片可以說是林文忠公的戀愛史而不是他的禁烟史」，一針見血，最中肯。

桂味君在本月二十一日香港日報的『每日閒話』中所說的「萬世流芳昨天起隆重獻映，領有「通帳」的人們，不妨送他一張免費券」，我覺得這是『萬世流芳』在本港開映以來最幽默的輿論，頗不負本片在本港開映一場。

《大眾周報》2 卷 9 號 35 期，1943.11.27

中國電影之出路 / 李志文

如果承認電影之製作是一種藝術之創作的話，則現在我們不能不要從新去估價現有中國電影之存在的價值。

不必以批評者的眼光，只是以一個普通觀衆之「好奇心理」來欣賞我們的電影罷！去看「珠聯璧合」，「萬紫千紅」，或是「難兄難弟」之類的片子罷！我們所得到的，不只是失望，而且是傷感，對中國電影前途之悲觀。

爲什麼在電影製作上有意的與戰爭現實脫節？爲什麼有意的拚命降低其藝術水準，我們究竟立心要使電影之作用，應該對觀衆發生怎樣的效果？這都是百思不得其解的問題。

我想，現在該是我們從新覺悟的時候了。我們要澈底擺脫中國電影「五四時期」的，「戀愛問題解答」，作風之尾巴。我們要廣泛展開「現實主義」之利用。中國電影之出路，只有和日本電影一樣，朝向戰爭，鼓舞戰爭！

《南華日報・副刊》，1944.02.18

今後之電影 / 卜萬蒼

以前我祇做了一個攝影師，在導演的支配和限制之下，幹着被動的工作，並不感到多大的興趣。因此，在距今十六年前，我冒險地嘗試了導演工作，那時祇要拏到了劇本，便不加選擇的導演起來，祇要所導演的與劇本相同，或者甚至於差不多就行了。

但是在實驗中得到了教訓，這是不够的。雖然在電影本身的技巧是加強了，但是疏忽了中心意識，一張優良的電影，應該是明確地把握住，正確地把握住正確的中心意識。這個時期眞爲我做導演的第一個階段。

在第二個階段的時候，因爲由於實踐的教訓，便注意到強調意識這一點去，那時的電影，可能是偏重思想鬥爭的，然而它却疏忽了技巧，光論技巧而沒有正確的主題，固然不成其爲藝術，但表現方法的拙劣，顯然又是藝術的死敵。後來經無數次的試驗才得到經驗。這經驗就是：「技巧和意識是分不開的」。

一張優秀的影片，它應該是富有輕快的調子，運用純熟的技巧，在不沉悶的空氣下，灌輸正確和嚴肅的意識，務使觀衆愉快的接受下來。

一個眞正的好導演，他所導演的影片裏的中心意識，不但是應當配合着時代，而且更要越過時代，站在時代的尖端，來領導時代的。

導演的工作是綜合的工作，無論在支配演員，燈光，分幕，剪接等各方面，都是於整個影片有直接影响和關係的。

「貂嬋」以後，古裝歷史片盛行起來了。我在拍攝「貂嬋」以前曾同田漢先生談過，他非常贊成拍攝歷史影片的動機，祇要用現代的眼光去分析，去把握正確的意識，歷史影片是有它的輝煌的前途的。田漢先生的話，我認爲很對。而且實事上，歷史片中在服裝和道具上，都是非常美麗的。

「木蘭從軍」就是根據了這一點而攝製的。但是因爲在攝製的地域和經濟的限制下，不能做得更充分更美滿，其實，中國電

影向來都是在小資本下完成的。外國影片裏的一場小佈景，在我們中國，就可以拍成一張影片。

但是，資本短小並不能阻止中國電影事業的進展，相反地，我們應當儘力的努力，在小資本下創造我們自己的電影。這就是說：我們要創造一種「中國型」的電影，在目前為止，中國的電影，還沒有創出一種「型」來。我們不能一味學人家，而且學人家的電影，在中國是沒有前途的。「中國型」的電影，在「木蘭從軍」裏，差不多有了百分之二十的初步成就。

在目前，沒有主題的電影，當然是不需要，但沒有正確的主題的電影，也同樣的不需要。今後的電影，應該配合了客觀的形勢和時代的的需要。這應當在觀眾的立場來決定。而我們電影界同人，更應儘量的做到這一點！

《香港日報‧劇藝》，1944.03.11

電影院滄桑錄 / 清流

當吾人坐在設置最佳，視綫無阻，管理有序而建築宏敞之港九頭等影戲院如本港之「娛樂」，「明治」，對海之「平安」時，有許多人會記不起二三十年前，本港映戲院，當時狀態。若果是戰前從中國內地避難至港者，更加一無所知，以為二三十年前，「明治」僅是「皇后戲院」之後身，「娛樂」便是娛樂，而對海之「平安」亦是「平安」，便絕大之錯誤。

香港在最近之二三十年間，埠上之各種建築，曾有相當之改

革，適應時代需求之影戲院，自然亦跟着有相當之變遷。「明治」當時之地址，並非是戲院，而僅是一商肆，為業古董顧繡商業者，後為經理西洋畫片商所動議，得當時某大紳之鼎力，始夷為平地，建為皇后戲院，投資數十萬，使有現代劇場之佈置，故落成後堂皇華麗，為全港冠，放映者全屬西片，不映中片，蓋當時中片成績幼稚，未足一觀。抑以該院顧客，六成為西洋人，而主持該院之當事人，亦為西洋人故也。繼「皇后」而蹶起者，為「娛樂」。「娛樂」之舊地為四間大灰色之建築物，純英國式建築，在下邊營業者，有烏利文鐘錶行，義生發洋服及用品店，而有名之威士文餐館（即今富士餐室地址，舊稱地底餐室之前身，亦曾一度遷至雪廠街），即開設於是，其餘一間，為猶太商行。此英國式之古舊建築物改建為娛樂行之動機，當然係業主鑑於該樓宇地處繁衝而不適應新時代之需要，同時亦有人以「皇后」營業相當可觀，若再在該地建新劇場，仍可招徠，況「皇后」塲地為長方形，未符現代劇場之條件，該地方形而且廣濶，若建成新劇塲，當較「皇后」為更勝也。故娛樂在此雙重動機之下，便爾完成，同時科學建設之進步，「娛樂」在設置上，亦有較勝「皇后」之地方。

「皇后」，「娛樂」對峙之後，本港電影院，已奠立現代劇塲之規模。繼而，隨着潮流，增設有聲機，對海「平安」亦於「娛樂」落成後，為該院之有關人士計議興築者，原地為曠地，為當時彌敦道更向西展築起端之一山坡地也。因其地四周無阻，亦無建築物，儘堪建築師隨意規劃，故該院座位之佳，全院無一不良視綫之座位，實為「明治」「娛樂」所不及者，而設置之完美，此又因時代之進步，而使之然也。

顧上所述，乃港九電影戲院由初盛而至全盛時期之素描，至於本港初有電影戲院之時代，實爲香港話舊之重要題材也。按在四十年前，本港尚無一具有規模之電影戲院，卽美製之影畫片，亦惡劣不堪，電影戲之予吾華人以認識者，僅在街頭一角之臨時電影院裡，所謂街頭之臨時電影戲院，爲一種臨時以鐵架木板與帆布帳搭成之者。由一二洋人，倩中國小僮爲之服務，每至一繁盛街頭，卽將之架搭起來，懸丁方四尺之白布在內，叠二黑皮箱對之，此二黑皮箱，一爲裝置放映機者，一爲放置畫片者，布置之後，則使小僮搖鈴于帳外，以招引顧客，每各一套，收賣當時之港仙一枚，當時，港人雖覺洋鬼子之踢臂玩「士的」之舉動爲鄙陋不足觀，然因其能幢幢蠕動于帳幔之上，未嘗不爲奇觀也。

《大衆周報》3 卷 18 號 70 期，1944.07.29

（九）
廣播

詩歌姊妹花 / 亞文

時代曲歌唱家羅鳳筠小姐有長姐，名鳳芸，工詩詞，鳳筠所唱歐西名歌，多經彼姊翻譯，而此姊妹形影不離，早則同出，晚則同歸，無論練習歌曲或正式播音，二鳳必相依相隨，故有：「詩歌姊妹花」之稱，蓋係姊詩妹歌之來由也。

《大眾周報》2 卷 7 號 33 期，1943.11.13

與米絕緣 / 亞文

兒童故事演講者曹禺，并非「雷雨」劇作者，不過同姓名而已，最近曹公力行節衣縮食，一個月前，與其愛妻實驗「不米」運動，所謂：「不米」，就是不吃米；據曹公云，經此實驗，大有成果，現在彼夫婦二人，一日數餐，除荳菜之外，別無其他食物，但也不覺味苦，反較米飯清爽，而精神體力，未見稍損。

有見其面呈菜色而動問：彼答并非吃菜而呈菜色，實在另有其他毛病，此病與飲食無關，如此說來，曹公將與米絕緣矣。

《大眾周報》2 卷 7 號 33 期，1943.11.13

擁抱 / 亞文

「恩怨緣」是日本文學家飯田潔先生改編的，在香港日報的副刊連續發表，我見到菊地與梅蘭二人互相擁抱的一段，的確很够味兒，但是播音的時候看不見，只聽見了些聲音，這聲音是鄭孟霞和鄺山笑表演的，相信他倆并未擁抱，如果真的擁抱，無線電的聲音效果，必會更加長久，原因熱情湧起，必然是欲罷不能，現在只是在難為情三個字裏生出來的擁抱，當然隨時可罷，但是絕不能隨時可欲，原因：鄺和鄭都有各人的真配偶，戲是假的，豈能真做。

《大衆周報》2 卷 7 號 33 期，1943.11.13

廣播劇在香港的一年間 / 鋒芒

新生香港應當有新生的藝術，新生的藝術應該是民衆所樂於接受的東西，那麼這新生的香港無綫電廣播劇便在去年紀念總督部成立一週年的佳日，由于香港藝人的合作而誕生。

考中國廣播劇之發源，那是始創于民國廿七年的上海，由戲劇家陳大悲顧文宗兩氏所經營。其社名為：「觀音劇社」。意即聽其音而能觀其形，故為觀音。

在香港，戰前雖有英語的廣播劇，可是並非「中國貨」，所以香港的中國廣播劇，當以去年顧文宗氏演出者為嚆矢。

可是今日的廣播劇，已經不是初生的「嬰孩」，而是引導吾人走上思想正確之途的思想戰士了。

自從去年廿日第一齣廣播劇「新生」問世以後，在香港藝術史上發現了一頁新的記載，香港人對于廣播劇的興趣，大概初期是覺得新奇有趣，現在覺得它是生活外章含有豐富底教育與娛樂合成而又是不可缺少的精神上底良友。

原因：廣播劇俱有受香港人歡迎的四種力量。

廣播劇誕生後，在欣賞藝術和尋求娛樂的辨味中已有新的刺戟和感覺，廣播劇的配音效果，在設備完善的錄音室中支配之下，有舞台劇不能做到的妙處。

在目前沉寂的話劇運動時期，沒有戲看，聽戲更好。

在戰時節約運動的今天，花錢買票看戲，實在太不經濟，所以在工餘課暇，開了收音機，若是沒有的呢？就跑到街頭公共收音機旁，聽聽廣播，旣有益又經濟，而且同樣得到了看戲一樣的滿足。

香港的廣播劇所播的脚本，並非過去陳舊的失時間無價值的劇本，其所播演的，每部都由戲劇文藝人來執筆，所以戲劇的題材，都隨時代趨向為轉移，講到演員，多半是有名的電影明星，話劇巨子與業餘的戲劇愛好者。

所以，每齣廣播劇的上演，都很轟動，這種成效，不能不使我們感到始創人顧文宗氏的努力。

回顧一年來和社會人仕見面的廣播劇（劃分成人劇和兒童劇兩種）共計有：

一 成人廣播劇：——

昭和大年	二月廿日	新生（上）	顧文宗編
同上	二月廿一日	新生（中）	同
同上	二月廿二日	新生（下）	同
同上	三月二十日	林則徐	同
同上	四月十九日	更生的家庭	陳蒙和 林蘇合編
同上	五月廿五日	尋芳	李雲飛編
同上	五月廿七日	海國英烈傳（上）	顧文宗編
同上	五月廿八日	同上（下）	顧文宗編
同上	六月十四日	人類公敵	陳傑編
同上	七月廿九日	反正	魏聲鳴編
同上	八月卅一日	國魂	同上
同上	九月廿八日	大哉孔子	陳傑編
同上	十月九日	中國進行曲（上）	同上
同上	十月十日	中國進行曲（下）	同上
同上	十月十五日	菲島獨立	同上

（以上爲時勢廣播劇）

同上	十月廿五日	德里進軍	（時）魏聲鳴編
同上	十一月六日	恩怨緣	飯田濛編 蒙龍譯
同上	十一月十五日	道義精神	孤歌編
同上	十一月廿五日	第四線戰士	魏聲鳴編
同上	十二月八日	聖戰進行曲（上）	（時）飯田濛編
同上	十二月九日	同上（下）	洪澤譯

同上	十二月十五日	美艦隊送葬曲	（時）趙山編
同上	十二月廿五日	黎明	（徵求入選佳作）文石編
昭和十九年	一月五日	萬象更新	（時）陳鳳編
同上	一月九日	同氣連枝	（徵求入選佳作）陳鳳編
同上	一月十五日	決戰勝利	（時）李萍編
同上	一月廿七日	新年（喜劇）	孤歌編
昭和十九年	二月五日	和平救國	（時）霓翰編

廣播劇一年來的劇本計有二十三部。播演二十八次，都由顧文宗先生親自導演。

廣播劇一年間的大事，大概分兩個轉變時期：

從「新生」到「中國進行曲」，是第一個時期，每月經常上演一齣。

「菲島獨立」以後，方有「時勢廣播劇」的誕生，自此以後，每月有二三次時勢廣播劇和一次特別廣播劇。

「黎明」與「同氣連枝」是放送局紀念更生香港大東亞聖戰二周年及國府參戰公開徵求的入選佳作。這是廣播劇長成史上的一件特別紀事。

從二十三本劇本中，根據署名計有七位劇作者。（雖然七位中有些是化名，但我們是根據署名而定）日本文藝作家飯田濛先生的作品有兩本，顧文宗先生有三部，魏聲鳴先生有四部，陳傑先生有四部，孤歌有兩部，陳鳳先生有兩部作品，趙山先生一部，陳蒙林蘇先生合一部，李雲飛先生一部，文石先生一部，李萍先生一部，翰霓女士一部。

他們的心血，將會在香港廣播劇小史上的第一年間，永垂不朽。

二　兒童廣播劇：——

昭和大年	二月廿八日	老實的兒童	梁〔語〕之編
同上	四月四日	大風	顧文宗編
同上	四月廿日	孔子與項橐	梅凌霄編
同上	五月十二日	千金之子	顧文宗編

兒童廣播劇從去年三月二十八日到現在已播演的有不少部，作者共有很多位。

「新生代」和「團結一致」是放送局徵求兒童劇本的入選佳作。

兒童廣播劇的長成史也劃分兩個時間。

從大風到千金之子是初期，由顧文宗先生導演處理，以後是各校教師自理，另由王德先生導演。

我們今天紀念廣播劇誕生的一週年，回顧過去，瞻望前途，更當努力將來的發展！

《香港日報‧綠洲》，1944.02.22

（十）
戲曲

時代新歌

香港放送局錄取之「大東亞民族團結進行曲」，上月廿五日曾公開播放，頗得各界贊賞，近該局爲使一般民衆易於學習起見，由該局馮美利女士負責指導，於每星期一、三、五下午六時四十五分至七時放送。下爲該曲曲譜。

〔本書編按：原刊另有日文對照。〕

大東亞民族團結進行曲（一）

〔本書編按：原刊配有五線譜及簡譜。〕

劉家驥詞　黃河亭譜

崑崙與富士，象徵我民族的力量，
青天與旭日，展示我團結的光芒，
向前進，莫彷徨
意志堅定兮，甘苦同嘗，保障東亞兮，解放南洋，
新秩序完成兮，世界重光，前途燦爛兮，幸福無疆。

大東亞民族團結進行曲（二）

〔本書編按：原刊配有五線譜及簡譜。〕

徐嘯岩詞　陳歌辛譜

東亞男兒，東亞男兒，一夫振臂萬夫雄；

巍巍富士，峨峨華嵩，同洲同文復同種。

民族團結，苦共甘同，解除桎梏，建設亞東，

羣策羣力兮，共存共榮，勿怠勿驕兮，善始善終；

前途光明兮，氣象蓬勃；攜手邁進兮，竟事業之全功。

大東亞民族團結進行曲序言

「歐美人是全世界民族的中樞根幹，其他的異民族是他的枝葉，」這就是聖經上的意思，英美人對我們東亞民族發生侮蔑感，奴隸感的根源；也就是過去英美侵略我們的本心。

可是看到友邦日軍，自從大東亞戰爭以來，節節勝利，是能表示大東亞民族的卓越性與優秀性，現在，英美處處慘敗，過去數百年侵略東亞的魔手，行將根絕。

大東亞民族復興的機會已來臨了，起來吧：東亞民族！我等一致團結，排除依存英美的思想，驅逐英美的殘存勢力，覺醒吧：中國同胞！與友邦建設新中國，向著我們大東亞民族團結，創造新東亞的大道上邁進。

東亞是東亞人的東亞。

〔本書編按：原刊另有日文對照。〕

《大同畫報》1 卷 5 期，1942.12

新粵劇是什麼東西 / 娜馬

中國人最聰明，對於「中學為體西學為用」的妙法運用得十

分巧妙，航海用的羅盤一運到中國，就有人用來「看風水」，木炭畫傳入了中國後，廣州的大新街便平添了不少「炭相專家」，所以有人說中國人善於守舊，我却說中國人善於更新。

新粵劇是什麼東西，在我沒有到廣州以前是有點茫然的，不過我相信，中國人畢竟是聰明的，外人用羅盤來航海，太守舊了，於是把它更新起來，以供「看風水」之用，何況粵劇是自己的國粹，拿來更新一下當然較爲輕便了！

是四個月前的一天，我在惠愛路偶然碰到了一個從事於新粵劇工作的朋友，他對我說：「我們今晚公演一套新粵劇，地址在文明路省黨部，晚上有空請去指教吧！」當時我想：「指教」是沒有這麼的斗胆，隨喜去觀光一下倒是不錯的。

這天吃完了晚餐，就和朱伽一同到省黨部去，因爲那裏的熟人很多，不用門券就溜入了場，而且還被招待到最前列的「長官席」去，暫叨鄰座之餘光，充一下子二等紅員。

我們到場時，戲已開場了，那晚公演的劇名好像是「覺登彼岸」，（因事隔太久，記得不甚清楚了，如有錯誤，還望指正。）我一直看下，覺得舞臺上仍然是大鑼大鼓，一樣的個紅個綠；老例的中板，二簧，依然的搖棒作船，操鞭當馬。大花面還是滿臉一團糟，夫艷旦的還是一樣作羊叫……新在那裏？我却有點茫然。

一直看到最後，我才明白了，原來這所謂新，又是「舊瓶新酒」的那一套，那是我看完了全劇的故事之後才猛然醒悟。

那故事的經過是：一個小武誤被一個飾共匪的丑生引誘了入山去當共匪，之後又囘家去騙了一個女人上山去獻給共匪的「大王」（不知是不是朱毛，他是頭戴金冠，并插雉尾，身穿甲胄的

大花面）作「押寨夫人」，這女子是「三貞九烈」的，因爲不願意作「押寨夫人」，被關在一個「機關」裏。

共匪大王的妹妹是一個手持雙刀的文武旦是覺悟的人，而且看中了這個新入山的小武，遂勸他改邪歸正，并許以終身，當下兩人便在後花園裏，當天立誓，咬臂盟心，最後這小武便下山去會同了一個方天畫戟的武生上山去，剿滅了山上的共匪大王并全部小嘍囉殺掉了。那小武和那文武旦便告有情人終成眷屬。

我看完了這套新粵劇之後，旁邊一個小孩子説：「我看見清鄉的照片，那些共匪似乎并沒有着胄甲的，而且臉也沒有畫花！」

於是旁邊又一個青年答道：這胄甲和雉尾是黨部宣傳團送給他們的禮物啊！

《南華日報·南園》，1943.05.03

戲劇運動在廣東 / 娜馬

廣東本來是沒有自己的戲劇的，目前流行的「粵劇」，不過是由京劇蛻變而來的。話劇之在廣東，則其產生的年月更晚，大概自民國以後，廣東卽流行着一種名爲「白話劇」的「文明戲」，直至後來歐陽予倩輩到廣州創辦戲劇研究之後，眞正的話劇才開始在廣州露面；但出於廣東文化水準一向的比外省（江浙等地）較爲落後之故，戲劇運動之在廣東，始終不見有什麼成就，不久便連戲劇研究所也告關門了，歐陽予倩等亦心灰意冷地離開了廣東，那時候繼廣東戲劇研究所之後而苟延戲劇運動之一脈的，

就只剩了羅海砂領導的前鋒劇社，那時候在廣東從事於戲劇運動的努力份子，有趙如琳、鍾啟南、王凝霖、雷惠明、柳金園、區愛……一班人，他們的成績很不錯，曾經上演而且算得成功的劇有：油漆未乾，杜斯加等名劇，雖然當時廣東的劇運還很寂寞，幾乎可以說是只有這一枝孤軍在奮戰，一直到事變前的一兩年間，廣東的戲劇運動才蓬勃起來，那時候，曾在廣州一地，大大小小的劇團差不多有幾十個，上演過的劇本有幾百齣，不過當時的劇團，都是因陋就簡或略具雛型的居多，有些是文明戲變相的，有些是只能演出獨幕劇的，稍為像樣的劇團，除了前鋒之外，只有藍白和鋒社兩個劇團而已。

事變以後，廣州的戲劇運動，曾經有過一個時期是聲沉影寂的，直至省府成立之後，香港時代劇團的一部分工作人員，囘到廣州去重新組織時代劇團之後，廣東的戲劇運動，才告死灰復燃，時代劇團最後也因為經濟力量的不能支持而告解體，劇員多數加入了二十師政訓處，那時候，省宣傳處也成立了一個劇團，不過，那劇團實在沒有什麼人材，設備也更談不到，（連一套布幕也沒有）所以只能演出一些街頭劇而已。此外廣州還有一個興亞劇團是隸屬於共榮會之下的，其始是一個純粹的話劇團體，中間又一度改演文明戲，最後又再改演話劇，這劇團的設備最不能説得上怎樣的好，但廣州裏，比較地説起也不算壞了，不過人材却十分缺乏，最近演出的戲，都是半話劇半文明戲的脚本居多。三十師的新軍人劇團在設備和人材方面都是比較優異的，曾演出過罪犯，欽差大臣，日出，雷雨……等大場的戲，成績也算差強人意，可惜最近好像是解體了。

省黨部的宣傳團，從前是拿手演出「新粵劇」的，自從去年改組以後，新加入了一班話劇的工作人員，最近也常常有話劇的上演了。

業餘劇團，在事變後的廣州，幾乎可以説是沒有的；在去年的夏天，曾經有人組織一個原野劇團，這劇團是打算作職業演出的；因爲我從前曾經從事過一些戲劇工作，所以也被他們請去幫了一點忙。當時的團址是在漢民北路的一幢舊式的房子內，已決定了排演曹禺的原野和戈果里的欽差大臣。演出的地點已經決定了在海珠戲院，劇本是經排過幾次了，公演的日期也決定了；最後因爲經濟力的不能繼續，卒於在演出前之幾天就宣告流產，以後便再沒有什麼職業劇團在廣州出現了。

一般地説來，戲劇運動在廣州，當然不能够算是成功的，其原因最主要的地方，就是物資條件的缺乏，一般的機關團體，雖然也有偶然附設個把劇團的，但都不過視爲一種多餘的點綴品而不予重視，因此便不肯拿出較大的經費來經營。如果説到業餘劇團更不成説話，因爲這廣州裏，肯拿本錢出來投機囤積的人總在不少數，但肯拿錢出來經營一個話劇團體的人是連半個也沒有的。基上原因，我們在廣州所看到的話劇團體，它們的物資條件都是十分貧乏的，演出時舞臺裝置的簡陋隨便，燈光，道具的馬虎〔潦〕草不完不備，幾乎是每一個戲劇團體共有的通病。然而這並不是廣州的戲劇工作者的罪過，而是大人先生們的寧願花三五七千買一幅古畫，而不願意向戲劇運動投資二三千元的原故所做成的。

《南華日報‧南園》，1943.05.17、20

記四海春 / 阿寶

三個月之前，塘西娛樂區有一間聲勢浩大的娛樂塲揭幕，這就是山道萬國酒家改造的「四海春」。說到萬國，凡「老香港」都會知道這一塊紙醉金迷的銷金窩，現在既然說是有巨商多人，集合偌大資本將那裏改建爲遊樂塲，內裏更包括有旅舍，食堂，酒吧，溜冰塲，音樂廳，沐浴池……等，自受各方人士的注目，尤其是一般關於「征西」的朋友們。

四海春遊樂塲終於在上兩個月的某一天開幕了，主持剪彩禮的是舞台上以靚吃香的紅伶區倩明小姐，請伶主持揭幕剪彩的玩意，在上海是司空見慣的一回事，但在香港，還屬少見，所以這天的塘西相當哄動一時。

然而「四海春」開幕的那日，却和他預早聲明的理想不大相同，那天開幕的僅是音樂茶廳和花壇，浴室，四五階的旅舍，依然是一片瓦礫，地階的食堂雖有檯椅，却未有爐灶，二階的溜冰塲和擦鞋座，則係分租性質，與「四海春」沒有關係。據他們的主事人說，因爲趕着時間開幕，所以先行開放幾部門，其他則在加緊籌備興建中云云。

時間一天一天的過去，四海春的食堂和旅舍雖然日日在說是籌備中，但到現在爲止，都沒法開張，而且三階的花壇和浴室已在上月停止了營業，目前這一個聲勢浩大的娛樂塲，就祇有音樂茶廳，每晚仍有管絃歌聲點綴其間而已。

起先四海春遊樂塲，的確曾有幾位巨商中意，而想投一筆巨欵下去幹幹的，但後來那幾位巨商打過算盤轉了主意，認爲那裏

無可發展，不肯投資，遂改由其他幾個幹部人員自己招股幹下去，當然啦，這一來資本定然不及原來雄厚，局部開放原因即在於此，而局部開放，還是分租式的，與四海春總公司沒有什麼認真密切的關係。

可算是直屬的花壇，第一二天生意本不壞，然而後來來逛的客人雖多，可是肯花錢買笑的濶少卻很少，而且據內行人說，那裡不甚「聚腳」，所以開了十多天，便告中止，又因為那裡的姑娘不是長期僱用，而是短期分份制度的，所以很容易聚合，也很容易分散，主持那裡的花壇權威人物「四姑」，亦唯有自嘆一聲「晦氣」。

至於二階的桃山溜冰場，因為場子略小，而且大世界開張了，人數也分散了許多，亦已呈不景氣狀態。三階的音樂茶座，各音樂家尚屬「頂瓜瓜」的人物的，所以開幕以來，賣座至今不衰，據他們的主人說，假如四海春的花壇是真的不再重張旗鼓的話，他們會將音樂茶座擴張，而事實上，四海春音樂茶座目前只能容百餘人，未免太少一點了吧。

香港的娛樂事業，我以為是不愁沒有大發展的，只要看看你的手法如何罷了。

《大衆周報》1 卷 12 期，1943.06.19

香港之「歌」/ 書呆子

娛樂事業在香港，其繁榮程度，可以稱為得天獨厚，戰前固

所不論，因在英人統治時代，其一貫政策唯在愚民，故提倡之惟恐不暇，絕無限制可言。故香港更新伊始，首卽制裁雜賭，次復取締舞塲與流娼，此三者之取締，匪特整肅市容，抑亦導民於正，善莫如之。

然而，在百萬市民中，於工餘之暇，不能不有娛樂以調劑其生活者，而當局亦有鑑於始，提倡體育，指定娛樂區，允許歌壇之開設，配備大批之影片等，謂爲不完善，不可得也。

而在各種正當娛樂中，以歌壇爲最蓬勃，開設者如雨後春筍，歌姬亦輩出，惟可惜者，音樂家人才較爲零落耳。

在歌姬輩中，現可分作三種，一種爲在戰前已獲有盛譽者，此輩當然爲前輩，一種爲戰後始見重於周郎，而戰前列在二三流者，此輩屬於中乘，一種爲戰後而始踏上歌壇露聲色者，此輩屬後起。

前輩歌姬中，月兒，柳仙，小燕飛，蕙芳，小明星輩，其歌技之工，已屬識者共賞。惜人事紛紜，戰後在港以歌樂人者，柳仙及月兒後，已不多得，蓋小燕飛已落班賣戲，蕙芳退隱閨中，小明星物故，故在港之前輩歌伶，以現在而言，幾不可得。

中乘者現亦不多，常見於當今之歌壇者現僅有少英，碧雲，影荷，飛霞數人而已，若郭湘文，小桃，確曾曇花一現，然今已聲鬖無聞，李少芳亦然，梁无色後去省落班，故中乘人才，至今亦屬零落。

至於後起者最多，張碧玲，冼劍勵，呂綺雲，劉倩蘭，李淑霞，林燕薇，燕屏，小湘雲，辛賜卿等，彼輩在戰前多屬播音界，香港更新後始踏上歌壇者，就中以呂綺雲爲最佳，但彼爲蓬萊閣

茶廳之老闆娘，等閒不輕易得聆其聲謦，至於張碧玲，冼劍勵二者，前俱為播音女郎，現始改進歌壇者。

在芸芸女伶中，尚不足有以饜一般周郎之慾，而男歌者復以新姿態而踏上歌壇，或則與女伶對答，或則自彈自唱，蓋彼輩男歌者，不獨為播音明星，有許多且為一般女伶之師，聲望有素者，故其之為聽家歡迎，不殊於女歌姬者，職緣此故。此輩男歌者中，以劉希文，陳伯璜，李錦昌，冼幹持，麥慶申數人為最著，其他亦有不少臨場客串者。

論歌姬之佳者，前輩之月兒柳仙，藝工均有獨到處，似無可置喙地方，至於中乘者，則以少英為最佳，彼不特藝工，而清歌一曲，委實動人，不愧為當今唯一之女歌者，若碧雲，則為一善於製造笑料之女歌姬，其所採曲本，多為周郎之興奮劑，至言藝術，則屬普通之才耳，飛霞，影荷，僅屬知音者所許。

後起歌姬中，碧玲堪為箇中翹楚，彼不特聲綫清响，且復肯下研究功夫，故其技之日進，殊非倖致，而呂綺雲以閨秀資格出而客串，一串珠喉，頗得人讚，惜其不常出歌，若李淑霞與劉倩蘭，聲綫甚佳，惟未工也，尚須下研究功夫，始能有濟，他勿論矣。

各個男性歌者中，劉希文以電影明星資格而臨場，聲架自至不同，而李錦昌以馬腔，陳伯璜以薛腔，麥慶申以子喉，各樹一幟，而冼幹持之平喉，沉抑豪放，堪稱為箇中巨擘，不殊於白駒榮也。

歌者中之發達狀況如斯，而歌壇之設者何如，當為一般人所欲知。

歌壇中，亦有分甲乙丙三等，甲等屬茶廳，彼等除座位舒適以外，所選者多爲一等男女歌伶，間或邀請戲班中之名角出而客串，惟收費自比乙丙者爲昂。

乙等歌壇與丙等者無大差別，不過，乙等歌壇中，時有特別秩序演出，而丙者則只聘二三歌姬，爲一般平民娛樂耳。

甲等歌壇中，創設地多爲大酒家，過去已設者爲新紀元茶廳，惜壽命不永，且佈置平平，故不旋踵而閉業，繼之而興者爲蓬萊閣，此爲香港標準之中西音樂茶廳，地方旣舒適，佈置復堂皇，雖不及廣州大東亞茶廳之佳，亦足媲美於愛羣，無如知音者鮮，逾月而結束，至爲可惜。

現崛起稱雄之茶廳，則爲「三龍」，蓋其地點旣適中，當事人復能不惜工本，以求其進化，且時有新秩序之排演，足堪與廣州之各大茶廳共美，但願好自爲之。

乙等歌壇之首者，當推華人，蓋彼在劉希文經營時，已有根底，今擴而張之以號召一切，其地方及佈置，雖不足以列甲等，而人數之多，則全港無出其右，每夕到塲顧曲者，平均有三百五十人之數，故華人足稱「歌霸」。

而銀龍，添男，蓮香，大觀四者，各有其顧客，環境自是不同，若新亞，冠海及其他，則屬丙等，平平無奇。

據個中人消息，現在獲利之歌壇，殊不多觀，蓋收費旣不能過高，而水電各費則屬無限制消耗，故彼長此消，生利甚難，歌壇之時起時輟者，類多因此云。

《大衆周報》1 卷 19 期，1943.08.07

秦小梨小紀 / 舊侶

士別三日，刮目相看，關於年輕旦角秦小梨的評述，那兒我得引用「非復吳下阿蒙」那一句古典成調來作判語，相信閱者們讀過本文之後，也認為確切不移吧！事實上，秦小梨是粵班最近發掘的女旦角人材，恰當女旦角正鬧着極度材荒聲中，這不能不說是梨園圈內可貴的發現呢！

誠然的，大凡某一類東西的發掘，必要像鋤啊；鍪啊等等工具，那末什麼發掘秦小梨的鋤〔鍪〕工具呢？我得對你說知，這是一部新編稗史劇本，劇名「肉陣葬龍泪」。依據劇情編配場口，給予秦小梨特殊演唱而有賣弄材技專長的機會，這卽是抓取觀眾的有力貢獻，憑這貢獻，她同時認識那是本身躍進前途的良機而牢牢緊握着，就此，她便大步踏上起來而過的躥級地位，逐漸抬頭起來了。

在戰前，她還不過是一羣少女歌舞團中基本團員之一人，雖然論到她的歌舞藝能，因為出過國門，在金門萬國展覽塲所舉辦的遊藝項目中，參加過局部秩序的演出，歷鍊過偉大塲面，眼界見識體驗上，都比較同團任何其他團員為優，不愧稱為最優秀一份子，可是歌舞劇團的組織性質，壓根兒與鑼鼓劇的粵班是風馬牛兩不相及，這些時，秦小梨在粵班裏不特毫無地位，就膚淺關係的接近機緣也未曾發生過粵劇圈內的基本愛好觀眾，對她更沒有印象可言，印象的深淺問題更談不及了。迨戰後社會秩序囘復未久，有所謂郭珍奇歌舞劇團出現，她被聘為女角台柱，仍不外以歌舞技能演出，其後，珍奇歌舞劇團解組，她覺得

像朝合夕散的歌舞班這一類組織，暫時混混則可，長期謀生是靠不住的，才決意別找出路，轉向粵班謀發展，儘憑她綺年玉貌的健美青春，已具備着叫座力量的基本條件，但因爲新進關係，她的地位不過閒角，她的日值不過數圓，但她決不灰心，正按氣，忍耐，期待着她自信所有的基本材藝實力給社會發現的時機來臨。

　　直至三月前新中華劇團組織，主事者對她有特殊認識，擢她做幫二旦角，引用她的專長特爲她新編切合身份的「肉陣葬龍沮」這一部脚本，於是秦小梨所期待的時機，果然期待着了。按肉陣葬龍沮一劇中，她担任最重要塲面的演出，論收入成績，固然超過本班所點演任何劇的紀錄，一夕賣座動輒過一千元，卽比較當時同業新時代劇團的賣座情況，平均計算也可扳到八成以上，可是新時代劇團每天經費開銷，箱底却重過新中華恰好一半，從生意打响算盤來説，新中華成立兩月有多，統計有盈無虧，而秦小梨以女主角地位所負擔的生意盈虧力量，却值得她説得口响的。復按，新中華劇團主事者眼見肉陣葬龍沮一劇賣座有此優異成績，跟着續編下卷應市，賣座一樣跟上卷不相伯仲，因此連台陸續翻演，計兩月班身期內，此劇點演共十五次，臨散班前夕臨別秋波，在高陞演出收入也突破九百元，而已算成績最弱的一次，由此現實所見，謂秦小梨因此劇成名，而穩定她的地位蟬聯，原不是過論啊！

《大衆周報》2 卷 1 號 27 期，1943.10.02

余麗珍與蝴蝶女 / 筱韞

　　光華劇團的正副花旦，余麗珍與蝴蝶女，在目下全港旦角人材中，無疑是數一數二的人物，無論在資望或經歷上，確實是無出其右，因為余麗珍與蝴蝶女，都具有眞實的粵劇根底，並不是僅靠一時的幸運和機會。

　　聖戰以前，余麗珍與蝴蝶女這兩個名字，在香港是毫無地位，但她倆在美國的金山等地，却是無人不知的粵劇女藝人，尤其是蝴蝶女，旅美多年，聲譽相當隆重，後來靚次伯渡美，蝴蝶女又師禮次伯，再求深造，不久又由師徒而進為夫婦，在聖戰前，靚次伯與蝴蝶女由美返港，次伯曾在「興中華」等劇團出演，那時蝴蝶女已暫離粉墨生涯，在家做一個賢妻良母。自香港新生以後，蝴蝶女感到環境的需要，方始重理歌衫，她的聲色藝三者皆臻上乘，尤其擅長冶艷的表情，聲線高爽，但微嫌不夠婉轉，希望今後對於唱工再下一點功夫，不難成為一個更優越的人材，蝴蝶女恰巧亦姓余，與余麗珍同姓不同宗，自一同參加光華劇團出演後，在舞台上正是一對相得益彰的好搭檔。

　　余麗珍過去的歷史，也正和蝴蝶女一般不為香港人所熟悉，但她在海外也是久負盛譽，而且已是羅敷有夫，現在丈夫遠在金山，余麗珍自在香港登台後，因為藝術優秀，不久就博得好評，而有着崇高的地位，由平安劇團而新香港，到現在的光華劇團，一直都執掌正印。麗珍是擅長幽嫻貞靜的閨閣派，表情細膩，唱腔清婉，可惜衷氣不夠充足，但却能運用得宜，有新上海妹之譽，但我覺得余麗珍有時飾演嬌憨天眞的小兒女，却是上海妹所不能

及的，與蝴蝶女同一劇本中，時常以一正一反的角色出現，因爲蝴蝶女是擅長反派角色，一個端莊，一個艷麗，正是春蘭秋菊，各有芳秀，環視港中粵劇旦角人材，是誰也不能望其項背的，所以光華劇團能夠時常旺台，也是女角人選應用得當的原因了。

《大衆周報》2 卷 3 號 29 期，1943.10.06

李少芳重披歌衫 / 燕

李少芳女士，最近復出了。本月十日晚，她在東區作首次復唱，門券最高竟收至五元一位，誠爲本港歌壇收費的空前紀錄，然而蒞臨的聽衆，依然紛至沓來，大有「座無虛設」之槪。根據正確的統計，該歌壇當晚的收入，達一千六百餘元。

誠然，在粵東界人材零落的現在，少芳復出，受到「周郎」的熱烈歡迎，那是意中的事。目前各區的歌壇，雖然都擁有大量的聽衆，然而大部分歌者藝術，仍未能使聽衆獲得滿足。因此，比較歌藝在水準以上的，自然獲得大多數的擁護。

用不着我來介紹，假如你是喜聽粵曲的，你對她有相當認識了罷？

她那嘹亮的歌喉，圓滑的腔調，在目下的歌者群中，委實不易找到。論資格，更不是任何一個在港的職業歌者所能望其肩背。八年前，當她才十七歲的時候，早已在廣州的歌壇活動，而且已獲得一般人的歡迎了。

在戰前，她和已故的粵曲歌者小明星女士最爲投契，常常互

相切磋研究，那時候，她的聲架僅次於那三個第一流的歌姬。戰後，由于小明星病逝，柳仙離港，和蕙芳隱退，她早已成爲本港第一流的歌伶，雄踞歌后的寶座。雖然，也許她有若干不能抹殺的缺點，但那些還是留給「專家」們去批評吧。

前幾天，有機會見到少芳女士，和他作了若干時間的閑談，她告訴我，現在身體大致還好，但精神有點萎靡，同時喉部稍有毛病，因此，目前她的薪金收入雖然相當好，但她爲着健康設想，每月只能出唱若干次。總之，她依然盡可能範圍，在本港各歌壇出唱。

同時，她對社會人士的關懷，表示無限的感謝。

《大衆周報》2 卷 8 號 34 期，1943.11.20

香港的影・話・歌 / 江離

影劇

在香港的劇壇上，影劇駸駸乎有取「粵劇」而代之勢，已是一種極爲明顯的事實。

戰前，九龍城曾變成一個小「荷李活」，一切粵語影片都從這裏製作出來。然而，水準太低，是粵語影片一個致命的打擊，至少是一個失敗的原因，在戰火將起之際，她只能在「五仙起碼」之流的戲院，作「雙料娛樂」——或連映兩套，或加插女伶歌唱——的貢獻給觀衆而已！

戰火起後，粵語影片新作絕迹，國語影片由「中聯」一手製

作，外國語的，以日語影片爲中心，有時也有一兩本德語影片出現。大概來說，到現在爲止，影劇也夠供應觀衆暫時的需要了。

話劇

「話劇」是有點「文藝性」的叫法，香港人叫「白話戲」，起源於革命志士的宣傳。比方當日由李紀堂資助的「采南歌」劇社以改良粵劇，宣傳革命而辦得有了成績就產生「優天影」，又產生「琳琅幻境」等等，於是「琳琅幻境白話劇社」就爲香港人所週知的名字，而這劇社一直到辛亥革命以後還在香港保存過相當年月。

「白話戲」的好處是在逼眞，除了佈景限於空間不能像影劇一樣布置一樣選擇之外，其餘演出，比之影劇都差不多；其缺點就是「不够熱鬧」，敵不過「粵劇」而引不起觀衆的注意。

其後「新文化」從國內流到香港，那具有文藝性的劇就搬到劇塲上演。青年學生對於這種藝術頗爲愛好，尤其在國語運動推行到香港以後，中國旅行劇團，中華藝術劇團以及旅港影人劇團……上演過幾齣「名劇」以後，「話劇」之在香港，才有了一個地位。然而，觀衆還限於青年界以及由北移南的外江佬，其餘還是影戲和大戲的老主顧。

歌劇

歌劇比話劇熱鬧，似乎勢力會比話劇大，然而不然，像黎錦暉所編的「可憐的秋香」，「葡萄仙子」，「三蝴蝶」……等等歌劇原是相當優美的歌劇，也曾有過歌劇團在香港上演過。但，

歌劇側重於歌舞，香港人對於這種藝術，似乎還沒有欣賞的習慣
與愛好的，每次演出，總難「收旺台之效」。歌舞團的老闆只能
够從什麼「草裙舞」，「探戈舞」……上面着想，以「玉腿如林」
爲其號召。

　　大概歌舞團的表演，只能够負担游藝會上一兩個節目，若果
全部時間給她佔有，觀衆就會感到單調。

　　歌劇之在香港，無地立足，不是「偶然」的了吧。

《大衆周報》2 卷 10 號 36 期，1943.12.04

粵劇編劇談
貢獻給李少芸先生 / 筱輯

　　看了光華劇團李少芸君編劇的「冤枉檀郎」後，覺得這劇本
是最近出演的劇本中，比較成功的一部，雖然下卷不及上卷緊張，
但還不致使人感到乏味，可惜結果太過悽慘，但演員的支配却十
分得宜，這就是編劇者成功的地方，正如電影導演一般，要能够
應用各演員的特長，來發揮劇情，本來光華劇團人材均稱，羅品
超不愧小武全材，飾演主角「冤枉檀郎」，演來十分努力，但我
覺得他不大適宜演苦情戲，有些地方覺得不大自然。他是擅演風
流威武的作風，假使給他飾演呂布周瑜這一流人物，一定更見生
動。這劇本裡最成功的該是余麗珍，她是專長哀怨愁苦的表情，
扮演一個慘受壓迫的可憐婢女，悽楚動人，靚次伯飾老旦有時還
比老生做得更好。「冤枉檀郎」上卷裡，飾演惡毒家姑，刻畫入

微，李海泉的乞丐戲演得太多，亦使人不感興趣，在這劇中飾演一個忠厚痴呆的少爺，却有更好的成就，還有蝴蝶女與崔子超，亦均能恰合身份，所以「冤枉檀郎」可以說是一個成功的劇本了。

本來粵劇的編劇工作，是有許多可以改進的地方，有時過塲不快，交待不够明白，或者流於粗俗，一味迎合低級趣味，很少有一個眞正完善的劇本，因爲一個良好的劇本，是使人看了以後留下一個深刻的影像，可以百觀不厭，所以一個劇本裏，無論唱做念打各方面必需要愼重處理，精萃薈集，像平劇「四郎探母」「武家坡」等劇，雖然演過數十百次，依舊可以賣座，梅蘭芳博士享譽數十年，也是一直靠「太眞外傳」「洛神」「廉錦楓」等幾本名劇號召不衰，還有薛覺先的「胡不歸」等劇本，上演何止數十次，亦一般可以旺台。所以一個好的劇本，是有永久性的，並不需要每晚新戲，而且分上下卷或三四卷，一則分散觀眾興趣，而且在時間和經濟上，有太過浪費的感覺，不若一部好戲，一晚演全，祇要使看過後的人贊美，以後再續上演幾十次，一樣可以得到觀眾擁護，所以希望今後的粵劇編製上，能够去蕪存菁，無論是歷史也好，新劇也好，都能够產生成功的作品，尤其是歷史或傳奇等故事說部來改編一下，更能够引人入勝，祇要參考幾部崑曲劇集，裏面盡有很好的題材，可以應用。關係香艷的有「牡丹亭」「玉簪記」「玉搔頭」等，倫理的有「雙官誥」「白兔記」等，警世的有「明末遺恨」「漁家樂」等，滑稽的有「呆中福」「獅吼記」等，不知李先生以爲如何？

《大眾周報》2 卷 12 號 38 期，1943.12.18

與白駒榮談粵劇 / 寶兒

在新香港的粵劇界裏，現在站在前輩首席的伶工，相信除了「小生王」白駒榮外，再沒有那一個會比他資格更老和技術更優的。

的確，聽過白駒榮唱戲的人，沒有一個不贊美他那串歌喉，這許是他得天獨厚的緣故罷。

他今年已經是五十二歲了，然而，他現在還能夠保持他那「小生王」的寶座，在粵劇裏面，着實是異數的一個。

也許有人會懷疑到他因年齡過高和雙目欠明關係，做工和歌喉會比前退步，然而，看他最近的演出，可見他還能夠保持以前的水準，同時，他現在還能夠反串着做一個丑角，這或許會有人不相信，不過，信不信由你，戲班裏現在已承認他除了「小生王」的寶座外，又加上半個丑生的資格了。

一個五十二歲的老伶工，究竟他已吃了多少年的「擘口」飯了呢，也許會有人想知道。

據他自己說，除學技的一年時間外，正式吃這口飯的時間是中華民國光復的一年，計算一下，今年剛好是三十三。

在未下海時，他曾拜過一個不大出名的伶工吳友山做師，可是後來，他便青出於藍，一進「國豐年班」，便嶄然露頭角，改組「人壽年班」時，他的地位已經紅到發紫，一直紅到現在，保持了三十年的地位，這雖追不上「中國伶王」梅蘭芳，但在廣東班裏面卻再找不出第二個。他引為最豪氣的地方，就是掌「人壽年」小生正印時，四年前名馳百粵的馬師曾和薛覺先，都出於「人

壽年」門下，由此足知他在粵劇界的地位。

怎樣能够長時間的保持歌喉和技術呢？據他說：做伶工的要點，第一在「養氣」，即古所謂「學在養氣」。他在學技之初，受教的第一課也是養氣，假如一個伶工不做養氣工夫，任他的歌喉怎樣好，技術怎樣佳，這只能够維持一個短少的時期，絕對不能保持相當時間的。在他的做伶經驗中，已有了這上面的一段「戲學」。

他實行的養氣工夫是每日做完了他的「塲口」以外，例定的去睡息一囘，三十年如一日，所以他的聲技能够歷久保持。

說到伶工成名的最要條件，他肯定是「貌」和「聲」，假如你那副尊容不堪承教，那末，你雖有金玉般的歌喉，却只好躲在收音室裏去「灌碟」——留聲機碟，反之，你有貌無聲，也是一樣不行。

如果聲貌俱備的伶工，假若缺少臨機應變的智慧，也一樣不受人歡迎，他引證馬師曾之所以獲得多數觀衆歡迎的原因，就是在于善能揣摩一般觀衆心理予以隨機應變的工夫，但此種隨機應變工夫，並不是有章法的，正如行軍一樣，這在當局者之有沒有這種本能。

做現在廣東戲的伶工，不比做「京劇」那麼認真，只消你具備了上面那三個簡單條件，便很快的跑到成功之路。

但是，話又翻囘頭，這種成功的方式，是專指現在而言的，若果在二十年前，就沒有這樣容易，無論你是文生也好，武生，旦角也好，你一定要受過相當的「踹槓架」，「打跶蹻」，「叫雞」，「打武」的工夫才行，他本人在「學師」時也做過這些工夫。

他承認粵劇界最紅的時期，算是民國十五年至二十年間，這時間，人才輩出，不似如今那末零落。

　　至於粵劇卒告中落，他坦白地確認那就爲了當時的伶工缺少道德修養的緣故，直到現在，一般人對伶人印象還有不大良好的。

　　廣東戲確比前改良了，然而他承認還僅是一小部份，因爲粵劇積習繁複，非得有多數的專家澈底地改良，不容易達到理想的成功之路。在一點，他願望着戲劇學校的恢復。

　　與談過去的私生活，他不禁慨然繫之，有半生色相，所得不過如此之慨！據我所知，則爲他所經營的物業，在粵蒙着重大損失的所致。

　　他已經是三個女兒兩個孩子的父親了，然而，他在這樣年齡還要度着粉墨生涯，豈眞是這口飯好吃嗎？

《大衆周報》2 卷 20 號 46 期，1944.02.12

女明星話劇熱
白燕・張雪英活躍 / 少之

　　說到廣州的話劇，那是叫人不會相信它沉寂到這樣可憐的。爲什麼呢？最大的原因，却是從未有人敢向它投資，來辦這椿事業，同時，又沒有魄力的話劇同志去發動組織，向這荒蕪的話劇園地去從事拓荒工作；所以廣州的話劇老是在睡眠狀態下，沉寂到人不會相信。

　　根據去年來說，這革命策源地的廣州，祇上演過「油漆未乾」

「黃花崗」這幾個戲，而上演的團體，一是廣東大學校學生組織的，一是卅師部組織的，就因爲這兩個團體不是職業劇團的關係，並不能經常地在廣州，與及靠近廣州的地方去上演。而且每當一個團體正式上演的時候，廣州的老百姓很難找着參觀的機會。因爲參觀上演的觀衆，大都是被邀請的，憑請柬入座的，所以廣州過去所上演的話劇，幾成爲特殊人物所佔有的「專利品」。

就因爲話劇不能經常在廣州上演的關係，話劇與它的觀衆自然是疏遠了。他們便被人目爲低級觀衆，從未認識話劇，不知什麼是話劇。他們也只知落伍的粵劇就是他們的精神食糧而不知這落伍的東西是要不得的，由於這，話劇簡直與這群人遠離了，這是不容否認的事實。

到了今年，這里好像有人要組織話劇了，最先傳下來的是，由張熾蓀領導組織一個話劇團，但到了現在，這個傳說還是傳說，不曾見有什麼新的動態接近事實。最近，又有人傳白燕，小燕飛，張雪英，華彩鳳，胡蝶麗這羣有地位的電影演員，要組織一個健全的話劇團。

關於她們的劇團組織，聽說大致上已決定下來，擬定上演的劇本，一是根據著名電影改編的「蝴蝶夫人」，二是曹禺著作的「雷雨」，三是曹禺的「日出」，四是毛理哀改編的「慳吝人」。演員方面，除了她們這群女演員以外，並搜羅留市的話劇同志共同協力，擬在沉寂的廣州話劇界裏，確立復興的碑石。

上面這兩個消息，不論在何時實現，那總教人聽了是興奮的。那末今後的廣州話劇，就有了無限的希望了。

張雪英在廣州已成爲紅透的人物，自四美劇團上演以後，張

雪英所予廣州戲迷與顧曲周郎的印象，更為深刻，故形成她的地位。足與張月兒，小燕飛並駕齊驅成為紅透的人物了。

在最近的三個月內，她每次在廣州與其他的地方登台，都極得各界人士歡迎，尤其與張月兒搭檔，更為各界人士讚許，為的是她底歌唱造詣，比前進步，而與月兒聯合演唱，實互得益彰，收穫亦甚佳。

現她除了登台演唱是她的既定工作課題以外，又與白燕，小燕飛，華彩鳳，胡蝶麗等籌組一話劇團。因為，她對演劇生活，已憧憬了許久，很想獻身話劇舞台，作為一個演戲者，但為了沒有適當的機會，致未遂如願。這次與白燕等從事致力劇運，最大的目的，卻只希望沉寂的廣州話劇壇，經過她們這番努力的影响，感召留市的話劇同志，共同向那荒蕪的園地拓展，而完成話劇對時代的使命。

《大眾周報》2 卷 21 號 47 期，1944.02.19

鄺山笑與舞台電影化 / 阿同

由於「雷雨」「羅宮春色」之出現於粵劇舞台，「舞台電影化」已成為觀眾最注目之一事。當此兩戲出演於高陞時，其中重要場口，全場觀眾為之全神貫注，鴉雀無聲，在普慶亦然。又大中國在農曆歲首開班，新戲祇此兩部，而能繼續點演，賣座不衰，不可謂非特殊之成就也。故鄺山笑是次組成天上劇團，其選用劇本，如「環遊地獄」「俠盜羅賓漢」等，亦趨重此點，其佈景之宏麗，

服裝之華麗，令人有目炫五色之慨，電影有聲而無色，視此又有
不如也。

《大衆周報》3 卷 6 號 58 期，1944.05.06

漫談超華劇團 / 君中

　　「超華劇團」在羅品超領導下，賣座成績並不稍遜於「光華」
時代，近日更獻演薛氏舊作，「姑緣嫂劫」，「梅知府」等名
劇，深得觀衆擁護，蝴蝶女與崔子超，亦見努力。新人羅艷卿，
演藝日進，以她的美麗聰慧，將來不難達到更成功的地位，本
來一個藝人的成敗，全靠機會與自己努力，羅艷卿在三個月前
的「光華劇團」時，僅任四幫花旦，後來給「大中國」的主持
人所重視，用以替代秦小梨的位置，居然一鳴驚人，在李顧合
組「興中華」時，竟能坐掌正印，這雖然是羅艷卿的意外幸遇，
但她的色藝自有可取，而且能夠努力上進，她的成就是值得嘉
許的。正像羅品超一般，在聖戰後的新香港，異軍突起，雄居
粵劇生角首席，他的地位與聲譽，也是從努力奮鬥中得來的，
同時羅品超的舞台藝術，確實有着深厚的根底，在「平安劇團」
時期，一直到現在，觀衆們早已承認他是繼薛氏後的全材生角。
講到羅品超的劇藝，唱做夠稱穩健，台風武技，更是優秀，而
且表演認眞，對於自己的技能從來不自滿足，私生活方面，亦
能誠樸自守，不好無謂交遊，不用機謀對人，無論班中同事或
友人，對於羅品超的人格信譽，都是一致稱揚。他與崔子超攜

手合作，已有多年的歷史，兩人的友愛情形，真是十分難得。羅品超與黃寶瓊女士結婚後，更得到一個精明能幹的賢內助，現在協力主持「超華劇團」，能夠有這樣美滿的成績，他倆的私心喜慰可知了。羅氏對於「光華劇團」的解散，也認為十分可惜的事，原因各台柱意見不一，貌合神離，羅氏獨力難支，遂不得不自謀出路。總之，羅品超忠於藝術，努力進取，這精神是值得稱許和勉勵的。

《大眾周報》3 卷 9 號 61 期，1944.05.27

超華劇團近訊 / 筱轀

羅品超領導之「超華劇團」，因內部發生裂痕，結果崔子超羅艷卿雙雙退出。加入馮少俠袁準，陣容較前更盛。馮少俠為小武後起之秀，今羅品超得之為輔，有如猛虎添翼，將無往不利矣。袁準為後起丑生之最傑出人材，「大中國劇團」時，演「雷雨」一劇，演技之精彩，足以雄視儕輩，今任「超華」正印丑生，今後當有更佳妙之貢獻。現「超華劇團」不僅人材整齊，且有名編劇家唐滌生君處理劇務，羅品超夫人黃寶瓊女士親任經理之職，幹練多才，不辭艱辛，今後之「超華劇團」，在各人努力合作下，當有更優美之貢獻也。

《大眾周報》4 卷 7 號 85 期，1944.11.18

從粵劇界變化談到中央劇團 / 啤

最近本港粵劇界發生了很大的變化；初時是祇有超華和光榮兩劇團對峙，超華劇團由羅品超一柱擎天，和人材鼎盛的光榮劇團分庭抗禮。而劇院方面也形成兩大壁壘，因中央戲院復業後改演粵劇，為了地點接近關係，便與高陞處於敵對地位。同時對海普慶院主戴氏因事與酈山笑發生些少意見，從省方聘來的錦添花和原日光榮變相的大榮華劇團卽指定祇在高陞及東樂兩院輪流公演。上旬錦添花的蚨蝶女因喉疾退出，在一種誠意的聯繫下，卽與退出超華的馮少俠一同投入新近組織的中央劇團裏。超華向來是獨立的，但因為少去馮少俠，營業相當受到影響，便又加入錦添花與大榮華的同一陣營裏，由酈老三支配。這時候恰值經營普慶的辦事人變更，於是一向與中央同一陣線的普慶也變了宗旨。中央變成孤立，而中央劇團便應運而生。

馮少俠與蚨蝶女曾在蚨蝶劇團合作過，在唱做方面，銖錙悉稱。馮演技近來大有進步，確可獨當一面。論唱工他的聲線雖然不十分高，但運腔相當可以，倘能少唱一點「女伶腔」，前途無限。蚨蝶女亦以唱工好著稱，一串帶有多少鼻音的珠喉，唱來甚為悅耳。總之中央劇團在一輩充滿朝氣的藝人努力支撐下，未嘗不能與其他劇團爭衡也。

《大眾周報》4 卷 13 號 91 期，1944.12.30

香港粵劇最近的變遷 / 筱輯

近年來，香港的居民一切都能够從節約方面着想，在這戰時的艱辛環境裏，能够欣賞藝術的有閒階級，自然是極少數，所以香港近來粵劇營業的狀況，由盛而衰，最近更是每况愈下，大有不能支持之勢。現在留港粵劇界唯一擎天柱石羅品超，亦已經申請渡航，不久要上省獻藝了。今後本港劇壇，將更見沉寂。回憶香港戰事初了後的粵劇團蓬勃狀態，眞使人有不堪回首之感。

戰前，香港原有的粵劇團中，最得觀眾擁護的，該是薛覺先上海妹領導的「覺先聲劇團」。戰後，「覺先聲」亦以新的姿態，在娛樂戲院登台上演，那時上海妹已經脫離，但其他演員依舊能够保持舊時的精華。同時還有其他新興的「共榮」，「鳳凰」，「大江山」，「平安」等劇團出現，人材方面有譚蘭卿，唐雪卿，衞少芳，新馬師曾，陳錦棠，李海泉等著名藝員，後起新人材中，亦發現不少優秀藝人，像剛從海外載譽歸來的羅品超，余麗珍，蝴蝶女等，當時也都能够吸引不少觀眾，這是新香港粵劇的黃金時代。後來薛覺先，譚蘭卿，新馬師曾等相繼離港，劇團多數解散，祇有平安劇團依然實力雄厚，主要演員有李海泉，羅品超，余麗珍，區倩明等，爲適應環境需要，從新調整改組，成立了兩支新的生力軍：「大東亞」與「新香港」兩大劇團。「大東亞」有羅品超，靚次伯，衞少芳，蝴蝶女，王中王，崔子超等，「新香港」有李海泉，余麗珍，陸飛鴻，區倩明，張活游，白駒榮等兩班人材勢均力敵，演出落力，輪流在港九各戲院上演，盛況歷久不衰。尤其是大東亞劇團，編演羅品超成名傑作「羅成寫書」，

接連五集，賣座成績更打破紀錄。半年後，兩班內部發生意見，終於解體。不久，又產生了新香港最理想的新劇團「光華」，聯合了羅品超，李海泉，余麗珍，靓次伯，蝴蝶女，崔子超，六大台柱。演技各有千秋，羅余合作更見成功。同時新起粵劇編劇家李少芸，亦貢獻了不少有力劇本，更奠定了「光華劇團」的聲譽。這時其他「大時代」，「新中國」等劇團爲應對「光華劇團」的優勢，合併爲「大中國劇團」，以電影紅星鄭孟霞，鄺山笑主演，唐滌生編選的電影化新型舞台劇，一時亦有相當號召力，這是香港粵劇團第二個穩定時期。經過了這一個過程後，粵劇班次，已走上了衰落之路，「光華」，「大中國」兩大劇團，終於又告解散，港中藝人又不少離港他去。羅品超自組超華劇團，與鄭孟霞唐滌生夫婦合作，全班人材，除了二三主角外，其他配角演技不够水準，以致演出缺少精彩，雖然努力支持，經過了九個月的長期新紀錄，終因營業上的失敗而停頓。在這時期內，鄺山笑曾向廣州方面聘請藝員來港，集中人材，組織一大公司，以陳錦棠，冲天鳳，李海泉，余麗珍等分配成「錦添花」，「大榮華」兩班，結果營業上又告失敗。後來鄺山笑再主持組成「百福劇團」，羅品超余麗珍再度合作，雖然博得好評，但亦不能挽救將近垂危的粵劇命運，同時余麗珍又因生理關係，須作短期休養，羅品超感覺合作無人，已在計劃去省另謀新發展，一切條件已經斟酌成熟，不久就可實行了。另一班李海泉等所主持的大富貴劇團，亦因不能維持而停止，現在香港粵劇界，可說已入沉寂狀態，未來再有如何變化及新發展，須待事實來證明了。

《香島月報》1 期，1945.07.05

（十一）
梅蘭芳

報導部長多田招待港九文化界巨子
梅蘭芳胡蝶等均與會情形異常熱鬧

　　昨（廿一）日　報導部長多田，假座九龍半島酒店，招待港九文化界。到會者有梅蘭芳、胡蝶等濟濟一堂，極爲鬧熱，席中由多田部長致辭，畧謂「此次事件」應屬破壞戰爭，但同時亦爲建設文化戰爭，而此次日軍進駐香港，對東亞文化建設，實下不少努力，此次席中皆文化界之表表者，得望各位對文化工作，協力幫助，仗本港文化，得臻光榮之境云」，辭畢，繼由梅蘭芳、胡蝶等，先後致辭，略謂「此次得蒙友軍之助，得脫去英國主義之縛束，回復我人之自由，于深感友軍之餘，更應體諒日軍之誠意，向藝術之途中，努力邁進」云，至三時畢會，各人盡歡而散。

《華僑日報》，1942.01.22

梅畹華畫佛寄鐵禪 / 〔　〕〔　〕

　　前月，旅港文化界戲劇界一行十餘人，由西川報道部長領導晉省，參加省府成立兩周年紀念慶祝大會，梅畹華博士，雖久病新痊，亦不辭風浪，翻然加入，在赴省數日中，梅博士日日作集體行動之應酬，祇屬例行故事，初不感覺興趣，獨是於參觀大佛寺嶺南畫展之日，梅博士徘徊各處，流連不忍遽去，以視同行諸俳優之走馬看花，大異其趣，旅港文化界到省之第三日，廣東佛

教總協會長六榕寺僧鐵禪上人，在居士林治素筵欸讌，梅博士抵達六榕寺，鐵禪上人欵之入靜室，四壁滿懸時人字畫，梅博士觀賞久之，鐵禪上人知梅博士邇日專心學畫，遂曰，聞君近治丹青甚精，亦能以佳作惠贈否，梅博士謙撝不逾，臨出靜室赴居士林齋筵時，始謂鐵禪上人曰，如承大法師不棄雕蟲小技，俟回港之後，當以習作呈教也，比聞梅博士近繪就隻履西遷圖一幅，裱爲中堂，託由友邦長官寄贈鐵禪上人，梅博士年來畫佛，惟以意筆出之，雖着墨無多，亦能表現莊嚴法相，至今次繪贈鐵禪上人之隻履西遷圖，惜未獲先覩，莫由爲之揄揚也。

《香港日報‧娛樂版》，1942.07.04

李麗拜師記 / 魯夫

北平李麗二次歐遊歸來後，她對藝術的觀念，也恰像感到西方的「此路不通」又囘到東方來。所以她居港數載，很少見她再跳那獨擅絕技的腳尖舞，也很少聽到她在鋼琴邊哼哼西洋調兒。但相反的她對本國的京戲却感到了極濃厚的興趣。拿了全副精神苦心孤詣的研究，偶爾走過她的門前，常是聽到悠揚的胡琴和着清脆的旦腔。不錯京劇是一種極重繩尺的藝術，短時間內是不容易學好的，可是以李麗那聰慧艷絕的藝術天才，便幾乎使她在藝術界裡造成了一個奇蹟。香港復興後，首次在娛樂粉墨登場，就博得一般的好評，省府慶祝二週年紀念，她又被聘到廣州出演五天，除了在香港演過的罵殿，探母，王寶川而外，又添了玉堂春

和十三妹兩齣，成績之佳，更是出人意外。這固然是靠自己的天才，但她居常也幸虧了梅蘭芳博士親自指點，所以念白咬字行調使腔，均能出人頭地。她自己也常說是得力於此。今番梅博士離港歸滬的前一日，李麗已正式向他磕頭拜了老師。

這是本月六號的正午的事，地點是在大東酒家四樓的南昌廳，介紹人是銀行界聞人倪士欽許敬甫諸先生。照梨園規矩，「師」是一個極隆重的典禮，所以也設了「翼宿星君」——祖師——的牌位和香案臘台。香烟繚繞，燭光輝煌，儼然就是一個做佛事的道場，在肅穆莊嚴的空氣中，李麗先向祖師行禮後，又向梅博士跪拜，梅博士雖一再客氣要改爲鞠躬禮，但李麗認爲拜師不可草率，終於是恭恭敬敬的磕了三個頭。當她起立的一瞬間，我幾乎疑爲她在過排玉堂春。梅博士也照例以謙撝的言詞向這新弟子鼓勵了一番，之後李麗又向介紹人鞠了三躬才算大禮告成。

那天還有名票友趙仲安先生，他也是私淑梅博士的一位，當他在平漢路保定車站當站長時，早已馳譽票界，近年來造詣尤深，他在滬漢電台廣播京劇時，都疑爲他是梅博士，梅博士對他的藝術也屢屢讚不去口，亦由許敬甫先生介紹同時拜了梅博士的老師。

他們師生和介紹人攝影以後，便設筵款待來賓席間〔邵〕幼偉先生，講了很多關于藝術界的幽默故事，惹起男女來賓笑不可遏。直至二時餘才盡歡而散。李麗拜師記，至此便宣告閉幕。

訪問北平李麗 / 吾道

李麗女士前爲義助旅港蘇浙僑胞，曾在上海假座更新舞台義演「四郎探母」，記者爲此特作訪問。

記者：「近來小姐顏容清減了不少！」

李麗：「因爲病的緣故！」

記者：「這樣就更『漂亮』了！」（『漂亮』指內在的，非容顏的。）

李麗：「不！這樣再漂亮下去，我的病就吃不消了！」

英明：「那是說：她不病就是不漂亮了！」

記者：「不！不病也『漂亮』，有病更『漂亮』！」

李麗：「我倒不想有病更漂亮，祇想這樣就好了！」

××：「實在說起來，容顏是心之表，×先生所說的漂亮，是指小姐的心地，並非同等于一般人的美麗容貌，我們來訪問小姐的目的，并非是着意在小姐的容貌，那是基于小姐仁善底心地。」

李麗：「喔！那我誤會了，我以爲指我的容貌！」

××：「不！『漂亮』不僅用在形容人的相貌，它也可以用來形容人家的思想和行爲的。」

李麗：「是的！我明白先生的解釋了。×先生說我心地漂亮的話，那是過獎，而我也不敢當，不過在上海的義演，那是林康侯阮維揚先生促成的，目的是集合幫助江蘇浙江上海三個地方的僑民。」

記者：「資助的目的是……？」

李麗：「不外乎協力本港實行勸僑歸鄉生產，其次是幫助生活窮苦的與殘疾人，另外就盡力于應該進行的慈善事業。」

記者：「在上海的售票總數是……？」

李麗：「十六萬八千元，除去戲院和其他助演的開支，得來的歎子是十三萬多，這因爲我個人可以賠錢盡義務，別人當然不能餓了肚子來盡義務的，『皇帝不差餓兵』，人家〔肯〕來協力出演，人情上也够我感激的了！」

××：「四郎探母是梅博士所教授的嗎？」

李麗：「是！前年學的，那時候梅先生蘭芳有到上海去。」

××：「在上海他……。」

李麗：「先生親自在臺下監督着我唱戲，所以我心頭旣驚恐，又歡喜。驚的是自己或會令先生失望，喜的是先生在臺下助我出演的胆子。」

××：「成績……？」

李麗：「不能自己讚好。」

記者：「輿論大概……」

李麗：「那倒是一致的好評！」

記者：「梅博士當然笑逐顏開了吧？」

李麗：「沒有失望吧了。」

記者：「十號播音的就是小組義演的戲嗎？」

李麗：「完全相同。不過時間不够，不能全本播送。」

記者：「唱楊延輝的是……」

英明：「是在下！」

記者：「唔！章先生？那麼二胡您是拉不了啦？」

英明：「有趙仲安先生幫忙，他也是李麗的京劇教師。」

記者：「好透了，珠連璧合，夫唱婦隨！」

〔至〕此記者和 ×× 先生一齊辭出。

《香港日報・綠洲》，1943.12.10

北平李麗致詞 / 北平李麗

回憶兩年的現在，吾等港九居民，好像冬令蟄伏著底昆虫，個個都等待着囘春之雷鳴。更希望着暖和底陽光射遍在大地，使萬物重生。再想到處在今天欣快榮〔樂〕的港九居民較諸兩年前的戰爭狀態中，正似囘春的陽光，把他的溫暖，施與了蟄伏在地下的昆虫，而使這些等待囘春與希望陽光底萬物，得到了更新的生氣，從這些生的氣象中，再向這〔繁〕榮的世界奮鬥求存。

今天吾人能欣快地生活在奮鬥生存的新生香港，協力于本港政府的建設，而企望于這〔繁〕榮之島，〔進〕〔 〕〔 〕水準的〔 〕〔 〕，達致本港永久〔興〕〔盛〕的，理想境地，這該〔屬〕由蟄伏而復甦後的吾人該有的責任與應盡的義務吧。

上次因爲患病，所以未能盡力于放送局的京劇義播，至今想來，猶有歉意，際玆大東亞進入勝利的年代，我能在全東亞熱烈慶祝聲中，以京劇的藝術，報効于新生香港，藉表致謝之忱，衷心感到幸運，惟以劇藝造詣極淺，疵錯必多，尚希海內方家，不吝指教。

《香港日報・綠洲》，1943.12.10

北平李麗拉箱上省

　　宣傳很久的影人劇團，十五日已拉箱上省開演，原因是香港找不到適當的地盤，像明治，娛樂等第一流戲院，是指定專映電影，輕易不作他用，而普慶，高陞等大戲院，是適合舞台劇的，也是長期排定，各粵劇團輪流上演，外人不易插足，至於其他第二流的戲院，似乎又不合主持人北平李麗的期望，所以一再波折，終於廢然離港上省，遷地爲良。而且聽說率姓改名爲「李麗劇團」了。

　　「李麗劇團」的陣容，相當整齊，話劇名手如趙一山劉蘋華陸梅等，都是她的台柱。本來著名能演能編又能導的顧文宗氏，這次是李麗拉攏最力的人，可惜顧君以職務關係，認爲在放送演藝方面，所負的任務，比演劇更重要，祇好婉辭謝絕，聽說上星期日在對海李麗家中，「茶花女」一劇的最後排演，顧君曾一早渡海參加指導，此君的熱心話劇，於此可見。

　　李麗劇團在省上演的劇本，除「茶花女」外，預定還有「雷雨」，「家」，「原野」，「黃金美人」等名作，我們希望他們從羊城飲譽歸來之後，能夠一飫本港戲劇愛好者的耳目。

《大衆周報》2 卷 21 號 47 期，1944.02.19

廣州的話劇
李麗大有所獲 / 寧木

　　這兩個月來，廣州的戲劇似乎有了新的氣象，好像「山雨欲

來風滿樓」的樣子。北平李麗的李麗劇團在廣州戲院上演「茶花女」，因爲門券不愁沒有銷路，所以收入當然是不錯的。接住「茶花女」之後，擬定演出「雷雨」，上演地點亦已決定在市西的金聲戲院，預算也有「相當」的收穫。（記者註：發稿時，該團尚在廣州戲院演着「茶花女」，擬演三天，演完後始往金聲演「雷雨」，日期亦是一連三晚。）總之，該團的收入獲得這樣的成績，「人事」上的協助，是她賣座成功的一環呢。

上月開始籌備組織的芳華劇團，原是留省女星小燕飛，白燕，張雪英，華彩鳳四人發起創辦，最近加入合作的，有胡蝶麗，張月兒，和這位不曾從事劇運工作多時的時代劇團舊人，現已轉行商業的王鏗，都擬加入，担任導演工作。該團計劃準備次第上演「蝴蝶夫人」「雷雨」「日出」等劇，現一俟找到適宜排戲的地方，卽可開展一切準備工作，而負責該團內部事實的黃花節，對此亦已加緊進行，大抵在本月底自可實現排第一部戲了。

廣州原有不少從事話劇工作的老前輩，也有不少對話劇有着相當興趣的後學，因爲從未有機會給予他們發展，有些溜上音樂茶座這樣的塲合討生活，有些參加文明戲劇團來混過日子，有些轉行別業發展。總之，大家都爲了生活而放開份內的工作崗位，形成廣州話劇人材極端貧乏。但最近，聽說有力者擬拿出一筆數目不少的欵子，計劃組織一個業餘劇社，同時進行組織一個戲劇協進社，搜羅留在廣州的話劇人材，共同負起復興廣州戲運的責任，兼計劃出版戲劇理論讀物，與建設話劇舞台，暨演員人材訓練所。這個計劃醞釀到現在，已有了相當的時日，大抵下月或可成爲事實。

一本話劇舊脚本的售價，至少在十元軍票以上，最大的書局都沒有，祇得到舊書攤裏找，但十之八九很少有這樣的脚本，間有的，所以價錢至少在十元以上。現廣州最渴市的，是「雷雨」和「茶花女」這幾本，舊書攤早已售罄了。

《大眾周報》2 卷 23 號 49 期，1944.03.04

（十二）
附錄：舊詩詞

感懷 / 振彝

眼前兒女債，何日得清還，世淡人情薄，時荒稼穡艱；俸錢
愧換米，著婢典棄鐶，莫問明朝事，今天未展顏。

《南華日報·前鋒》223 期，1942.03.11

脫險 / 前人

脫險身無物，貨財一洗空，旅程多棘阻，國難悲途窮；解職
桑田住，同僚山水逢，最親如骨肉，形影各西東。

《南華日報·前鋒》223 期，1942.03.11

熱樓雜稿 / 白雪

有寄

前日英雄事，而今半黯然，歲華隨水去，世業與時遷；望北
情何似？留南意可憐，人間無限感，寂寞有華顛。

座上紀遇

香海羊城兩地逢，依稀猶識舊春風，往時窈窕今何在？前日
芳菲半已空！緬想丰神懷日出，暗憐蒼狗見雲封，朱顏自古傷遲

暮，惆悵人間有落紅。

《南華日報・前鋒》223 期，1942.03.11

脱險吟 / 振彝

　　保衛大東亞戰事爆發日，陳少翔兄被捕入獄，余得脱險歸而賦此。

　　是日天明朗，機轟啓德場，多人疑演習，獨我起徬徨。馳車面陳子，商發工人糧；誠恐逃亡日，囊空走不行。相談沒片刻，風聲驟緊張，突來四差卒，穿著防空裳；入門找社長，呼喝在何方？我答人不在，應聲一掌償。三卒登樓去，一卒留守望，直闖經理室，作威愈猰猲。文件遭檢奪，鈔票欲入囊；後經陳子斥：此乃工人糧，爾等皇家人，貪財若餓狼！萬難夾帶走，鈔票何罪當。差卒啞無語，相顧面倉黃；遂執陳子去，一同入捕房。我聞知不妙，同僚著改裝；指點脱險路，天階越隣牆，我雖被困守，鎮靜態如常；逾牆更危險，生命難保障。不幸關牢獄，寧死爲國殤！佯問守門卒：何事來匆忙！守卒隨便答：奉令不知詳。我乘他不察，閃身出門枋；斯時人擠擁，誰識我亡羊。砲聲應谷響，機影入雲翔，謠言已證實，兵刃接邊疆，歸而訴諸婦，額汗惹愁腸。於今和運者，難免意料傷！我是漏網人，生死亦難量；但悲陳家子，囚中苦獨嘗。（三十，十二，八日）

《南華日報・前鋒》284 期，1942.05.12

敬步原韻奉和黃振彝同志 / 賴端甫

　　是非喪其眞，是者難卽直！同種主相和，寧云二三德？愚哉短視羣，艷電讀失色！我與盲人殊，認爲堪救國，毅然投麾下，聊盡一分力，反派雖騒如，我報轉繁值，天功未敢貪，意亦殊自得；笑彼羣洶洶，設謀苦相逼！以爲絕稿源，進展多荊棘，孰意同情多，暗中爲羽翼，諸公自相殘，我轉富消息，大道知必行，狂生今語塞，前倨者後恭，囘首何堪憶！

《南華日報・南園》，1942.06.18

意有未盡再步原韻見志 / 前人

　　我寫體育文，辭嫌過率直！時攻同業誤，寧望以爲德？〔 〕者隱於心，暗中窺形色，偵知我主和，硬指爲賣國！事值網球賽，日人與協力，旣聞我贊成，笑我禍已殖，倡道戰猶濃，與仇賽不得，我云體育壇，難以此相逼，喜有吳仕光，正言刈荊棘，智者表同情，志伸如添翼；反予諸記者，設計窒消息！奈我倍靈通，路寧因此塞？反躬趨熱人，前事否重憶？

《南華日報・南園》，1942.06.18

柳亞子近作 / 柳亞子

　　大東亞戰爭發生前一年，國民黨元老，南社盟主柳亞子，自滬上遷居本港，日與宋慶齡何香凝鄒韜奮等往還，詩酒之餘，復大談其民主政權，渝方曾屢加警告，柳置之不理，渝方國民黨組織部乃毅然削除柳之黨籍及中央監察委員職，柳受此打擊，一時頗懊喪，而此「殺雞嚇猴」之舉動，亦使宋慶齡等國民黨左傾元老派一時氣燄稍殺。大東亞戰爭爆發後，柳等倉皇避難澳門，旋轉入內地，聞目前蟄居桂林。昨有友人從廣州灣來，見示自當地舊報紙上所剪下柳之近作，覺其滿紙牢騷，仍未忘情於渝方對彼「除名」之舉，亟錄之以實大眾週報篇幅。

寄友

　　金鐵風雷感舊詩，卅年前事共艱危。憐君臥病巴山夜，是我灕江落魄時。

　　棲枝無地悔南游，芒角撐腸浩不收。溝壑喪元都細事，最憐袖手看神州。

百年一首和胡樸安

　　上壽百年非我願，留名何意混茫間。太平據亂史三世，血海尸山球一寰；李白負才人欲殺，管甯避地國空還。傷心廣武原頭淚，便有雄心祇等閒。

《大眾周報》1 卷 1 期，1943.04.03

題南園轉贈娜馬兄 / 振彝

　　梅花開後又逢君，欲把餘篇向月焚，筆硯生涯緣是苦，池塘春色待平均；好將新語寄時感，編入情書答帶裙，早起園丁勤掃灑，滿林殘葉落紛紛。

《南華日報·南園》，1943.05.18

與人論妄執得十解行將入山以柬夢殊有當留別 / 江霞公

　　野狐告日鼓狂禪，見脚靈山抱佛天，
　　莫辨盲人還瞎馬，臨池還覷放生錢。
　　三椏龍樹一生西，派異宗同要指迷，
　　舍却卽身無她悟，眼前何肉共同妻。
　　白拈賊亦解摩訶，未向和南學唱歌，
　　三昧儘多游戲地，波句魔不著頭陀。
　　佛言平等是冤親，一夢醒來卅二春，
　　四大早無人我相，不煩饒舌到頑民。
　　本原非病詎生嗔，青赤平空費剖分，
　　儒者自存雌默旨，佛無可說況斷斷。
　　茫茫出入世何之，心佛同情有智悲，
　　過去任追追不了，亡羊原是路多歧。
　　彌天泡幻笑貪痴，末日誰何沒箇知，

一事堪嘉作釣叟，忘筌偏在得魚時。

一部公羊何處求，楚辭騷絕在哀邱，

除將佛説無無字，道盡頭頭不是頭。

五洲風雨遍陰霾，萬刼灰塵未有涯，

分付天人齊抖擻，慈悲砝若兩安排。

百年恨史坐難忘，一忿云何草誓湯，

崛強任他牙骹實，不愁寒齒不唇亡。

十解二百八十字中，純是覺世眞言，亦是聖賢悲天憫人本旨，一腔心事向誰説。我國人猛醒看。

「編者按：盧夢殊先生昨以事離港，江太史以詩貺之，惟盧公行色匆匆，未及致謝，囑爲發表，以示惓惓之忱云爾。」

《華僑日報．僑樂村》，1943.06.21

悼竹內畫師 / 鮑少游

畫苑縱橫一世雄，東瀛三代仰文宗。淋漓墨潑蘇州雨，瀟灑神傳柳渚風。立雪早依紗帳絳，傳衣夜放燭花紅。嗟予未解招魂賦，淚寄天涯托過鴻。

竹內栖鳳先生，爲日本明治、大正、昭和三代畫壇元老，兼善花鳥蟲魚、走獸、山水、人物，天才學力，均稱絕頂。用筆之妙，尤不許時下羣流追蹤。「柳鷺屏風」爲先生成名傑構，「蘇州之雨」爲先生再遊中國後巨製，曾由日政府送往歐

洲陳列，獎賜金牌，並以四萬圓爲潤筆之費，聲譽之佳，爲友邦千百年來所罕覯。予早歲留東，嘗獲指導，先生爲人溫恭謙厚，雖名滿國中。然至暮年，猶孜孜不倦，始終忠於藝道，至足爲吾人模範。聞於去歲秋間作古，時年已逾八十高齡矣。今當周歲，詩以悼之。

《華僑日報·僑樂村》，1943.11.21

詩選 / 鮑少游

夜起畫梅，以淨墨點花，幽韻絕俗。喜題二絕，磯谷總督見而愛之，謹以奉贈，并希兩正。

一

夢前鐙炧月來時，古幹橫窗花滿枝。却爲傳神惟寫影，冰魂宜畫更宜詩。

二

幾縷暗香清似水，半階疏影淨無塵。衆芳搖落西風冷，獨立衝寒最可人。

《華僑日報·僑樂村》，1943.12.07

元旦柬娜馬　並序 / 莎

　　年來困頓，侷促如轅下之駒；歲且云暮，飄泊若海上之鷗；年年壓線，因人笑作嫁之傭；僕僕風塵，愧我乏點金之術。值茲元旦，益感岑寂，信手書來，聊博一粲。

元旦年年有，

鋪張計短長；

治生須節約，

時際值非常。

《南華日報‧雜匯》5 期，1944.01.30

賦贈江亢虎先生 / 曾顯揚

院宰才華展壯猷。

先生位望與誰儔。

渭濱雖可容姜尚。

潁水何曾臥許由。

攬轡澄清期此日。

據鞍顧盼足千秋。

夜來撫劍蒼茫甚。

我亦頻看鏡裏頭。

《南華日報‧副刊》，1944.02.05

文化界韻事
台北兩教授來港視察
陳君葆詩以紀之

（特訊）台北大學教授神田喜一郎及島田謹二兩氏，日前抵港視察文化事業，前六日由馮平山圖書館長陳君葆教授及前嶺南教授盧觀偉羅四維及其他文化界人仕，假國民酒家開會歡迎，當由陳君葆氏卽席吟詩紀事，茲錄如下：

★春日島上小集奉和震初先生，兼呈神田島田二教授四首：

「小集未教隨劫盡，客愁還與昔人同，絕憐七百年來事，囘首山河一夢中。

酒邊歲月改髭鬚，春至猶難識柳榆，已分餘生無別欠，何妨浮白醉須臾。

浮海人來有盛名，千秋事業獨關情，如何文化交流日，鼙鼓猶聞戰伐聲。

一夜東風怯濁塵，月明徵遍百花神，紅芳縱借春陰護，連理時疑可養仁。」

卽希四維先生指正，君葆未定草。

《華僑日報》，1944.03.15

恭讀雙照樓詞 / 龍沐勛

我們讀了　汪主席的雙照樓詞，只覺得他那皎潔幽馨的襟抱，悲壯熱烈的情感，和那剛柔相濟的筆調，清新秀美的詞采，互相映發，一會兒叫人凄然下淚，一會兒叫人躍然起舞，也說不出它是屬於那一派，更想不出適當的字眼來贊美它，只是那動人的力量，似乎比聽了他的演講還要深切。「願書萬本誦萬編」，教國內外有心之士，都能夠從這個「言為心聲」的作品裏，深深的瞭解主席的熱誠，和苦心，那不但在詞壇上會有新的發展，就是對於政治的清明，東亞的百年大計，也會因了聲應情交，而收到絕大的效力。我還記得國府還都那一年，主席把所作的虞美人詞寫給我看，我讀到「夜深案牘明燈火，閣筆凄然我」一夜不曾睡覺，想起主席當時的情緒，和他那種「宵衣旰食」為國憂勞的精神，以及種種難以明言的苦痛，千頭萬緒，都在那「閣筆凄然我」五個字內充分表出，凡有血氣的人們讀了那個會不引起同情心呢？又有一次，日本專治漢詩的學者今關天彭先生，把　汪主席寫給的一幅屏條給我看，寫的是一首二十九年在廣州家園中作的浣溪沙詞：「英石岩岩俍畫闌，觀音竹傍小盆山，餘生還得故園看。橄欖青於饑者面，木棉紅似戰時瘢，尚存一息未應閒」。今關指着橄欖三句，循環朗誦，表現着非常感動的神情，這可見得一篇富有熱情的文字，只要那讀者有瞭解的能力，不論是中國人也好，外國人也好，一定會受了感動而引起共鳴來，所以我說，如果國內外有心之士，都能夠了解雙照樓詞，對於東亞的百年大計，一定能夠直接間接的得着很大的幫助，并不是一句「阿諛之詞」。

汪主席的一貫精神，是在清季謀刺攝政王時所作「革命之決心」一文內，早經奠定的，他的寫作詩詞的態度，雖然在小休集序，自比於「農夫樵子，偶然釋末弛擔，相與坐道傍樹蔭下，微吟短嘯，以忘勞苦於須臾」，似乎他的從事文學，和政治漠不相關，但是我們讀了主席的詩詞，尤其是後期「掃葉集」裏面的作品，清壯熱烈，處處都表露着為薪為斧的精神，似和他的素志一般無異，主席對於文學上的一貫宗旨，最注意於一個「清」字，他在所作的雜詩，申明這意義：「文章有萬變，導原惟一清，欲致雲海奇，先求空水澄，淬之不厭純，礪之不厭精，未能去渣滓，安在儲菁英？星月有昭質，蕩蕩行空青，虛中乃翕受，冰雪發其瑩，非儉不能仁，非廉不能明，政事亦如此，感慨淚縱橫」，主席人格的偉大，和文學的修養，都是拿這個「清」字做出發點的，他寄給我討論詩詞的書信，他常常提到這一點，他說：「無論為文為詩為詞，先須造到一清字。太白之詩清而逸，少陵之詩清而厚，昌黎之詩清而雄，東坡之詩清而暢，波瀾不同，而本源則一，所謂清者，心術固矣，格律聲色，亦附麗之」。又說：「東坡之詞清放，如瀑布之飛舞，白石之詞清而峭，如清泉之縈繞山石間」。

　　他生平對詩家最佩服陶淵明，對詞家最佩服蘇東坡，姜白石，他說「蘇姜極相似，其清剛為他家所無，所不同者，東坡百萬精銳，雷霆激蕩，白石則，如千將出匣飛舞自如耳」。這對蘇姜二家詞的妙喻，自是來論詞家見識不到的，也就可以看出雙照樓詞的淵源所自了。

　　雙照樓詞，都附刻在雙照樓詩詞稿后面，事變前有曾仲鳴先

生的輯印本，題目「小休集」，這裏面未刊的作品經在拙輯的同
聲月刊，陸續發表，日本人里田君曾在北京用仿宋字排印一本，
於「小休集」後續刊「掃葉集」，可惜校對不精，後來中華日報
又有仿宋印本，陳人鶴先生的澤字存書庫，又替主席刻了一部最
完美的本子，作爲主席六十誕辰的紀念，是經過主席手自刪定，
我也參加過校對的。

　　汪主席目前正在海外療養，這半年來不曾得着他的詩詞，他
那熱烈的情感，必定更加濃摯，我們祈禱着他的健康早復，把這
半年來所儲蓄的情緒，發爲「絕妙好詞」，藉作國民精神下的一
個興奮劑，不但是可慰詞林的飢渴而已。

《南華日報・副刊》，1944.09.28-29

水雲樓吟草 / 陳君葆

次辛盦春日即事原韻兼呈寅恪教授

　　山色遙看認未眞。春陰漠漠雨侵旬。長懷坐對秋江晚。疏柳
猶堪贈故人。

題林清和君手冊

　　炎島歸來始識君。十年今又感離群。看成竹影過兒邁。商到
梅魂書練裙。詞賦閑愁春欲老。關山尋夢路仍分。他時招隱知誰
賦。饒舌猶能且論文。

《華僑日報・文藝週刊》73 期，1945.06.24